W0214520

WREADERS

KATIE MAE BLOOM

FREAK SHOW

I

DIE MUSTER IHRER HAUT

WREADERS

WREADERS TASCHENBUCH
Band 201

Dieser Titel ist auch als E-Book erschienen

Vollständige Taschenbuchausgabe
Deutsche Erstausgabe

Copyright © 2023 by Wreaders Verlag, Sassenberg
Verlagsleitung: Lena Weinert

Umschlaggestaltung: Theresa Wöll
Lektorat: Laura Röthele, Sina Kleber
Satz: Ryvie Fux

www.wreaders.de

ISBN: 978-3-98595-538-1

Für Eileen,

Für eine Hoffnung, die euch mit dem Schicksal versöhnlich stimmt. Für eine Hoffnung der Hoffnungslosen.

„Passend, nicht wahr? Von allen Namen dieser Welt, ausgerechnet dieser. Mallory, die Unglückselige", murmelte sie vor sich hin. „Ein Fluch eher als ein Segen!"

KHM

WREADERS

Prolog

Es war einer dieser goldenen Oktoberabende, einer der vermutlich letzten warmen Tage des Jahres. Der nahende Winter warf bereits seine dunklen Schatten voraus und kühle Winde peitschten durch die Straßen. Selbst dieses idyllische Städtchen an der Ostküste konnte zu dieser Jahreszeit eine gewisse Unheimlichkeit nicht verbergen.

Ausgerechnet zu dieser Zeit verirrte sich ein Jahrmarkt mit einem kleinen Zirkus vor die Tore der Stadt. Mitsamt den kuriosen Gestalten, die er beherbergte.

Es herrschte eine eigenartige Stimmung, die in der Luft zu spüren war. Was würde diese Nacht bringen? Langsame, bedächtige Schritte erfüllten die leeren Gassen wie der Klang eines Taktstocks zu Beginn der Ouvertüre. Das Kopfsteinpflaster war hart, rau und uneben, doch es gab kein Stolpern, kein Schlingern. Obwohl viel Zeit vergangen war, diese Füße kannten den Boden, auf dem sie gingen. Sie wussten, wo sie hintreten mussten, um kein großes Aufsehen zu erregen. Und doch taten sie es. Nicht wegen ihrer Lautstärke, sondern alleine durch ihre Existenz.

In einiger Entfernung ertönte eine Vielzahl anderer Schritte, hektischer, schneller. Bald würden sie aufeinandertreffen. Die Vorstellung konnte beginnen …

1

Unwissend, dass diese Nacht das Leben vieler Seelen in ihren Grundfesten erschüttern würde, war der Detective nach endlosem Umherwälzen in einen dämmrigen Halbschlaf gesunken. Ein zaghaftes Klopfen an der Tür riss ihn sogleich wieder heraus. Behäbig rollte er sich von der unbequemen Pritsche und setzte sich auf den harten Rand des Gestells, um zu sich zu kommen. Seinen schweren, schläfrigen Kopf stützte er dabei auf seine Hände. Seine rauen Finger fühlten sich genauso an wie der abgewetzte Stoff, auf dem er eben noch gelegen hatte. Zumindest hatte er durch die löchrige Pritsche nicht das Gefühl, in seinem eigenen Sud zu liegen. Auch wenn der Geruch in dieser Bereitschaftskammer etwas anderes vermuten ließ. Gekrümmt döste er gerade wieder ein, als ein erneutes Klopfen ihn aufrüttelte.

„Ja doch", krächzte er über die Schulter.

Den Kopf ließ er in den verspannten Nacken fallen, während er mit brennenden Augen durch das kleine Fenster vor ihm spähte. Durch die spärliche Beleuchtung des Marktplatzes konnte er auf der Uhr des Rathauses gerade so die Konturen der Zeiger erkennen. Es war kurz nach Mitternacht. Seine kalten Hände fuhren durch sein Gesicht und zerknautschen es, bis es schmerzte. Mit einem Ruck stand er auf, das leichte Schlingern durch die abrupte Bewegung kaschierte er mit dem Zurechtzupfen seines Jacketts. Das Verbergen seiner benebelten Verfassung war bereits so automatisiert wie ein Atemzug, selbst wenn ihn niemand sah.

Während der wenigen Schritte um die Pritsche zur Tür schweifte sein Blick durch die kleine, heruntergekommene Kammer. Kaum zu glauben, dass er noch zur Jahrhundertwende als bester Ermittler der Ostküste gegolten hatte und nun, kaum etwas über ein Jahrzehnt später, in dieser Flohhöhle stand. Nicht, dass er daran Anstoß nahm oder gar lieber ein komfortables Heim vorgezogen hätte. Der bröckelnde Putz an den Wänden war ohnehin eine treffende Beschreibung seiner eigenen Verfassung.

Kurz bevor er die Tür erreichte, entdeckte er noch die leere Flasche des hochprozentigen Hustensafts auf dem Boden und schüttelte naserümpfend den Kopf. Dies konnte er nun auch von der Liste der potenziellen Einschlafhilfen streichen. Er öffnete die Tür und beim lauten Quietschen der Scharniere verzog sich sein Gesicht. Der unangenehme Ton rammte sich augenblicklich wie ein Messer in seinen Schädel. Seine andauernden Kopfschmerzen waren nun auch erwacht.

„Was auch immer in diesem hinterletzten Kaff passiert ist, hat doch sicher Zeit bis morgen?!“, raunzte er den jungen Mann vor sich an.

Der Aktengehilfe sah seinen Vorgesetzten mit aufgerissenen Augen an und hielt ihm zaghaft eine Tasse Kaffee vor die Nase.

„Ich schätze, das bedeutet Nein“, murmelte der Detective und nahm die gereichte Tasse. Whiskey wäre ihm lieber gewesen, aber er trank trotzdem einen beherzten Schluck. Diesen spuckte er unvermittelt wieder aus, gab dem Burschen die Tasse zurück und brummte: „Der ist ja kalt, Andrew!“

Der schlaksige Bursche starrte erstaunt in die Tasse und kräuselte die Stirn über die unverständliche Reaktion seines Vorgesetzten. Schließlich kannte er selbst nichts anderes als kalten Kaffee. Eine volle Tasse stand bei seinen nächtlichen Studien stundenlang neben ihm, bevor er daran nippte. Und selbst dann kleckerte er die Hälfte auf seine Hose, weil er nicht mal beim Trinken die Akten aus den Händen legen wollte.

„Andrew?“

„Oh verzeihen Sie, Detective, Sie müssen dringend zur Wache runterkommen!“

„Sag mir bitte nicht, dass du schon wieder Unsinniges im Archiv gesucht hast?“

„Sir, ich –“, stotterte der Bursche und schaute ihn genauso

verwundert an wie eben noch den kalten Kaffee.

„Wenn du auf der Straße Hufgetrappel hörst, denkst du doch auch nicht an Zebras, oder? Weil die einfachste Erklärung immer noch die wahrscheinlichste ist! Ich sage es nur noch einmal, Kleiner: Ich werde keinen abgeschlossenen Fall wiederaufrollen, weil du meinst, etwas Auffälliges darin gefunden zu haben. Hier gibt es nichts weiter als ordinäre Ponys, egal wie laut sie kläppern."

„Aber, Detective! Ich –"

Prüfend und streng beäugte er den Burschen, welcher sich abmühte, die große Neuigkeit in Worte zu fassen, doch kläglich scheiterte. Nach dem dritten Versuch, einen Satz zu beginnen, welcher jedoch nur in Kieferklappern endete, hatte der Detective ein Einsehen. Sein Blick milderte sich mit einem mitfühlenden Nicken.

„Nun gut, gehen wir uns deine Huftiere mal ansehen", sagte er schmunzelnd und klopfte ihm auf die Schulter.

Seltsam, wie schweigsam Andrew die Treppen vor ihm herunterlief. Für gewöhnlich konnte der Bursche kaum Luft holen, so aufgeregt quasselte er von möglichen Verschwörungen, Intrigen und Täuschungen, die er in banalen, aufgeklärten Fällen zu finden glaubte. Heute jedoch schien er jeden Atemzug darauf zu verwenden, angespannt zu schweigen. Doch das war nicht das einzig Merkwürdige an dieser Nachtschicht.

Das grelle Kunstlicht der Wache verstärkte die stechenden Kopfschmerzen des Detectives und selbst das Reiben seiner Schläfen brachte keine Linderung. Nicht mal, als dort bereits rote Druckstellen zu sehen waren. Mit zusammengekniffenen Augen staunte er über das rege Treiben vor sich. Dieser Schicht waren für gewöhnlich kaum eine Handvoll Beamter zugeteilt, doch jetzt tummelten sich etliche Uniformierte auf den Gängen. Wie in einem Taubenschlag huschten sie von Büro zu Büro, nur um während der kurzen Zeit auf dem Flur nach Neuigkeiten Ausschau zu halten. Das Getuschel und Gemurmel aus den kleinen Räumen vermischte sich zu einem Rauschen, welches die eigenen Gedanken übertönte.

Zwar wollte der Detective sie zur Ruhe ermahnen, ließ es jedoch bleiben. Schon allein seine Gestalt veranschaulichte, dass er keine weiteren Ambitionen hatte, außer seine Zeit abzusitzen. Gegen die hünenhaften Beamten wirkte er fast genauso schlaksig und dürr wie Andrew. Nicht unbedingt hässlich, aber er fiel auch nicht besonders auf. Die ungekämmten Haare, die tiefen Augenringe und der abwesende Blick unterstrichen seine Lethargie noch mehr. Diese abgegriffene Optik wählte er mit dem winzigen Rest Hingabe, den er noch aufbringen konnte. Mit dem Klischee des mürrischen, trinkenden Detectives hielt er sich die meisten Leute in der oberflächlichen Vorzeigestadt vom Leibe. Die Abneigung beruhte durchaus auf Gegenseitigkeit.

Ein besonders vorlauter Beamter ging schlurfend vorbei und zischte: „War ja klar, dass der werte Herr irgendwann derartiges Gesindel anzieht!“, dann stimmte er selbstzufrieden ein melodisches Pfeifen an und ging seiner Wege. Ein Detective, der früher Mordfälle aufgeklärt hatte, schien für die Ruhe der Kleinbürger eher bedrohlich als beruhigend. Eine Stadt ohne nennenswerte Verbrechen hatte keine Verwendung für ihn, nicht mal abgestraft, zwangsversetzt und zu dauernden Nachtschichten degradiert. Er selbst hatte längst vergessen, welche Fähigkeiten sein früherer Ruf noch versprach.

„Was zum Teufel ist hier los?“, knurrte der Detective.

„Sie werden es nicht glauben! Es ist so aufregend!“ Andrews Stimme überschlug sich in unangenehm quietschenden Tonlagen. „Sie … sie … sie haben eine gefasst! Ausgerechnet hier! Eine schwarze Witwe! Über hundert Männer soll sie auf dem Gewissen haben und das, ohne sie überhaupt berührt zu haben!“

„Zunächst einmal, Andrew, reden Sie nicht so wie die ganzen Weichhirne hier! Und zum anderen: Warum genau haben Sie mich geweckt? Wegen einer Gruselgeschichte? Wegen Gerüchten aus der Kneipe? Ich dachte, den Zeiten der Hexen wären wir inzwischen durch Intelligenz entwachsen!“

„Entschuldigen Sie, Detective. Der Chief möchte, dass Sie die Dame überführen. Und … und zwar sofort! Er erwartet Sie in seinem Büro“, murmelte er und schielte auf den Boden.

„Ah, und nun haben wir den Grund, warum Sie vorhin nicht mit der Sprache rausgerückt sind, nicht wahr? Hätten Sie mir das oben gesagt –“

„– hätten Sie mir die Tür vor der Nase zu geknallt?“, beendete Andrew den Satz und duckte sich dabei leicht zur Seite weg.

Der Detective gab als Antwort eine Mischung aus Stöhnen, Seufzen und Knurren von sich. Eine passende Assoziation zu dem Verhältnis zwischen ihm und dem Chief. Dem Detective blieben gerade mal zwei Freuden im Leben: Dass der Chief außer für die Übergabe nie bei den Nachtschichten zugegen war, und diesen bei seinen machthungrigen Ansprachen so oft zu unterbrechen, dass er aufbrausend wurde. Zu dieser Stunde fühlte sich eine Konfrontation jedoch wie ein übler Magenkrampf an. Lustlos richtete er sich den Kragen, atmete noch einmal tief durch und ließ Andrew stehen, als er den Gang herunter schlurfte. Je näher er dem Büro kam, desto finsterer wurde seine Miene. Ohne zu klopfen, riss er die Tür auf und trat unvermittelt ein.

„Also, was zur Hölle ist –“

„Haben wir da nicht was vergessen?“, ermahnte der Chief selbstgefällig.

„Darf ich reinkommen?“ Der Detective stöhnte und klopfte missmutig an die offene Tür.

Ohne Antwort erhob sich der Chief von seinem Schreibtisch und ging rüber zur kleinen Anrichte, wo immer eine Kanne auf dem Stövchen stand. Dort goss er sich nicht nur einen überbrühten Kaffee ein, sondern gab auch einen großzügigen Schuss Gin dazu. Wie gewöhnlich brannte in diesem abgedunkelten Raum nur eine winzige Tischleuchte, in dessen Schatten der Chief sich bevorzugt aufhielt. Gepaart mit der wabernden Rauchwolke, die von einer glimmenden Zigarre aufstieg, war es schwer, ihn überhaupt zu erkennen.

Offenbar war es unter seiner Würde, dem unterstellten Detective einen Blick in seine Mimik zu gewähren. Seelenruhig rührte der Chief seinen Kaffee um und würdigte ihn nicht eines Blickes, obwohl er ihn eigens hier her zitiert hatte. Bei diesem Verhalten wurde deutlich, warum der Chief, bis dahin unauffällig und reserviert, sich freiwillig der damaligen Zwangsversetzung annehmen wollte. Trotz seiner früheren Erfolge galt der Detective als abgebrannt und unzumutbar.

Seine Züchtigung versprach daher ein gewisses Prestige und der Chief kostete diese Erniedrigung bis aufs Letzte aus.

Der Detective lenkte seine Verdrossenheit über diese Respektlosigkeit lieber in etwas Produktives und musterte emsiger als sonst sein Gegenüber. Dieser ungelenke Fettsack in seinem vornehmen feinen Zwirn trug seine Macht wie seinen Bauch vor sich her. Niemand konnte sich solch feine Stöffchen mit dem Gehalt eines Chiefs leisten, auch nicht in einer derart gut betuchten Stadt. Hier erwarb man gute Positionen entweder durch Können oder durch ein beträchtliches Vermögen. Die zahlreichen Auszeichnungen und Urkunden der Stadtverwaltung zeigten, wie weit er es gebracht hatte. Beeindruckend, denn kein Zugezogener hatte es hier leicht. Doch der Chief verschleierte seine fremde Herkunft mit einer auffällig akzentfreien Aussprache.

Das alles erinnerte den Detective eher an eine Schmeißfliege, die vorgab, eine Biene zu sein, statt einfach nur als Fliege zu leben. Nicht jeder nahm seine eigene verkommene Existenz so klaglos hin wie der Detective.

„Na? Wo steckt ihr brillanter Verstand gerade?“, fragte der Chief abfällig. „Auch einen Kaffee, Detective?“

Die Augenbraue des Detectives hob sich zuckend, während er die Augen verdrehte. Vor dem Chief sah er keine Notwendigkeit, seine Abneigung zu verstecken. Die Meinung des jeweils anderen war den beiden Männern durchaus bewusst, doch sie scherten sich nicht darum. Daher überhörte der Chief auch das „Nein“ des Detectives und schenkte ihm einen Kaffee mit ebenso reichlich Gin ein. Ohne in dessen Richtung zu blicken, reichte er ihm die Tasse. Der penetrante Wacholderdunst gepaart mit dem heißen Kaffeedampf ergab eine merkwürdige Wolke um seine Nase, welche direkt in sein Hirn zog. Zumindest verdrängte dieser Geruch kurzweilig den Kopfschmerz.

„Sie wissen bestimmt schon, um was es geht? Sie werden sich dieser Person annehmen“, raunte der Chief bestimmend und verbarg weiterhin sein Gesicht.

„Aber – “

„Ich werde derartige Kreaturen nicht in meiner Stadt dulden. Solche

Gestalten verängstigen die Bürger und stören unseren Frieden mit ihrem unsittlichen Verhalten."

„Chief –"

„Jetzt hören Sie mal zu, ich werde an dieser Frau ein Exempel statuieren! Sie werden alle Register ziehen!" Entschlossen nippte der Chief am Kaffee. Natürlich wusste der Chief, dass solch eine Ansprache wenig Eindruck auf sein Gegenüber machte. Vielmehr galten sie den hellhörigen Ohren, welche an der Tür lauschten. Ihr Schnauben konnte kaum überhört werden. Beide Männer warteten kurz ab, bis die neugierige Horde sich durch das einvernehmliche Schweigen langweilte und abzog.

„Ist das Ihr Ernst? Seit Tagen braut sich hier was zusammen, nur weil ein paar Zirkusleute vor der Stadt Halt gemacht haben. Was hat diese Stadt nur gegen fahrendes Volk? Ich wette, die Verdächtige ist eine von denen. Was dieser Familie hier vor Jahren passiert ist, ja eine Tragödie, aber deswegen jeden Zirkus als Tor zur Hölle verurteilen?"

„Lassen Sie die ehrwürdige Familie Parker aus Ihren kruden Theorien. Dieses arme entführte Mädchen", mahnte der Chief.

„Also erstens war sie den Akten zufolge kein kleines Mädchen, sondern eine junge Frau und zweitens –"

„Zügeln Sie sich, Detective! Und kommen Sie mir jetzt nicht mit Ihrem neumodischen Liberalismus."

„Wie Sie meinen. Zurück zum Fall: Was hat diese arme Frau überhaupt getan? Sie werden mir jetzt wohl kaum sagen, dass Sie diese Person nur wegen ihrer Zugehörigkeit verhaftet haben? Vermutlich war es etwas wenig Mysteriöses. Einen verheirateten Mann verführt? Ein paar Kinder erschreckt? Oder hat sie den falschen Mann zurückgewiesen? Ja, so etwas Dreistes kann den guten Bürger schon mal zum Seilknüpfen treiben!", fuhr der Detective fort und überhörte den Chief.

„Ich verbitte mir diesen Ton, Detective! Werfen Sie mir ja nicht vor, eine Unschuldige festzuhalten! Und bis ihre Schuld bewiesen ist, sehe ich es sogar als Schutzhaft! Dieses fragwürdige Frauenzimmer dürfte keine zwanzig Minuten außerhalb dieser Wände überleben. Das ist eine gottverdammte Hexenjagd da draußen!", zischte der

Chief und ging rüber zu seinem Schreibtisch. Ohne jede Körperspannung ließ er sich auf den Stuhl fallen. Dann nickte er hinüber zur anderen Seite des Raumes, genauer gesagt zum Fenster, welches mit schweren Vorhängen verhüllt war.

Stutzend folgte der Detective dieser Bewegung. Selbst durch den dicken Stoff konnte er die Fensterscheibe vom dumpfen Grollen der aufgeregten Menge beben hören. Ja, es war eine altertümliche Hexenjagd da draußen!

„Die Arme ist so oder so bereits verurteilt. Sehen Sie es also als Freifahrtschein. Oder sollte ich eher Rehabilitation sagen? Das dürfte Ihre Chance sein. Sie werden doch wohl kaum in diesem gottlosen Nest versauern wollen?“

„Aber –“

„Jetzt habe ich aber genug von Ihnen!“, brüllte der Chief und spuckte sich dabei selbst in den Kaffee. „Sie werden dieses widerwärtige Ding jetzt durch die Mangel drehen! Es ist mir egal, was sie gesteht! Hauptsache sie gesteht! Haben Sie das begriffen?“

Mit seiner Hand wischte der Chief einige Tropfen seiner feuchten Aussprache von der Tischplatte und schüttele sie danach beiläufig trocken. Er nahm einen Schluck aus dem nun verwässerten Kaffee, schmatzte danach wohlig und richtete sich erneut an sein Gegenüber: „Ich kenne Ihre Entgleisungen, Detective! Wenn Sie mir nicht liefern, was ich will, werde ich für neue Anschuldigungen sorgen. Sie verstehen?“

Was für eine widerwärtige Erpressung, dachte sich der Detective. Sei es drum, er würde tun, was von ihm verlangt wurde. Vielleicht konnte er danach sogar einen vorzeitigen Ruhestand aushandeln. Auch wenn es ein Handel auf Kosten dieser armen Frau sein würde. Ein kribbelnder Schauer zog sich über den Rücken des Detectives. Es waren kaum die Schuldgefühle, eine vermeintlich Unschuldige ans Messer zu liefern. Vielmehr hatte er noch nie so wenig Lust darauf gehabt, sich in den Verstand eines anderen Menschen zu begeben.

Was ihn einst gereizt hatte, fühlte sich in seinem gegenwärtigen Zustand an wie eine Qual. Das Schweigen seines Gegenübers strich der Chief als wohlgefälligen Sieg in diesem Schlagabtausch ein. Im trüben Dunst des Büros flackerte dessen hämisches Grinsen auf wie ein Wetterleuchten. Selbstgefällig lehnte er sich auf dem knarzenden Stuhl zurück und tätschelte sich den dicken Bauch. Mit einem Nicken gab er dem Detective zu verstehen, dass dieser aus der Unterredung entlassen war.

Schlurfend verließ er das Büro des Chiefs und hielt immer noch den unberührten Kaffee-Gin in der Hand. Durch ein beiläufiges Nicken ließ er Andrew vom anderen Ende des Flures antraben. Kaum hatte der Bursche ihn erreicht, fing dieser wieder an, drauflos zu quasseln:

„Wissen Sie, wie unfassbar großartig es ist, dass diese Dame gerade hier gefasst wurde? Ich habe Abschriften von unzähligen Akten aus dem ganzen Land gesammelt! Ich wette, ich kann dieser Person einige der ungelösten Fälle zuordnen! Wenn nicht sogar alle! Ich habe alles schon vorbereitet! Wäre es nicht spannend, so jemanden zu überführen? Endlich die Puzzleteile einer jahrelangen Suche zusammenzusetzen? Ich … ich darf doch beim Verhör dabei sein?“

Ein leichtes Lächeln überkam den Detective, welches er sogleich wieder verbarg. Was würde er darum geben, auch die Euphorie dieses Burschen spüren zu können. Die blasse Erinnerung an dieses Gefühl musste noch irgendwo in ihm stecken. Zebras, die hatte er früher auch mal gehört. Ja, dachte er sich, vielleicht würde der Bursche endlich sein Talent zeigen können. Ihm war der Spott, welchem Andrew hier ausgesetzt war, schon lange zuwider. Ein Bücherwurm hätte in der Polizei nichts zu suchen, schnatterten die anderen Beamten bei jeder Gelegenheit, auch wenn sie der Akten wegen auf ihn angewiesen waren.

„Ich hoffe, wir finden etwas Handfestes in deinen vergilbten Blättern. Na los, komm schon!“, brummelte der Detective und klopfte dem Burschen so stark auf die Schulter, dass dieser einen Satz nach vorne machte. Es war ihm recht, dass Andrew an seiner Seite war. Vor allem, weil er im Zweifelsfalle einen Zeugen brauchte, wenn dem Chief die Ergebnisse aus dem Verhör nicht gefielen. Der Kleine war hier bestimmt keine Autorität, doch er war ein fleischgewordenes Archiv und somit ebenso glaubwürdig wie die Fakten darin. Er war sein Rettungsanker.

2

Schon auf der Treppe zu den Zellen schlug dem Detective und Andrew ein ungewöhnliches Gebrüll entgegen. Die Lautstärke dort unten übertraf das Grölen auf dem Marktplatz bei Weitem. Es waren zwar nur wenige Zellen in dem Gewölbekeller, doch das Rufen und Schreien erweckte den Eindruck, als befänden sie sich in einem großem Gefängnishof. Besonders, weil der Keller heute ungewöhnlich viele Insassen beherbergte. Aus Platzmangel war dieser Abschaum hier abgeladen worden. Der Marshall war in der Gegend zur Kontrolle unterwegs und hasste nichts mehr als überfüllte Zellen. Da nicht mal der Marshall sich für diese Stadt interessierte, hatte der Chief bei den Kollegen die Hand aufgehalten. Der volle Keller hatte auch sein Portemonnaie gut gefüllt.

Als die beiden am Bogen vor dem Zellengang ankamen, drückten sie sich mühsam zwischen einigen erstarrten Beamten durch. Kaum einen Zentimeter bewegten sich die Muskelberge dabei. Doch als Andrew und der Detective das Schauspiel vor ihnen entdeckten, taten sie es den Beamten gleich. Erstaunt versuchten sie zu begreifen, was hier geschah. Es war zwar nicht unüblich, dass diese Bastarde regelrecht ausrasteten, wenn eine Frau zugegen war. Doch während sie sonst für gewöhnlich versuchten die Gitter zu verbiegen, um auch nur ein Stückchen näher an das weibliche Wesen dahinter zu gelangen, spielte sich gerade genau das Gegenteil davon ab. Wie Fische, die vor einem Hai flohen, tummelten sich die Kleinganoven in der hintersten Ecke jeder Zelle. Ab und zu wurde ein Drängler nach vorne geschubst, welcher sogleich panisch zurück stolperte. Jeder versuchte so weit wie möglich von der letzten Zelle fernzubleiben.

Auf den Lippen des Detectives formte sich ein Schmunzeln.

Hatten diese großkotzigen Bastarde Angst vor einer Frau? War sie etwa so hässlich? Seine Gedanken schweiften ab. Vor seinem inneren Auge stellte er sich eine runzlige Kräuterhexe vor, die Flüche um sich spuckte.

Mühsam schluckte er das hämische Lächeln wieder herunter und setzte sich in Bewegung, um die Verdächtige in der letzten Zelle in Augenschein zu nehmen. Wenige Schritte hinter ihm tippelte Andrew ebenfalls los und behielt die Insassen neben sich argwöhnisch im Auge, als ob gleich einer davon ans Gitter springen würde.

An der letzten Zelle angelangt runzelten beide die Stirn und brauchten abermals lange, die Erscheinung vor ihnen einzuordnen. Da war sie also und nichts an ihr glich einer faltigen Bauernfängerin. Fast schon könnte man sie für eine Tochter dieser Stadt halten, derart vornehm und aufrecht war ihre Körperspannung. Ihr Oberkörper war gerade auf ihr Gegenüber ausgerichtet, während sich ihre untere Hälfte leicht nach links abwandte. Ihre Füße standen exakt parallel, als hätte man ein Maß angelegt, und waren spitz aufgestellt wie bei einer Ballerina. Die hohe Schnürung ihrer Stiefel war mehr als akkurat und unterstrich die perfekte Positionierung ihrer geschlossenen Beine bis in die Fußspitze. Welch grazile Haltung für jemanden in Handschellen. Ihr junges Gesicht war bereits von leichten Fältchen durchzogen, die allerdings kaum auffielen, da sie jede Regung unterdrückte. Jede Mimik, die ihr Gesicht einst zeichnete, verbarg sie in makelloser Kontrolle. Fast übersah man, wie ihre Hände zitterten, jedes Mal, wenn sie ihre Zigarette zum Mund führte. Einzig das leise Klirren des Metalls um ihre Handgelenke verriet dieses Detail. Um die Blicke ihrer Zuschauer davon abzulenken, hauchte sie kunstvoll den Rauch aus ihren blutroten Lippen.

Andrew starrte den Rauchkreisen bis ans Gewölbe hinterher, doch der Detective musterte sie unaufhörlich weiter. Beinahe hätte sie als Schaustück für eine royale Benimmschule dienen können. Doch nicht nur das Rauchen störte ihre makellose Erscheinung. Bei genauerer Betrachtung erkannte er wie mitgenommen die eigentlich perfekte Inszenierung war. Die Haare wurden nur halbherzig frisiert und erst aus der Ferne entstand die Illusion einer eleganten

Abendfrisur. Ebenso war die Garderobe zwar ansehnlich und präzise auf ihre Figur geschneidert, jedoch nicht mehr in bestem Zustand. An einigen Stellen war der Stoff abgewetzt, ein Knopf am engen, hochgeschlossenen Mantel fehlte und die Absätze der Schuhe waren ungleich abgelaufen. Mit ihrer anmutigen Haltung versuchte sie sogar die ein oder andere geplatzte Naht zu kaschieren. Ihr geheimnisvolles Verhalten in dieser merkwürdigen Szenerie versprühte einen anziehenden Charme, dem sich der Detective nicht entziehen konnte. Auch wenn er es zwanghaft abstritt, das wahre Rätsel hinter einer männermordenden schwarzen Witwe klang wie ein aufregender Zeitvertreib. Ein durchaus hübscher noch dazu, aber für beides hatte er keine Verwendung.

Als könnte sie seine Gedanken lesen, neigte sie den Kopf leicht nach vorn und blickte ihn direkt an. Welch tiefer, stechender Blick der dunkelgrünen Augen, in denen er sich verlieren konnte. Eine Strähne der dunkelblonden Locken fiel ihr dabei ins Gesicht. Die bloße Bewegung einer einzelnen Haarsträhne sorgte bei den Mithäftlingen für ein fast albern wirkendes Schaudern. Ein weiterer hastiger Zug an der Zigarette ließ die Glut hell aufleuchten. Schließlich schnipste sie den Stummel mit zwei Fingern von sich weg, welcher wie eine Sternschnuppe durch den Zellentrakt flog. Etliche Stummel lagen um sie verteilt und zeugten von einem beachtlichen Verbrauch, als hätte sie eine Zigarette direkt an der vorherigen angezündet.

„Ich habe bereits auf Sie gewartet, Detective." Der melodische, angenehm tiefe Klang ihrer Stimme ließ augenblicklich den gesamten Trakt verstummen.

„Na dann", murmelte der Detective, der sich ärgerte, nicht selbst den ersten Satz dieser Begegnung ergattert zu haben. Mit einem leicht genervten Seufzer winkte er zu den Beamten rüber. Die Handbewegung musste er bis zu einem heftigen Rudern erweitern, bis einer von ihnen seinen leeren Blick aus dem Gesicht schüttelte und angelaufen kam.

Als dieser die Zellentür hastig aufschloss, erhob sie sich fast schwebend und folgte dem Beamten grazil den Gang herunter. Ein leichtes Humpeln kaschierte sie so gekonnt, dass es fast einer schwingenden

Hüftbewegung glich. Der Detective blieb zurück und versuchte, jedes noch so kleine Detail zu erfassen. Die Fremde platzierte ihre Füße so genau auf dem unebenen Pflaster, dass ihr Absatz einen durchdringenden Hall erzeugte. Den sonst so harten Männern in den Zellen schien jeder Schritt von ihr einen Stromschlag zu versetzen und sie wichen zurück wie ein Vogelschwarm vor einem Bussard. Obwohl fasziniert von ihrer wortlosen Ausstrahlung, machte ihn die bewusste Ausübung dieser Fähigkeit skeptisch.

„Zweifellos eine Schaustellerin“, murmelte er mehr zu sich selbst als zu Andrew. „Nichts als Schein, einstudierte Theatralik und Illusion.“

Das helle Kunstlicht der Wache schien ihrer Aura eine völlig andere Stimmung zu verleihen. Im Verhörraum angekommen, hatte die ungewöhnliche Schönheit bereits einige Uniformierte aus den Gängen zu einem staunenden Tross angezogen. Ähnlich schwebend wie zuvor betrat sie den kahlen Raum, in welchem sich nur ein alter Tisch und zwei Stühle befanden. Als hätte ihr ein unsichtbarer Kellner gerade den Tisch zugewiesen, bewegte sie sich vor den gaffenden Augen darauf zu. Sichtlich ungeschickt versuchte sie, den Stuhl zu sich zu ziehen und gab vor, die Lehne wegen der Handschellen nicht richtig greifen zu können. Wie ein kleines Mädchen seufzte sie auf und ehe der Detective es sich versah, hatte sie damit einen der Beamten herbeigerufen.

Umgehend nahm er dem armen Ding die Handschellen ab und sie bedankte sich mit einem verstohlenen Blick, woraufhin der Beamte fast das Gleichgewicht verlor. Ein energisches Räuspern des Detectives zeigte überraschende Durchschlagskraft und verscheuchte jeden der uniformierten Verehrer.

Mit durchdringendem Blick fixierte sie nun den Detective und bat ihn mit einer simplen Geste, ihr den Mantel abzunehmen. Die wenigen noch vorhandenen Manieren zwangen ihn dazu, ihrer Bitte nachzukommen. Jedoch hielt ihr Zauber nicht lange an. Ungläubig blickte er das Kleidungsstück in seiner Hand an, wollte sich gerade selbst auf die Stirn schlagen und warf stattdessen den Mantel in die Ecke. Auch wenn sie ihren weiblichen Charme gekonnt einsetzte, in erster Linie war sie eine Verdächtige, ermahnte er sich selbst.

Knurrend ging er zur anderen Seite des Tisches, zog unwirsch den Stuhl hervor und ließ sich, ohne sie nochmals anzusehen, darauf fallen. Mit herausforderndem Blick nahm sie Platz und drapierte sich galant wie in einem noblen Café auf dem unbequemen Stuhl. Außer ihnen befand sich nur noch Andrew im Raum, welcher mit dem lauwarmen Kaffee-Gin des Detectives in der Hand zu einer Salzsäule erstarrt schien. Mühsam blinzelnd, als koste ihn jeder Wimpernschlag immense Kraft, folgte er jeder noch so kleinen Bewegung von ihr.

„Mein Kaffee!", knurrte der Detective ihn an, und er schnellte augenblicklich vor, um die Tasse schwappend auf dem Tisch abzustellen.

„Detective ... Die Schlangen – sie bewegen sich!", flüsterte Andrew hastig und trat erschrocken einige Schritte zurück.

Erneut nahm sich der Detective lange Zeit, um sie zu mustern. Ohne den hochgeschlossenen Mantel enthüllte ihr kurzärmliges Kleid eine noch merkwürdigere Facette ihres kunstvollen Repertoires. Vom Hals bis zu den Fingerspitzen zierten unzählige Tätowierungen ihre Haut. Die Schlangen auf ihren Armen waren so kunstvoll gestaltet, dass sie sich tatsächlich bewegten, sobald man blinzelte.

Unvermeidlich stellte der Detective sich vor, wie viele Stellen ihres Körpers diese Bilder noch bedeckten. Seine Blicke folgten den feinen Linien ihrer Muster, bis ihm schwindlig wurde. Selbst als er kurz die Augen schloss, bildeten sich in seinem Verstand daraus immer neue Bilder, wie in einem Kaleidoskop. Jedes ihrer Motive blitzte darin auf: Orientalische Mandalas und kunstvolle Blüten entsprangen an allen Kreuzungspunkten der feingezeichneten Schlangenschuppen.

Auf seine geistige Abwesenheit reagierte sie mit einem triumphierenden Lächeln. Als hätte sie vor, ihren Rock zu richten, nahm sie beide Arme vom Tisch. Dabei verdeckte sie die hypnotischen Muster der Schlangen, welche den Detective so fesselten.

Sein Blick löste sich und wirkte so verloren, als stünde er in einem dichten Nebel. Kurz musste er sich gedanklich sortieren, bis die letzten tanzenden Motive verschwunden waren. Diese Verwirrung offenbarte ihm die Raffinesse hinter den Zeichnungen. Wer sich hypnotisieren ließ, war leichte Beute. Rückblickend erschienen die Muster, wie auch die menschliche Leinwand, als hätten einem die eigenen Sinne einen Streich gespielt. War ihre geheimnisvolle Aura wirklich nur ein Taschenspielertrick? Wie die absonderlichen Illusionen auf den Jahrmärkten. Eine dieser Freakshows, von der zweifelsohne ihre Kunst und auch ihre Fähigkeiten stammten. Allesamt arme Kreaturen, die grotesk verunstaltet oder anderweitig bedauernswert waren. Diese Person vor ihm konnte kaum irgendetwas Besonderes sein, egal wie verlockend die Vorstellung auch war. Gefangen in seinem Verstand drückte er seine Hände so kräftig ineinander, bis es schmerzte. Das leise Knacken eines Gelenks forderte ihn instinktiv auf, das Geräusch zu überspielen.

„Wollen wir dann anfangen? Also: Was möchten Sie gestehen?", raunzte er plump, ohne wirklich zu wissen, was er da sagte.

Ihre Lippen formten sich zu einem zarten Kräuseln. Den durchdringenden Blick spürte er auf sich, ihre Augen durchleuchteten jeden seiner Gesichtszüge. Die Art, ohne jegliches Geräusch zu atmen und dabei keinen Muskel des Körpers unnötig anzuspannen, glich einem Raubtier auf der Lauer.

„Es ist spät, Detective, aber ich bezweifle, dass dies Ihr bester Schachzug sein soll. Ein wenig ungelenk für einen Mann Ihres Kalibers, nicht wahr?", hauchte sie belustigt.

Glaubte sie wirklich, ihn so leicht aus der Reserve locken zu können? Um ihr mit seiner Mimik nicht noch mehr preiszugeben, nahm er hastig einen Schluck von dem Kaffee. Beißender Alkoholdunst stieg ihm dabei in die Nase und sein Gesicht zog sich ebenso schmerzhaft zusammen wie seine Gedärme. Die Wärme des Alkohols löste die Krämpfe jedoch schnell wieder und ein betäubendes Kribbeln erfüllte seine Magengegend. Noch einen weiteren Schluck wollte er nehmen, um sein Ego zu beruhigen. Doch beim Geruch dieser Mischung verengte sich sein Rachen unangenehm und heftig schmatzend stellte er die Tasse am Tischrand wieder ab.

„Nun gut, Miss – "

„Miss? Sie gehen einfach davon aus, dass ich alleinstehend bin?"

„Sind Sie –“

„Natürlich nicht! Ich bin eine schwarze Witwe, schon vergessen?“ Sie schmunzelte.

„Also: Wie darf ich Sie dann nennen?“

Entspannt lehnte sie sich ein Stück zurück und legte ihre verzierten Arme wieder auf den Tisch. Eine Herausforderung zum einen, ob er sich erneut blenden ließ, und eine Provokation zum anderen, da er bereits darauf hereingefallen war. Statt darauf einzugehen, erwiderte er ihren kühlen Blick ohne das geringste Zucken. Fast schon anerkennend spitzte sie erneut die Lippen bei diesem wortlosen Gefecht.

„Ich wurde schon vieles genannt. Es fällt schwer, sich jetzt für eines zu entscheiden. Ich befürchte auch, einige Ausdrücke könnten Ihren kleinen Freund ganz schön schockieren“, antwortete sie.

Ihm gefiel gar nicht, wie sie Andrew dabei fixierte. Wie eine Katze eine Maus beobachtete, um danach hämisch mit ihrer Beute zu spielen. Den toten Kadaver durch die Luft zu wirbeln und sich danach genüsslich darauf zu wälzen.

„Ihren Namen!“, forderte der Detective energisch, um ihren Fokus von Andrew zu lösen.

„Warum so ungeduldig? So wie es aussieht, werden wir hier die nächsten Stunden zusammen verbringen und es besteht nicht der geringste Grund zur Eile.“

„Nun, ich kann Sie auch gerne wieder abführen lassen und wir sehen, ob die schweren Jungs unten neuen Mut gefasst haben?“

„Dachten Sie wirklich, dass ich es Ihnen so einfach mache, Detective? Schon enttäuschend, dass Sie sich so wenig bemühen.“

„Und Sie sollten nicht denken, dass ich nicht vorbereitet bin“, knurrte er und blickte zu Andrew.

Mit einem ungeduldigen Schnipsen versuchte er, dessen Aufmerksamkeit auf sich zu lenken, doch das war schwerer als gedacht. Nach einem lauten Räuspern sah ihn der Bursche endlich an und reagierte dann auf ein erneutes Schnipsen. Er besann sich, verstand die Aufforderung und ging aus dem Raum. Wenige Augenblicke später kam er mit etlichen Akten wieder herein und legte sie vor den Detective.

Beinahe genervt blätterte dieser durch den dicken Stapel. Ein Bücherwurm war eben doch nützlich, oder nicht? Namen über Namen waren dort aufgelistet neben Daten und Orten. Buchstaben und Zahlen verschwammen vor seinen Augen wie auf einer Karussellfahrt. Wie eine nicht enden wollende Auflistung aller möglichen Gerüchte und Spinnereien, die man sich nachts in der Kneipe erzählt, um im Alkoholdunst nicht wegzusacken.

„Soll ich Ihnen helfen, Detective? Machen wir es kurz: Ihr Laufbursche scheint nicht sehr gewissenhaft zu arbeiten, nicht wahr? Wie viel Zeit hatte er auch? Nicht mal zwei Stunden von meiner Festnahme bis jetzt. Was konnte man auch erwarten? So viel Hörensagen kann leicht überfordern."

Es tat dem Detective schon fast weh, wie gehässig sie den armen Burschen ansah. Wie es schien, war die Katze eine erfolgreiche Jägerin. Gerade als Andrew Luft holte, um seine Empörung auszudrücken, griff der Detective ein: „Andrew! Da muss noch mehr sein! Überprüfe die Akten!"

Fundierte Anschuldigungen waren für dieses Verhör unablässig und Andrew musste ihm das Nötige aus diesem Berg rausfischen. Gleichzeitig konnte er dem Burschen so einen gewissen Schutz vor ihrer bissigen Zunge bieten.

Der Angesprochene kramte mürrisch seine soeben hereingebrachten Aktenstapel zusammen und blickte beleidigt zum Detective. Dieser folgte seinem Schützling mit den Augen zur Tür, als würde er ihm so Rückendeckung geben. Als er sich wieder zu ihr wandte, beugte sie sich über den Tisch und flüsterte:

„Entschuldigen Sie, Detective, einen schlauen Jungen haben Sie da, aber ich muss alleine mit Ihnen reden."

Ihre Anspielungen lockten ihn zwar, doch er misstraute sowohl ihren Absichten als auch der plötzlichen Freundlichkeit. Die überschaubare Menge Alkohol in seinem Blut verführte ihn dazu, in seinen üblichen dämmrigen Zustand sinken zu wollen. Als würde er zustimmen, griff er beherzt nach der Tasse und führte sie zum Mund, wobei er tunlichst vermied, durch die Nase zu atmen. Sein Unterkiefer schob sich bereitwillig nach vorn, um den Rest des

Tasseninhalts in einem Schluck herunterzukippen. Doch kaum hatte seine Zunge den ersten Tropfen gekostet, senkte sich die Tasse wieder und der Inhalt seines Mundes floss darin zurück. Ihre durchdringenden Augen blitzten über den Tassenrand und schienen seine Hand langsam nach unten zu drücken.

„Das würde ich an Ihrer Stelle nicht tun, Detective."

Verwundert und blinzelnd verharrte er mit erhobener Tasse, wehrte sich gegen den durchdringenden Klang ihrer Stimme. Warum zum Teufel wollte sie, dass er nüchtern blieb? Immerhin würde sie am meisten von seiner betäubten Wahrnehmung profitieren. Dennoch, dieses Funkeln in ihren Augen stimmte ihn nachdenklich. Selbst sein Verstand war davon so fasziniert, dass dieser ihm riet, ihr zu folgen.

Gebannt von ihrem Blick stellte er die Tasse wieder hin und wollte sie zur Seite schieben. Gedankenversunken starrte er weiterhin in ihre Augen und schob die Tasse immer weiter, bis diese mit einem lauten, grellen Klirren zu Boden fiel. Die wankenden Scherben in der Kaffeelache erzeugten ein seltsam dumpfes Rasseln. Unbeeindruckt davon sprach sie weiter, wobei kaum eine Bewegung über ihre blutroten Lippen huschte:

„Ich weiß, wie quälend diese bohrenden Fragen in Ihrem Kopf sind, Detective. Aber ich wäre Ihnen wirklich dankbar, wenn Sie aufhören würden dagegen anzukämpfen."

„Bitte?", fragte er ungläubig, als hätte er keinen Ton davon verstanden.

„Okay, ich mache es Ihnen einfach. Ab hier haben wir genau zwei Möglichkeiten: Erstens, wir warten auf Ihren Laufburschen und seine Akten, nur damit ich alle Anschuldigungen mit einem einzigen Wimpernschlag widerlegen kann. Ich wette, die Hälfte aller Vergehen, die mir nachgesagt werden, fanden zeitgleich in mehreren Bundesstaaten statt. Wenn die Zeugen überhaupt glaubwürdig sind. Wochenlang könnten Sie hin und her telegrafieren, ohne überhaupt einen einzigen verwertbaren Zusammenhang zu finden. Sie können mir nichts weiter vorwerfen als ein paar Gerüchte. Früher oder später müssen Sie mich ja doch gehen lassen."

Sie lehnte sich wieder zurück und nahm einen tiefen Atemzug von dem Gin-Kaffee-Aroma, das vom Boden aufstieg.

„Oder Möglichkeit zwei?“, fragte er ungeduldig nach.

„Wir spielen ein Spiel. Wenn ich gewinne, werden Sie mir einen Gefallen tun.“

„Und wenn ich gewinne?“

„Wenn Sie gewinnen sollten, werde ich Ihnen ebenso einen Gefallen tun und alles gestehen, was Sie mir vorlegen. Dann hängen Sie in weniger als einer halben Stunde wieder an der Flasche.“ Sie lächelte verstohlen.

Er nickte und stimmte widerwillig zu. Vor ihren Taschenspielertricks hatte er wenig Angst, immerhin war er von seiner überlegenen Intelligenz überzeugt. Ohne den Blick zu senken, hob sie ihre Hand und griff in ihr Mieder. Ein kunstvoll gestaltetes Deck Tarotkarten kam hervor und wurde sogleich gemischt. Es war derart klischeehaft, dass er es kaum ertragen konnte. Auch wenn sie beim Mischen der Karten eher wie ein Blackjack-Dealer als eine Wahrsagerin aussah.

Die Karten breitete sie vor ihm in einem Halbkreis aus und fuchtelte übertrieben mit ihren Händen umher, um das Klischee noch schmerzhafter zu gestalten. Geräuschvoll atmete er aus, wandte seinen Blick von ihrem Hokuspokus ab und genau dann schob sie eine der Karten zu ihm rüber. Mit einer Handbewegung gab sie ihm zu verstehen, die Karte umzudrehen. Belustigt von dieser Szenerie schnaubte er erneut und hob die Karte verdeckt auf, als würde er an einem Glückspieltisch sitzen. Kaum hatte er das Motiv darauf erblickt, fiel ihm die hämische Miene wie zerronnene Butter aus dem Gesicht. Die Zeichnung einer schwarzverhüllten Frauengestalt mit seelenlosem Blick starrte ihn direkt an.

„Sehen Sie, ich bin schon so oft gestorben, dass ich den Tod als alten Freund betrachte. Sie dagegen hassen ihn, für dass, was er Ihnen antat. Aber nicht Ihr Verlust ist schuld an Ihrer Misere. Sie ergeben sich derart wohlwollend in Ihre Trauer, dass Sie die ganze Welt verfluchen“, erklärte sie ihm seine eigene Psyche.

Vergeblich versuchte der Detective den Knoten in seiner Kehle herunterzuschlucken und wünschte sich sehnlichst den Gin-Kaffee zurück, der bereits im Holzboden versickerte. Sie hatte ihren Trumpf gespielt, seine Bitterkeit mit Leichtigkeit aus seiner Seele gezogen und damit seine Deckung ohne Weiteres zerschmettert. Er war sich sicher, soeben kläglich verloren zu haben.

„Entschuldigen Sie, Detective“, hauchte sie, wohlwissend, wie tief sie ihn getroffen hatte. Lächelnd nahm sie ihm die Karte ab und schob sie verdeckt wieder zurück. „Ich habe doch jetzt Ihre Aufmerksamkeit, oder, Detective?“

„Moment, was wollen Sie?“, stammelte er und gewann seine kühle Mimik wieder zurück.

„Ich denke, es ist an der Zeit, dass ich mich vorstelle. Mein Name ist Mallory, besser gesagt, die mysteriöse Madame Mallory.“

„Sie wollen mir erzählen, dass Sie Madame Mallory sind? Die Frau, die seit Monaten in Europa gesucht wird? Das ist doch alles nur leeres Geschwätz!“, knurrte er erbost und stand auf.

Ziellos schlurfte er durch den Raum und vermied dabei ihren Blickkontakt, um seine Gedanken zu sammeln. Natürlich hatte er den Namen Mallory schon gehört, in jeder Kneipe wurde er getuschelt. Angeblich war sie in das Mordkomplott gegen irgendeinen Kronprinzen von irgendeinem kleinen Land in Süd-Ost-Europa verwickelt. Zwar war bereits zwei Tage nach dem Mord ein Unbekannter aus den Reihen des Prinzen dafür zur Rechenschaft gezogen worden, doch das Flüstern über eine größere Verschwörung hielt an und der Grund dafür saß offensichtlich genau vor ihm.

Im Hintergrund fiel dumpf eine Tür ins Schloss und das Gebrabbel auf den Gängen verstummte. Durch die dünnen Wände konnte er hören, wie es auch auf dem Marktplatz ruhiger wurde. Der Chief hatte seine Muskelmänner rausgeschickt, um für Ruhe zu sorgen und den Mopp aufzulösen. Die Uniformierten hatten alle Mühe, die Bürger draußen zu beruhigen und nach Hause zu treiben. Einige Querulanten zogen sich grölend in die nächsten Kneipen zurück und die Wirte begrüßten den zusätzlichen Andrang um diese Uhrzeit.

Es war nicht das erste Mal, dass die Bürger dieser Stadt so außer sich waren. Vor vielen Jahren verschwand ein Mädchen aus der Stadt und natürlich war fahrendes Volk daran schuld. Seither machten die Bürger kurzen Prozess mit allem, was ihnen fremdartig vorkam. Allerdings bezweifelte er, dass der Chief deswegen die Wache und den Vorplatz räumen ließ. Was kümmerte es ihn, wenn der Mob hereinstürmte und das Freiwild forderte? Es sei denn, er wusste, wen seine Männer da per Zufall gefangen hatten. Während dieses Verhör vermutlich nur Ablenkung war, telegrafierte der Chief wohl bereits durch die Nacht. Eine gesuchte Attentäterin gefasst zu haben, versprach nicht nur Prestige: Die höheren Kreise zahlten viel für eine diskrete Auslieferung. Es machte ihn umso begieriger, dieses Rätsel zu lösen.

Entschlossen stampfte er zurück zu seinem Stuhl, beugte sich über den Tisch und war bereit, jedes ihrer Worte aufzusaugen. Die beiden starrten sich an. Es war eine Spannung in der Luft, die kaum auszuhalten war. Ein letzter Hauch Gin strömte vom Boden hoch und er war nun froh, ihn vergossen zu haben. Wieder geriet er unvermittelt ins Grübeln. Der Chief wusste sehr wohl von seinem Laster und hatte ihm den Fusel eigenhändig eingegossen. Obwohl er von ihm durch List und Tricks ein Geständnis von einer Unschuldigen verlangte? Warum sollte er benebelt dieses ach so wichtige Verhör führen? Vielleicht stand er wirklich auf der Abschussliste oder – Moment – womöglich sollte ihm etwas bewusst verborgen werden.

Ein wohl gesetztes Blinzeln der hübschen Augen vor ihm zog ihn aus seinen Gedanken. Seine Pupillen weiteten sich und sein Puls stieg langsam an. Eine ungeahnte Euphorie flutete seinen Verstand. Sie war kein Zebra, sie war ein gottverdammtes Einhorn.

„Erzählen Sie mir, was genau hier vor sich geht!“, forderte er sie auf.

„Aber Detective! Eine gute Geschichte fängt man doch niemals mit dem Ende an.“ Sie schmunzelte und hob die Hand, um erneut in ihr Mieder zu greifen.

Sie zog einen Flachmann heraus, welcher ähnlich wie ihre Kleidung schon einiges mitgemacht hatte. Als sie den Deckel abschraubte, drang ein stechender Geruch hervor. So wie dieses Gebräu roch, konnte sie mit nur einem Tropfen einen ganzen Häuserblock abfackeln. Als sie einen großen Schluck zu sich nahm, verzog sich unweigerlich sein Gesicht. Alleine der Gedanke, wie diese schon fast ätzende Flüssigkeit ihre Kehle hinabfloss, schmerzte ihn selbst. Sie hingegen schien den Trank gewohnt zu sein.

„Also gut, dann von Anfang an. Wie wurden Sie zu Madame Mallory?“

„Madame Mallory erschuf ich lange vor diesem Schlamassel. Treffen wir uns in der Mitte?“, hauchte sie, nahm einen tiefen Atemzug und begann zu erzählen.

3

Den mittleren Westen hasste Mallory von allen Regionen am meisten. Zu heiß, zu staubig und die Menschen hier, davon wollte sie gar nicht erst anfangen.

In ihrem kleinen Zelt stand die Luft zum Schneiden dick, doch von hier aus hatte sie den besten Blick über den Festplatz. Hinter ihrem vollgestellten Holztisch fiel sie nicht weiter auf und konnte in Seelenruhe beobachten, wie die Besucher durch die Freakshow liefen. Wie sie gafften und staunten, wie sie erschraken und tuschelten. Die Schlangenfrauen verbogen sich den ganzen Tag zu abstrusen Formen, doch bekamen nur wenig Applaus. Die Wenigsten blieben stehen, um ihre kräftezehrende Akrobatik zu würdigen. Die verkleideten Zwerge wurden wie ausgebrochene Schafe umhergetrieben oder von Halbstarken ohne jede Vorwarnung hochgehoben.

Ihr Kiefer begann verspannt zu knirschen, doch sie ließ ihren Blick weiter über den Platz schweifen.

Die Deformierten oder Verstümmelten zogen zu ihrem Leidwesen die meisten Gaffer an. Kunstvoll als Fabelwesen inszeniert sollten sie Schrecken und Schaudern über die Besucher bringen. Dann und wann erzielten sie auch ein angewidertes Zurückweichen oder einen panischen Aufschrei. Doch die meiste Zeit ergötzen sich die Bastarde an ihren Gebrechen mit hämischem Gelächter. Nach all der Zeit als Teil dieser Freakshow musste Mallory sich immer noch am Tisch festkrallen, um diesen Anblick ertragen zu können. Am liebsten würde sie rausstürmen und eine Szene machen. Die unheilvolle Wahrsagerin, die Flüche brüllte. Es würde diesen vorlauten Bengeln eine Lehre sein, diesen armen, entstellten Menschen mit Obst zu bewerfen. Als sogenannter „Lebender Torso“ hatte er wenig Möglichkeiten, sich zu wehren. Schlimmer noch: Der dazugehörige

Anheizer bot zahlungswilligen Gästen an, eine Art menschliches Dosenwerfen zu veranstalten. Mallorys Lippen pressten sich so heftig aufeinander, dass sie gänzlich aus ihrem Gesicht verschwanden, und ihre Fingernägel bohrten neue Kerben in die Tischplatte. Im Innern dieser Zeltstadt wurde jeder Anstand vergessen. Ehemals ein Tor zu einer Welt der Wunder, war eine Eintrittskarte nur noch ein Freifahrtschein für ungebührliches Verhalten. Sie blickte zu Boden und wartete ab, bis der Geräuschpegel erkennen ließ, dass dieses abscheuliche Schauspiel vorbei war. In diesem Mikrokosmos des Merkwürdigen war Moral fehl am Platz, hier ging es nur ums Geschäft. Ihr Wahrsager-Handwerk war nichts anderes als die übrigen Schaustücke. Eine Illusion erschaffen von Kreaturen, denen nichts anderes blieb, als sich selbst zu einer Attraktion zu verunstalten. Weder sagte sie wirklich die Zukunft voraus, noch konnte sie Schicksale eröffnen. Es war keine Wissenschaft, eine Mimik zu lesen und dadurch die Geheimnisse eines Menschen zu erfahren. Und dann versprach sie den jammernden, flehenden Seelen, was sie hören wollten. Ja, hier ging es ums Geschäft und sie verdiente gut daran.

Das Gejohle war verstummt, sie blickte wieder auf mit einem Lächeln und kleinen Fältchen um ihre Augen. Neben dem Eingang ihres Zeltes nahm ein behäbiger Riese auf einem wackeligem Stuhl Platz. Auf Trevor war Verlass. Ihr wortkarger Beschützer hatte ein ausgesprochen feines Gespür dafür, wann es Zeit war, einzugreifen. Oft reichte es, wenn er sich nur erhob und über den Platz schritt, so beeindruckend war seine Gestalt. Bei genauerer Betrachtung offenbarte sich jedoch in ihm das Wesen eines kleinen Welpen.

Ihr tiefsinniges Philosophieren wurde harsch beendet, denn der nächste Kunde näherte sich. Ein gutaussehender, junger Mann trat in ihr dunkles, stickiges Zelt. Wortlos stand er da, beäugte ihr okkultes Inventar und strich sogar dreist über die kleine Kristallkugel vor ihm. Grundsätzlich misstraute sie allen Menschen, aber besonders denen, die sich derart selbstgefällig benahmen. Einen gewissen Charme konnte sie seinem Äußerem nicht abstreiten. Eine Anziehung jedoch, mit dem auch eine fleischfressende Pflanze ihre Opfer ins Verderben lockte. Alles an seiner Erscheinung, seiner Kleidung und seinem

Verhalten schien nicht stimmig zu sein, obwohl es absolut tadellos war. Es war diese präzise Makellosigkeit, die ihr sauer aufstieß. Für jemanden, der gelernt hatte, Menschen ohne Worte zu lesen, schrie sein Auftritt ohrenbetäubend. Ihre Augen formten sich zu Schlitzen und sie versuchte ihren Herzschlag zu kontrollieren, doch ihr leicht schiefes Bein zuckte durch ihre angespannte Haltung.

„Was kann ich für Sie tun, Darling? Ein Blick in Ihre Zukunft?", sprach sie ihn schließlich an in einer Mischung aus Säuseln und Fauchen.

„Nein, es geht mir vielmehr um Sie. Ich möchte Ihnen ein lukratives Angebot machen, das Sie sicher nicht abschlagen können."

„Ich denke, Sie haben sich im Zelt geirrt, Sir. Meine Dienste sind käuflich, aber ich bin es nicht."

Ihre Tonlage hielt sie angestrengt ruhig, um ihre Ablehnung auszudrücken, aber ihn gleichzeitig nicht herauszufordern. Unter dem Tisch ballten sich ihre Hände derweil zu Fäusten, doch sie würde sich an ihm nicht die Finger schmutzig machen. Vor dem Zelt erhob sich ein großer, mächtiger Schatten wie auf ein geheimes Stichwort.

„Sie wissen doch gar nicht, was es ist. Oder können Sie etwa wirklich hellsehen?", scherzte der dreiste Kerl.

„Entschuldigen Sie, Sir, ich denke, es wäre besser, wenn Sie jemand anderen belästigen."

Es ging ihr sicher nicht darum, diesem Spaßvogel noch mit Höflichkeit entgegenzutreten. Vor allem diente diese Phrase als Kommunikation mit ihrem Wachposten, der ihr lästige Scherereien vom Hals hielt. Trevor drehte sich langsam auf der Stelle und schob seinen massigen Körper drohend vor den Zelteingang, als letzte Warnung. Die plötzliche Dunkelheit an einem derart grellen Tag blieb nicht unbemerkt. Der ungebetene Gast nickte Trevor zustimmend über die Schulter zu und bestätigte damit den subtilen Nachdruck ihrer Aufforderung.

„Wir werden uns wiedersehen!", verabschiedete er sich mit einer leichten Verbeugung und machte kehrt.

„Das ist nun eins der Dinge, die ich in Ihrer Zukunft nicht sehe", scherzte sie.

Dabei lehnte sie sich zurück, legte den Fuß ihres schwachen Beines auf den Tisch und sah schmunzelnd dabei zu, wie der Kerl sich an Trevor vorbeidrückte. Als er hinter dem mächtigen Riesen verschwand, nahm ihr Gesicht die übliche Emotionslosigkeit an. Nun konnte sie in aller Ruhe erneut dem regen Treiben vor der Zeltplane folgen. Zwanghaft folgte sie mit ihren Blicken aber zuerst dem komischen Kerl beim Verlassen des Festplatzes. Die Art, wie er das tat, ließ ihr jeden Blutstropfen gefrieren.

Weder beeindruckt noch schockiert über die Gestalten um ihn herum ging er zielstrebig seines Weges. Nicht einmal das kleinste Zucken, als neben ihm eine Frau aufschrie oder ein Zwerg Knallerbsen vor seine Füße warf. Die abgebrühte Gleichgültigkeit gegenüber dieser Umgebung elektrisierte die kleinen Härchen auf ihren Armen. Sein Gang hatte sogar etwas beschwingt Zufriedenes. Als sei es die Erfüllung seines Tagewerks, ihr gegenüberzustehen und dann unverrichteter Dinge wieder zu gehen.

Am Ende des Platzes blieb er stehen und wie in einem Theater wartete dort ein Junge, um ihm Mantel und Hut zu reichen. Schwungvoll warf er sich zuerst den Mantel um und nutzte die Bewegung für eine elegante Drehung in ihre Richtung. Präzise wie mit einem Objektiv fokussierte er sie durch den kleinen Eingang des Zeltes. Seinen Hut hob er zum Gruß, als könnte er sie im dämmrigen Zelt immer noch sehen. Diese Geste sollte wirklich kein „Leb wohl" bedeuten.

…

Die folgenden Tage schienen sich ewig zu ziehen. Ungeduldig wartete sie darauf, dass die Schausteller genug von diesem Ort hatten und der Zirkus mit dem Kuriositätenkabinett endlich weiterzog. Sie wurde eines festen Standplatzes schneller überdrüssig als die anderen, eigentlich lebte sie für die Reisen. Auf dem rumpelnden Wagen strich stets ein anderer Wind als zuvor um ihre Nase. In diesem Zelt jedoch war sie umringt von ihrem eigenen Atem und die Gaffer vor ihrem Zelt stahlen ihr zusätzlich den letzten Nerv.

Sie verstand durchaus den Nutzen ihres Engagements hier, nicht nur des Geldes wegen. Die Freakshow bot einer Frau wie ihr einen gewissen Schutz, sie konnte aber nicht ewig hinter den Zelten leben. Dieser lukrative Käfig schnürte ihr die Kehle zu, auch wenn er ihre Lebensversicherung war.

Ihre Beklommenheit hatte ein Ausmaß erreicht, dass sie sich nach jedem Schritt umdrehte, als könnte sie einen warmen Atem in ihrem Nacken spüren. Gerade hätte sie zudem schwören können, einen Schatten zwischen den Zelten gesehen zu haben. Dies war mehr als ihr übliches Engegefühl, denn sie wurde tatsächlich verfolgt. Nur dieser dreiste Bastard konnte dahinterstecken. Egal, wie sehr es sie ärgerte, aber er hatte Erfolg damit. Ein sich steigernder Drang, diese Festung entgegen aller Logik zu verlassen, trieb sie in den Wahnsinn. Es dürstete sie nach frischer Luft in ihren Lungen und nach ein wenig Skunk, um ihren angestauten Frust loszuwerden.

…

Sobald der Abend hereinbrach, schlich sie in die Stadt. Auch wenn sich nun deutlich weniger Bürger auf den Straßen tummelten, sorgte ihre Präsenz für einigen Wirbel. Die Kinder bestaunten ihre gemusterte Haut, die Mütter zogen sie hastig zurück und bedeckten die kleinen neugierigen Augen. Ein paar flüsterten sogar Schauergeschichten in die jungen Ohren. Von anderen Frauen hätte sie sich weitaus mehr Sympathie erhofft. Doch die schlimmsten waren nicht die alten Weiber, sondern die jüngeren. Eifersüchtig beäugten sie jeden von Mallorys Schritten und geierten danach, denselben Effekt auf Männer zu haben. Denn überall, wo deren Absätze den Boden berührten, lief den Herren der Schöpfung das Wasser im Maul zusammen. Nicht nur, weil sie hübsch war oder in ihrem engen Korsett eine gute Figur machte. Ein Freak wie sie, außerhalb der Zeltstadt galt sie als vogelfrei und weckte Begehrlichkeiten, die keine normale Frau erfüllen konnte. Das sabbernde Schmatzen der männlichen Gaffer ergab den Klang eines gierigen Orchesters. Wie lüsterne Violinen säuselten dabei ihre schweren Atemzüge, mit denen sie versuchten, den verführerischen Duft einzusaugen.

Zwar angewidert, aber weiterhin zielstrebig, führte Mallorys Weg sie in die nächste Kneipe, aus der bereits beachtlicher Lärm der volltrunkenen Abendgesellschaft drang. Kaum hatte sie einen Fuß durch die Tür, bemerkten die ersten Männer ihre Anwesenheit und wichen zurück, um sie beim Vorbeigehen besser bestaunen zu können. Erst erklang ein abfälliges Flüstern, ein letztes Aufbäumen der heuchlerischen Moral. Der Wirt hätte sie ohne Umschweife rauswerfen können, doch er bemerkte, wie die Drinks immer hastiger inhaliert wurden. Daher bemühte er sich lieber um den Nachschank als um sie. Auch hier ging es nur ums Geschäft. Kaum hatten sich die ruchlosen Bastarde ein wenig Mut angetrunken, umschwärmten sie Mallory wie die Fliegen. Einige Moralapostel seufzten, sie wollten sie zu einer ehrbaren Frau machen. Die Dreisten gaben offen zu, sie nur kurz ums Eck führen zu wollen, und die Schüchternen sagten, sie wollten sich nur mit ihr unterhalten. Die Buhler begannen zu schubsen und zu drängeln, sich gegenseitig zu beschimpfen und ihre Absichten in Frage zu stellen. Es hatte keine Stunde gedauert, bis die gesamte Männerrunde sich in einer turbulenten Schlägerei ergab. Auch der Wirt mischte kräftig mit, obwohl er eigentlich nur sein Inventar retten wollte.

Unbemerkt huschte Mallory durch den tobenden Pulk, wich wie von Zauberhand den Schlägen aus, die ihr um die Ohren peitschten. Im Vorbeigehen schob sie sogar dann und wann Stühle in Position, sodass gleich hinter ihr ein Raufbold darüber fiel. Amüsiert vernahm sie die Melodie des Chaos: Das Stöhnen und Ächzen, die dumpfen Schläge und gespuckten Schimpfwörter, das Krachen von Holz und Klirren von Glas.

Draußen auf der Gasse lauschte sie noch ein wenig der Hauptakt dieser schmerzhaften Symphonie und applaudierte innerlich. Dieses Spiel war nichts Neues für sie, ihre Form der Rache am abfälligen Bürgertum sozusagen. Sie schlug die Herrschaften mit ihren eigenen Fäusten. Diesmal diente es jedoch nicht zu ihrer Erheiterung. Der Schatten war ihr wie erwartet gefolgt und steckte nun im Gestänker und Gedrängel fest. Diese Abreibung hatte er wahrlich verdient.

Leise summend und kichernd suchte sie das Weite, bevor die ersten Nachbarn schläfrig und erbost aus ihren Fenstern nach Ruhe brüllten. Auf ihrem Weg stellte sie sich vor, wie dieser Mistkerl nun heftig Schläge kassierte. Ob er bereits bemerkt hatte, dass sie ihm entwischt war? Oder würde ihm die Erleuchtung erst kommen, wenn er morgen früh mit dröhnendem Schädel auf dem Bordstein aufwachte? Mit diesem Bild in ihrem Kopf glich ihr Gang einem Stolzieren und ihr Summen einer Siegeshymne.

Doch ihre Schadenfreude verstummte, als sie wieder diesen warmen Atem in ihrem Nacken vernahm. Wohl nur ein sommerlicher Windhauch. Nein, er war immer noch da. Wie konnte dieser Dreckskerl so schnell wieder hinter ihr sein? Es war unmöglich, ihre schützende Freakshow zu erreichen, bevor er auf dumme Ideen kam. Trotzdem erhöhte sie ihr Tempo, als wolle sie es dennoch versuchen. Ihr leicht schiefes Bein schien dem anstrengenden Sprint nicht lange standzuhalten. Es brach immer öfter unter ihr weg und ihre wohlplatzierten Schritte wichen einem leichten Torkeln. Langsam, aber stetig steigerte sich das sonst kaum merkliche Humpeln, so als ob sie langsam die Kraft verlor. Bei jedem Schritt stützte sie sich zusätzlich an der Häuserwand ab. Ihr Schatten bemerkte ihren Zustand und verlangsamte ebenfalls sein Tempo, statt aufzuschließen. Lauernd blieb er weit genug hinter ihr, um ihre vergebliche Flucht anzutreiben. Plötzlich verschwand Mallory in der nächsten Abzweigung.

Ihr Verfolger beschleunigte, um seine Beute zu greifen, bog hastig in die Gasse ab und stand plötzlich alleine da. Verwirrt drehte er sich immer wieder um die eigene Achse und horchte in die Nacht nach ihren Schritten. Ebenso unerwartet, wie sie verschwunden war, tauchte sie wieder hinter ihm auf. Kaum, dass er sie hinter sich entdeckte, wurde er mit einem heftigen Tritt gegen die Wand gestoßen und mit ihrem ganzen Gewicht drückte sie ihn gegen das kalte Mauerwerk.

„Was zum Teufel wollen Sie von mir?“, fauchte sie ihn an, doch er schien regelrecht amüsiert.

„Sie sind ganz schön schnell für –“

„Für was? Einen Krüppel?“

„– für eine Frau mit Absätzen! Und ausgesprochen leise noch dazu. Sie könnten wirklich Potenzial haben."

„Potenzial? Soll das ein Scherz sein? Verdammt noch mal, Potenzial wofür?"

Außer sich presste sie ihn noch fester gegen die Wand, so dass sein Gesicht dagegen klatschte. Sie war geübt darin, ihren Schwerpunkt so zu verlagern, dass sie den Kräfteunterschied zwischen sich und ihrem Widersacher ausgleichen konnte. Die meisten anhänglichen Kerle wurden davon eingeschüchtert, doch ihn kümmerte es anscheinend nicht mal. Süffisant grinste er sie über seine Schulter an.

„Hm, wir müssen allerdings noch einige Lektionen für Umgangsformen durchnehmen. Zuallererst treiben wir Ihnen diese Impulsivität aus!"

Mühelos und blitzschnell befreite er sich aus ihrem Griff. Dieses Überraschungsmoment nutzte er, um sie zu packen und mit dem Armen hinter ihrem Rücken zu fixieren. Sein warmer Atem in ihrem Nacken war nun kein surreales Gefühl mehr. Ein unheilvolles Echo von dutzenden sich nähernden Schritten hallte dumpf gegen die Häuserwände. Mallory versuchte sich zu wehren, doch er packte sie nur noch fester. Durch seinen festen Griff konnte sie sich nun kaum noch bewegen und sah hilflos die vielen Schatten auf sie zulaufen. Ihr Herz schien ihr fast aus dem Körper zu springen. Auch ihre letzten Kraftreserven zerschellten an seinen eisernen Armen. Als die anderen Gestalten sie fast erreicht hatten, flüsterte er in völliger Gelassenheit direkt in ihr Ohr:

„Wir reden ein anderes Mal weiter."

Einer der Bastarde kam direkt auf sie zu und sie wollte gerade ausholen, um ihm in die Weichteile zu treten. Doch ohne ein Wort oder irgendeine Regung drückte er ihr ein Tuch über Mund und Nase. Ein leicht süßlicher Geruch stieg ihr bis ins Gehirn und hüllte sie binnen weniger Sekunden in eine kribbelnde Taubheit. Die Dunkelheit verschluckte sie und ihr Körper ergab sich ohne Widerstand.

…

Fast zwei Tage war sie bereits in diesem fensterlosen Raum, auch wenn ihr die Zeit hier drin ganz anders vorkam. Einzig an den regelmäßigen Mahlzeiten konnte sie in etwa abschätzen, wieviel davon vergangen war. Die vermummten Gestalten, die ihr ab und zu etwas zu essen auf den Boden stellten, kümmerten sich kaum um ihre Anwesenheit. Warum auch? Die gefliesten Wände verliehen ihrer Situation die gewünschte Ausweglosigkeit. Obwohl sie toben und schreien wollte, verschluckte diese glatte Oberfläche all den Sinn dahinter.

Diese Enge erstickte sie fast, ihre Muskeln spannten sich immer wieder an, doch verloren im gleichen Augenblick wieder ihre Stärke. Wie in einem Schraubstock zwängte ihre physische Steifheit alle Emotionen in einen harten Panzer. Ihre Atmung war das Einzige, was sie beeinflussen konnte, und darauf konzentrierte sie sich.

In ihren Gedärmen brodelte es vor sich hin, aber sie entschied sich dazu, es zu überhören. Die Wut und Verzweiflung über den Hinterhalt und ihr eigenes Versagen musste sie aussperren, denn es gab einen Grund dahinter. Ihr Verstand ahnte, in welch groteskem Spiel sie gefangen war. Ruhig atmete sie die verbrauchte Luft ein und fokussierte dabei die kreuzenden Fugen vor sich. Es waren dreihundertsiebenundsechzig Kacheln an dieser Wand und immer wieder begann sie von Neuem zu zählen, als würde sie dem vorherigen Ergebnis nicht trauen.

Mit einem leisen Knarren öffnete sich die Tür und ohne über die Schulter zu blicken, wusste sie, wer eintrat. Zwei Stühle ließ er stumm dirigierend in den kleinen Raum bringen und setzte sich in völliger Gelassenheit, während sich die Gestalten hektisch entfernten. Der karge Raum wirkte auf sie mit Mobiliar noch erdrückender und seine vornehme Kleidung war wie immer widerlich makellos. Wachsam lauschte sie auf das Knarren der Tür. Sie fokussierte die blanken Fliesen und beobachtete in der verschwommenen Spiegelung jede seiner Bewegungen. Er knöpfte sein Jackett auf und bot ihr mit einer automatischen Geste den Stuhl neben sich an. Trotz seiner provozierenden Höflichkeit ermahnte sie ihre siedende Tobsucht zur Ruhe, ein kühler Kopf war ihm gegenüber zwingend nötig.

„Wie geht es Ihnen heute?“, fragte er, als gäbe es keine belanglosere Frage.

Sie bemühte sich ihn zu ignorieren, doch ihr Körper wurde ungeduldig. Wie ein Tier im Käfig wippte sie leicht hin und her, um ihn mit ihrer bröckelnden Selbstbeherrschung zu locken. Sie wusste durchaus, was er hier veranstaltete, doch so einfach würde sie es ihm nicht machen. Es war ihr egal, dass sie sich schon selbst riechen konnte. Es war ihr egal, dass diese Lumpen, die man ihr angezogen hatte, jeden Menschen bis aufs Mark erniedrigen würden. Ihr war es schon weitaus schlimmer ergangen, sie war schon mal weitaus schlechter dran gewesen. Um sie zu brechen, müsste er sich schon etwas Besseres einfallen lassen.

„Ach, nun kommen Sie schon. Sie können unmöglich immer noch böse auf mich sein?! Sie wollten mich doch genauso aufs Kreuz legen. Sehen Sie es als erste Lektion an. Wir werden noch viele Lektionen vor uns haben. Also Schluss jetzt mit dem Schmollen.“

Ein heftiger Drang machte sich in ihr breit, seinen Kopf gegen die Kacheln zu schlagen, sobald sie noch einmal das Wort Lektion aus seinem Mund hörte. Sie war alleine mit ihm und könnte einiges anrichten, bevor die anderen Gestalten sie niederringen konnten. Nur schwer konnte sie ihre Hände davon abhalten, sich zu einer Faust zu ballen. Ein krampfiges Zittern ihrer Finger resultierte daraus und wie berechnet, bestätigte sie damit seine Überheblichkeit.

„Schmollen?“, sagte sie leise, drehte sich zu ihm um und schritt langsam auf ihn zu. „Sie haben mich betäubt, verschleppt und in EINE PSYCHIATRIE GESTECKT!“

Die letzten Worte brüllte sie ihm entgegen, dann wechselte ihre Körperspannung in die Leichtigkeit einer Ballerina. Sie vollendete ihre Drehung und nutzte den Rest dieser Bewegung, um sich elfenhaft auf den anderen Stuhl zu platzieren. Sie schlug ebenso schwungvoll ein Bein über das andere und lächelte ihn mit hochgezogener Augenbraue an.

„Entschuldigen Sie, aber ich hatte erwartet, ein vornehmer Herr wie Sie würde mich an einen schöneren Ort ausführen. Oder denken Sie, ich hätte es Ihnen sonst so leicht gemacht? Ich verspreche Ihnen, meine Tischmanieren sind vorzüglich!"

„Vortrefflich! Grandiose Vorstellung für den Anfang. In der Kneipe hätte ich beinahe gedacht, Sie wollten mich loswerden. Formvollendete Art, zu testen, ob ich es ernst meine. Touché!", bemerkte er halbherzig. „Aber kreuzen Sie niemals die Beine, das machen nur Prostituierte. Nun es ist an der Zeit, dass ich mich vorstelle, bevor ich Ihnen mein Angebot unterbreite."

„Nicht nötig, ich weiß genau, wer Sie sind. Sie hätten es nicht lauter hinausschreien können", antworte sie schnippisch.

„Wirklich? Nur zu, klären Sie mich auf. Wegen Ihres Spürsinns sind wir doch schließlich hier."

Auf der einen Seite wollte sie ihm immer noch mit der flachen Hand ins Gesicht schlagen, auf der anderen Seite fand sie Gefallen an ihm. Dieses dubiose Angebot köderte ihre Neugier und sein Interesse an ihrem Talent packte sie bei der Eitelkeit.

„Nun, wo fange ich an? Sie lassen sich nicht von ungewohntem Terrain oder plötzlichen Aktionen aus der Ruhe bringen. Nicht einmal zu zucken ist jedoch unmenschlich. Ihr Stil ist schon fast ekelhaft klassisch und der einzige Funken Humor, den sie besitzen, ist Sarkasmus. Über Ihre Verfolgung will ich gar nicht erst reden. Nur weil ich Sie nicht sehe, heißt das nicht, dass ich Sie nicht bemerke. Enttäuschend, einen Spion habe ich mir raffinierter vorgestellt! Sehen Sie, das ist das Problem an euch Engländern, ihr setzt die Perfektion stets über die Glaubwürdigkeit."

Provozierend stellte sie das überschlagene Bein angewinkelt neben das andere und lehnte sich zurück, ohne den Blick zu senken, um seine Reaktion zu betrachten. Einen Wimpernschlag lang konnte sie so etwas wie ein Blitzen in seinen Augen sehen und er spitzte ebenso kurz die Lippen. Seine Anerkennung durchscheinen zu lassen, war ebenso berechnend wie ihre Darbietung des hysterischen Ausbruchs.

„Enttäuscht?", fragte er scherzend.

„Nun ja, wenn man es genauer betrachtet, haben Sie ein ziemlich bedauernswertes Bild abgeliefert. Als wollten Sie geradezu, dass ich Ihnen auf die Schliche komme."

„Wie sonst wären wir hier gelandet? Aber meine Berufsbezeichnung lautet nicht Spion. Ich vertrete nur die Interessen des Empires.“

„Na dann, Sie Interessenvertreter: Ihr Angebot?“, fragte sie bestimmt und ruhig, als wäre dies nichts anderes als eine Preisverhandlung für einen neuen Teppich.

„Sie haben recht, wir haben genug Zeit hier verbracht und noch eine lange Reise vor uns.“ Er klatschte in die Hände und erhob sich. Beim Aufstehen schloss er sein Jackett und mit einer einzelnen Handbewegung klappte er den Stuhl zusammen, um ihn an die Wand zu stellen.

Allerdings machte Mallory keinerlei Anstalten, aufzubrechen und ihr gefliestes Verlies zu verlassen. Stattdessen blickte sie zu ihm hoch und wartete mit stoischer Ruhe.

„In Ordnung, wie Sie wollen“, gab er ihrer stummen Forderung nach. Leicht ruppig ging er einen Schritt zurück, stellte den Stuhl wieder auf und setzte sich rittlings darauf. Die Arme stützte er auf die Lehne und holte tief Luft, während er sie mit seinen Augen fixierte. „Sie werden mich nach Europa begleiten und in einer verdeckten Operation mit mir zusammenarbeiten. Sie spielen Ihre Kunstfigur und erschleichen sich die Nähe einer bestimmten Zielperson. Sie werden für mich Augen und Ohren sein. Mir jedes noch so kleine Detail, das Ihnen auffällt, ungefiltert und unverzüglich berichten. Denken Sie, Sie schaffen das?“

Seinem prüfenden Blick hielt sie ohne große Anstrengung stand. Sie zuckte mit den Schultern und antwortete gelassen: „Kinderspiel! Und was springt für mich dabei raus?“

„Ich hole Sie hier raus?“ Den abfälligen Tonfall konnte er sich zwar nicht verkneifen, dass er verwundert über ihre Bissigkeit war aber auch nicht. Ihrer Auffassungsgabe entging nicht, wie sein angespannter Rücken in eine leichte Wölbung fiel. Verblüffend, dass eine Verhandlung ihm angenehmer erschien, als nur seinen Willen durchzusetzen.

„Ist das alles? Wenn Sie so gut sind, wie Sie vorgeben, dann kennen Sie meinen Preis.“

„Ja, das tue ich. Aber sind Sie sicher, dass Sie alte Wunden aufreißen wollen? Die Konsequenzen dürften Ihnen bewusst sein. Nun gut, ich gebe Ihnen mein Wort, dass ich alles Erforderliche in die Wege leiten werde, sobald unsere Kooperation beendet ist. Mehr aber auch nicht."

„Das genügt mir."

Beflügelt erhob sie sich, zog die schwere, unverschlossene Tür auf und schlenderte voran in den menschenleeren Flur. Jede seiner Gesten und Worte rochen nach Verrat, Zwielicht und Lügen. Dennoch würde sie sich darauf einlassen: Was auch immer sie an sich hatte, um ausgerechnet für seine Zwecke dienlich zu sein, erforderte eine präzise Analyse im Vorfeld. Zweifellos wäre ihm somit ihr innigster Wunsch nicht entgangen.

4

Moment, was? Die Tür war die ganze Zeit offen? Das war nur eine Inszenierung?“, unterbrach der Detective ihre Geschichte.

„Natürlich, es war ein Test. Es war ziemlich einfach, dahinterzukommen. In den zwei Tagen, die ich dort verweilte, bemerkte ich nicht einmal hysterisches Geschrei von anderen Patienten. Und kennen Sie eine Psychiatrie, in der die Fliesen spiegelblank poliert sind?“

„Ja natürlich –“, stimmte er ihr mit einer gehörigen Prise Sarkasmus zu. Doch dann platzten die vielen Fragen in seinem Kopf heraus: „Was war das für ein Handel, den Sie da abgeschlossen haben? Was bekamen Sie im Gegenzug von ihm? Wie konnten Sie ihm glauben, ohne dass er es aussprach?“

„Detective, wollen Sie die Geschichte nun hören oder nicht? Er gab mir sein Wort und mehr zählt jetzt nicht. Sie werden es verstehen, wenn es so weit ist.“

Abermals sah er zu, wie sie einen Schluck aus dem Flachmann nahm. Ihr Blick kreiste suchend durch den Raum und ruhte erst wieder auf dem Detective, als sie den Flachmann wieder vor sich stellte. Dass dieses Gesöff den Flachmann nicht von innen zerfraß, war ihm ein Rätsel. Doch es schien wie Kraftstoff für die Anstrengung, die diese Geschichte von ihr forderte.

…

Mallory trat angespannt wie üblich durch die schwere Tür der Offiziersmesse und war bereit zu dem allabendlichen Schlagabtausch mit ihrem Reiseführer, welcher als feine Dinnerparty für zwei gestaltet wurde. Die wankenden Bewegungen des Schiffs glich sie bereits automatisch bei ihren Schritten aus und sie hatte gelernt, selbst stürmischere Wellen des Atlantiks vorherzusehen. Die Zeit auf dem Schiff konnte sie dabei genauso schwer einschätzen wie in dem gefliesten Raum. Auch wenn die Ausstattung nun wesentlich luxuriöser war, hatte sich ihre Situation wenig verändert. Ein Käfig blieb nun mal ein Käfig, egal, wie er geschmückt wurde.

„Sie sehen mal wieder vortrefflich aus", lobte der Gentleman zu Tisch und stand auf, wie es sich gehörte, wenn eine Dame den Raum betrat.

„Ziemliches Eigenlob, wenn ich die Tatsache bedenke, dass Sie mir jeden Abend das gewünschte Kleid an die Türe hängen", merkte sie schnippisch an und ließ von dem vermummten Kellner den Stuhl heranschieben, als sie sich setzte.

„Ich möchte eben für eine angenehme Atmosphäre sorgen", erklärte er selbstgefällig und nahm ebenso wieder Platz.

„Zuerst dachte ich, diese opulente Garderobe und dieses allabendliche Tamtam sei eine Vorbereitung auf die Mission. Aber langsam glaube ich, es dient nur Ihrem eigenen Wohlgefallen."

„Kann es nicht beidem dienlich sein?", scherzte er trocken und winkte der gesichtslosen Gestalt zum Servieren des ersten Ganges.

„Zumindest zeigen Ihre Hilfsagenten endlich, zu welch vorzüglichem Service Sie fähig sind. In der letzten Inszenierung waren Sie bisweilen wenig zuvorkommend."

„Ah sehr gut, wie haben Sie die gleichbleibende Crew erkannt, ohne je ihre Gesichter gesehen zu haben?"

„Oh jetzt beleidigen Sie mich. Denken Sie etwa, ich bräuchte so etwas Banales, um jemanden zu erkennen? Sie müssten es besser wissen, Henry!"

Sein Mundwinkel zuckte kurz nach oben, zum einen beim Klang seines Namens aus ihrem Mund, zum anderen aus Freude an ihren subtilen Provokationen.

Das Dinner und jede andere Begegnung der beiden erinnerte an eine endlose Partie Schach ohne Figuren. Der eigene Spielzug wurde stets so lange wie möglich verschleiert, während unterdessen versucht wurde, die Taktik des anderen zu entschlüsseln.

„Wann nennen Sie mir endlich das Ziel dieser langen Überfahrt?“, fragte sie schließlich, als das Geschirr des Hauptganges abgeräumt wurde. „Dieses endlose Umherschippern langweilt mich.“

„Oh, sind Sie denn noch nicht dahintergekommen?“, forderte er sie heraus.

„Ach, Sie wissen es also selbst nicht? Haben Sie sich verirrt, kleiner Odysseus?“

„Netter Versuch.“

„Jetzt kommen Sie schon. Sie werden mich ja wohl kaum nach ein paar Wochen Benimmtraining auf hoher See direkt zur Mission bringen. Also, was kommt als Nächstes? Ein Test, um zu prüfen, ob ich bereit bin? Ja, sicher ein Test! Oder wie Sie es so schön sagen: Eine Lektion“, äffte sie ihn nach.

„Wenn Sie meinen.“

„Ach, dann stecken Sie es sich eben sonst wohin! Ich werde es schon früh genug erfahren. Glauben Sie ja nicht, dass ich Sie darum bitten werde, es mir zu sagen“, sprach sie trocken und wandte schulterzuckend den Blick von ihm.

„Oh, Sie werden jetzt doch nicht schon wieder schmollen, oder?“

Formvollendet nahm sie ihre Stoffserviette vom Schoß und tupfte sich die Mundwinkel ab, ohne den Lippenstift zu verschmieren. Leicht gereizt knallte sie den gesteiften Stoff auf den Tisch und griff nach der halbvollen Weinflasche, als sie sich erhob.

„Entschuldigen Sie mich, es ist spät!“, verabschiedete sie sich kühl und kehrte ihm den Rücken zu, noch bevor er sich zum Abschied vollends aufgerichtet hatte.

„Kein Dessert heute?“ Er lachte verstohlen und bekam als einzige Antwort die erhobene Weinflasche in ihrer Hand gezeigt.

…

Mallory stürmte heftig schnaubend durch die engen Gänge unter Deck und folgte der salzigen Luft nach draußen. Manchmal konnte sie seine Gesellschaft einfach nicht ertragen und das enge Korsett machte ihr dieses Unbehagen zusätzlich unerträglich. Am Außengang angekommen klammerte sie sich fest an die Reling und reckte ihren Kopf in die raue Seeluft, um endlich wieder durchzuatmen. Die schaumgekrönten Wellen, welche unaufhörlich ans Schiff klatschten, spiegelten auf seltsame Weise ihren eigenen Gemütszustand. Es war fast beruhigend zu sehen, dass sie nicht als Einzige an britischem Stahl zerschellte.

Bedächtig schloss sie die Augen, zog die kalte Luft in ihre Lungen, bis es schmerzte, und kippte dann den Rest des teuren Weines in sich. Auch der letzte Schluck konnte ihre Wut noch nicht betäuben und so holte sie aus, um die leere Flasche so weit es ging in den Horizont zu schleudern.

Wie hypnotisiert sah sie dem wirbelnden Flug zu und erschrak bis ins Mark, als ein ohrenbetäubender Schuss durch die Luft schnitt. Die weit entfernte Flasche explodierte in tausend winzige Scherben, noch bevor sie auf dem Wasser aufschlug. Ihre Pupillen färbten ihre grünen Augen fast schwarz, als sie ruckartig zum oberen Deck starrte und dort den verhassten Schützen erspähte.

„Sie schmollen ja doch!“, rief er ihr hämisch zu.

Als hätte er sie nicht schon genug gereizt, schallte ein „Los!“ aus einem Mund und eine Tonscheibe zischte über seinem Kopf in die Wolken. Diese ließ er auf eine wahnsinnige Entfernung entkommen, nur um sie dann im letzten Augenblick mit einem perfekten Schuss ebenso zu pulverisieren. Diese Machtdemonstration vollendete er mit einem plötzlichen Öffnen des Gewehres, sodass die leeren Patronen herausfielen. Die zwei dampfenden Hülsen knallten auf den Außengang und rollten als subtile Drohung vor Mallorys Füße.

Diese wandte sich jedoch ab, ohne ihm durch eine Reaktion noch weitere Gefühle offenbaren zu können. Hinter ihr fiel die Stahltür grollend zu, bevor sie sich mit aller Kraft dagegen drückte und sich zu beruhigen versuchte. Egal, wohin sie auf diesem Schiff floh, um ihm zu entkommen, er hatte sie innerhalb weniger Augenblicke gefunden. Langsam beschlich sie das Gefühl, er würde sie selbst im hintersten Winkel der Erde finden können. Sie müsste alsbald einen entscheidenden Schachzug aus dem Ärmel ziehen. Sonst würde er bald den Gefallen an ihr verlieren und sie selbst womöglich das Schicksal der Weinflasche teilen.

…

Eigentlich hatte sie gedacht, ihr Ziel sei London, doch damit lag sie völlig daneben. Das Schiff legte an einem Ort an, von dem sie nicht einmal wusste, ob es England war. Aus dem Stimmengewusel des Hafens versuchte sie verzweifelt etwas zu verstehen, doch der verwaschene Akzent klang wie eine völlig fremde Sprache. Auch sonst gab ihr die Szenerie wenig Aufschluss über ihren Aufenthaltsort, war sie doch vergleichbar mit jedem anderen Hafen der westlichen Welt. In einem regen Gewusel wurden verschiedenste Waren entladen, schimpften die Arbeiter mit genuschelten Flüchen über die schwere Last und dazwischen huschten die Ratten zwischen ihren Füßen von Bord. Auf dem Hafenplatz wurden die Säcke und Kisten von gierigen Händlern verladen oder direkt verhökert, kaum dass sie abgestellt wurden. Einige der Matrosen strömten eilig vom Schiff in die zahllosen Kneipen, vor denen freizügige Damen mit ihren Diensten lockten. Ebenso wie die Ratten schlichen kleine Kinder durch die Menschenmassen und suchten mit flinken Fingern nach allem, was sie erbeuten konnten. Einige davon jagten auch die Nagetiere selbst, die fettgefressen von den Abfällen der Wirtshäuser ihr verlaustes Fell putzten. Welch herrlicher Pulk an niedrigsten menschlichen Bedürfnissen und Mallory hatte die große Sehnsucht, sich ins Getümmel zu mischen. Instinktiv bemerkte sie, wie Henry sich lautlos an sie heranschlich, als hätte er ihren Gedanken lesen können.

„Gehen wir an Land?“, fragte sie, ohne den Blick vom Hafenplatz zu nehmen.

„Nein, nur ich. Wagen Sie es ja nicht, das Schiff zu verlassen!“, zischte er und stieg auf die Gangway, welche gerade auf die Kante des Hafenplatzes knallte.

Glaubte er wirklich, sie würde sich daran halten? Wohl kaum, denn sie wusste ganz genau, dass er nun ihre Fähigkeiten auf die Probe stellen wollte.

Der berüchtigte Test vor dem Start der Mission, den er so lange leugnen wollte. Kaum hatte Henry einen Fuß auf das harte Pflaster des Hafens gesetzt, verschwand er vor ihren Augen im hektischen Treiben der Händler, Fischer und Huren. Sie verschränkte die Arme vor ihrer Brust und seufzte belustigt. Sie hatte keinen Drang zur Eile, denn er würde nun Stunden damit verbringen, eine falsche Fährte zu legen. Sein eigentliches Ziel hatte er schon längst durch den ersten instinktiv gesetzten Schritt verraten. In aller Seelenruhe ging sie wieder unter Deck und begann, ihr Outfit für den großen Auftritt auszusuchen.

…

Schon einige Zeit war er unterwegs, hatte immer wieder Schleifen und Sackgassen in seinen Weg eingebaut. Nun war er auch ohne Blick über die Schulter sicher, dass ihm niemand folgte. Endlich am Ziel klopfte er an eine klapprige Holztür eines Hinterhauses, die sich kaum noch in den Scharnieren halten konnte. Im Inneren klickten viele kleine Schlösser und die klapprige Tür entpuppte sich als äußerst massiv. Nur einen Spalt wurde sie geöffnet und jemand schien dahinter auf eine Identifizierung zu warten.

„God save the Empire“, flüsterte Henry und die Tür schwang auf.

Ein herrlich absurdes und simples Codewort. Es amüsierte ihn, auch wenn er dazu genötigt wurde, es immer wieder aufzusagen. Ein Agent, mit dem Aufgabenbereich eines Pagen, bat ihn herein und geleitete ihn zur schmalen steinernen Treppe. Beinahe jede der zahllosen engen Stufen, die er hinabstieg, verfluchte er mit unflätigen Beschimpfungen. Und immer wieder fragte er sich selbst, warum er nicht den anderen Weg genommen hatte. Irgendwann würde er sich hier noch mal den Hals brechen.

Mit jedem Meter, den die unebene Treppe ihn noch weiter unter die Straßen der Stadt brachte, stieg ein modriger, erdiger Geruch auf. Am Ende der Treppe stand er vor einer kunstvoll verzierten Eisentür, durch welche Musik und der Geruch von Zigarren drang.

„Nun kommen Sie schon rein! Wir warten bereits eine Ewigkeit!“, rief jemand dahinter.

Die aufkommende Wut über die Herrschaften, in deren Gesellschaft er sich jetzt begeben musste, schluckte er mühsam runter und trat ein. Das Einzige, was ihn etwas besänftigte, war die Tatsache, dass die Herren ungewöhnlich lang auf ihn warten mussten. Sonst war er immer direkt nach dem Einlaufen des Schiffes erschienen.

„Henry, froh, endlich wieder geweihten englischen Boden unter den Füßen zu haben?", scherzte es am Kopfende einer langen Tafel. Der arrogante Silberrücken war so etwas wie Henrys Patron und „Head of the table", wie man hier so schön sagte.

Die Männer, die sich selbst als die Schöpfer des Universums fühlten, saßen mit Brandy im eigenem Zigarrendunst um einen spärlich beleuchteten Tisch. Nur schemenhaft war das Grammophon im Schatten auszumachen, von welchem leise Musik an die blanken, kalten Steinwände schallte.

„Freut mich, dass die werten Herren nun auch musikalische Begleitung in ihrem selbst gewählten Verlies haben. Wie wäre es das nächste Mal mit einem kleinen Kamin? Oder ist es die Kälte, welche Ihre Jugendlichkeit so vortrefflich konserviert?"

„Ihre Spitzen sind hier fehl am Platz, aber Ihr hitziger Hochmut dürfte Sie ausreichend wärmen."

Die anderen, stummen Herrschaften drehten sich auf ihren knarzenden, lederbezogenen Stühlen zu ihm. Ihre bleiche Haut wirkte fast durchsichtig und ihr kurzatmiges Schnaufen nach dieser kurzen Bewegung übertönte die leisen Klänge der Schallplatte. Trotz ihrer bedauernswerten Konstitution bestimmten sie aus diesem Verlies heraus die Geschehnisse auf der ganzen Welt, ohne jedoch wahrhaft daran teilzunehmen. Um ihre unbegrenzte Macht zu demonstrieren, reichte ein simpler Fingerzeig.

„Waren Sie denn erfolgreich?"

„Ja, ich –"

„Nun denn, ich kann mir eine gewisse Skepsis an Ihrer Rekrutierung immer noch nicht vorenthalten, Henry. Wieso glauben Sie, dass wir in diesem äußerst wichtigen Fall nicht in gewohnter Weise agieren sollten?"

Betont atmete Henry ruhig ein und aus. Ohne seine Wut über die Unterbrechung zu zeigen, setzte er erneut zu einer Antwort an: „Meine Herren, wir alle hier wissen, dass dieser Kontinent derzeit einem riesigen Pulverfass gleicht, dessen Lunte jederzeit entzündet werden kann. Auch, wenn wir ohne Mühen einen Krieg über Europa überstehen und dominieren könnten. Es besteht ein Risiko, dadurch die Vorherrschaft an diese unzivilisierten Rinderhirten aus Übersee zu verlieren, die sich nur allzu gerne hier einmischen. Und das wollen Sie doch nicht, oder?"

Die bleichen Mienen der Herrschaften verfinsterten sich und die Arroganz in ihren Blicken wich dem Argwohn. Wie so ziemlich jedes hochwohlgeborene britische Gesäß wollten sie die Bequemlichkeit eines wohlgedeihenden Empires nicht verlieren. Wie die Ledersessel unter ihren irdischen Hinterteilen sollte die Welt ihren Abdruck tragen. Zur Not würde dieser mit Druck und Sturheit ins Polster gebrannt werden. Unter keinen Umständen würden sie ihren derart ausgeformten Platz räumen. Schon gar nicht für diesen liberalen Abschaum von ehemaligen Flüchtlingen und Aussätzigen. Man konnte mit ihnen Handel treiben, von ihrer Wirtschaft und ihrem Überfluss profitieren, natürlich, aber die Welt gehörte dem Empire.

Bevor Henry den Groll über diese rein rhetorische Frage spürte, setzte er seine Rede fort: „Alles hängt davon ab, ob der Kronprinz den Bündnisvertrag unterzeichnen wird, gegen welchen sich der dahinsiechende König immer gewehrt hat, richtig? Mit diesem Verbund hätte das Empire die Kräfteverhältnisse in dieser lächerlichen Entente unumstößlich geklärt und sich endgültig die Herrschaft über Europa gesichert. Damit dürfte das Empire wieder in dem Glanz erstrahlen, welcher ihm zusteht."

Henry gab nichts auf dieses politische Geschwätz oder die weltfernen Ansichten, die er da von sich gab. Er hatte einen Auftrag und diesen erfolgreich zu erfüllen, trieb ihn unermüdlich an. Es war der einfache Kern eines undurchsichtigen Mannes. Pflichtgefühl, mehr nicht.

Zu welchem Zweck er ständig benutzt wurde, war ihm gleichgültig.

„Zu Ihrer Frage: Nun meine Herren, es bedarf etwas mehr als

das übliche Vorgehen, um gültige politische Bündnisse dieser Art zu schließen. Es ist unumgänglich, das Vertrauen dieses Kronprinzen zu erschleichen. Wenn nötig, muss der Einfluss auf ihn derart subtil ausgeführt werden, dass die Bekundung des Kronprinzen über jeden Zweifel erhaben ist. Eine perfekte Inszenierung reicht nicht aus, sie muss zwingend glaubhaft sein."

„Und dazu brauchen Sie diese Person?" Fast schon würgend schob der Silberrücken eine Akte in die Mitte des Tisches. Darauf war eine schwarz-weiße Fotografie von Mallory geklemmt. Innerlich konnte sich Henrys Euphorie kaum bändigen, äußerlich ließ er wie immer nichts davon durchblicken.

„Sir, ich kenne niemanden, der ihre Fähigkeiten besitzt!"

„Was sollen das bitte für Fähigkeiten sein?"

„Wieso überzeugen Sie sich davon nicht einfach selbst?"

Auch wenn die Zukunft so düster und unheilvoll war, wie er es seit langer Zeit befürchtete, würde er immer mit einem seltenen Lächeln an diesen Moment denken. Die Herrschaften zogen fast simultan die Augenbrauen zu einem Knäul in der Mitte der Stirn zusammen. Einige blickten mit zusammengekniffenen Lippen erneut auf die Fotografie oder glotzten ihren Nachbarn mit knirschenden Kiefern an. Mit solch niederem Volk würden sich die Bewahrer der Weltordnung nicht abgeben, dafür hatten sie doch Henry.

Die Nadel sprang aus der Platte und mit einem unangenehmen Kratzen verstummte die Musik. Aus der dunklen Ecke, wo gerade noch die leise Melodie erklungen war, klackerte unerwartet das Aufsetzen von hochhackigen Schuhen. Mit feinen, wohl gesetzten Schritten trat Mallory halb in den Lichtkegel. Durch das vorhersehbare Ablenkungsmanöver hatte sie genug Zeit gehabt, sich umzuziehen, und trug ein elegantes, marineblaues Kostüm mit langem, hochgeschlitztem Rock. Die stoffbezogenen Knöpfe bis zum Hals hatten kein verräterisches Licht reflektiert, während sie im Verbogenem gewartet hatte. Ihre komplette Garderobe war exakt auf ihre Figur gearbeitet und saß wie eine zweite Haut. Natürlich hatte es Henry unbemerkt in ihren Schrank geschmuggelt und sie hatte genau gewusst, für was es war, als sie es entdeckt hatte.

Mit langsamen, grazilen Bewegungen schritt sie langsam um den Tisch herum und gab den Herren genug Zeit, ihre Überlegenheit zu bewundern. Sanft strich sie mit den behandschuhten Händen über jede Rückenlehne, an der sie vorbeilief, und kam ihnen dabei ungebührlich nahe. Wie ein elektrischer Schock durchfuhr es jede der Herrschaften, wenn sie spielerisch mit einem Finger deren Rücken streifte.

Die Herrschaften blickten in die Runde und versuchten an ihrem Gegenüber eine passende Reaktion abzulesen. Was zur Folge hatte, dass sich alle gleich leer anglotzten. Doch immer wieder gaben sie ihrer Neugier nach und starrten auf Mallory. Die einen verzogen das Gesicht und drehten sich weg, die anderen hielten die Luft an und geierten ihr hinterher. Für einen einzigen Wimpernschlag verschwand sie schließlich hinter Henrys adretter Silhouette und setzte sich dann aufreizend auf die Tischkante. Einige dickbäuchige Gentlemen erhaschten durch den Rockschlitz einen Blick auf ihre Seidenstrümpfe. Ihre Glatzen benetzten sich mit kleinen Schweißperlen und die Armlehnen vibrierten unter den klammernden, rüttelnden Händen.

Der Rest war immer noch irritiert, wie diese imposante Erscheinung in dieses bestens bewachte Versteck eindringen konnte. Oder wie die elegante, selbstbewusste Frau vor ihnen mit der grotesken Gestalt auf der Fotografie zusammenpasste. Beiläufig zog sie die eleganten, dunklen Spitzenhandschuhe aus, obwohl durch ihre gemusterte Haut kein Unterschied zu erkennen war. Mit einer Handbewegung strich sie ihre Locken über die Schulter und streckte dabei ihren Rücken für eine noch herausforderndere Haltung. Obwohl Henry kein einziges Mal zu ihr blickte, verriet er ihr mit seiner Körperspannung den inneren Triumph über ihren perfekten Auftritt.

„Darf ich vorstellen, werte Herren? Das ist die mysteriöse Madame Mallory!“, kündigte er sie an wie eine Attraktion.

Mittlerweile hatten die Herrschaften ihre hochwohlgeborene Fassung wiedererlangt. Mit finster gepressten Augenbrauen und verächtlichen Atemgeräuschen überspielten sie die immer noch verkrampften Hände.

„Nun, Henry: Es ist Ihre Verantwortung, wie Sie diesen Auftrag erfüllen, und Sie kennen die Konsequenzen, falls nicht“, knurrte der Silberrücken.

Eine versteckte Tür öffnete sich auf der anderen Seite der Wand. Ein anderer finsterer Page trat herein und knurrte nickend zum Aufbruch. Ein elegantes und stillvolles Zeichen, nun schnellstmöglich die Gesellschaft der werten Herren zu verlassen. Henry ging mit stummem Gruße voran und Mallory folgte ihm, ohne den Blick von den Herrschaften zu nehmen. Bevor der Page hinter ihnen die Tür schließen konnte, flitzte sie erneut vor die Runde und verabschiedete sich mit einem tiefen und zugleich provozierenden Knicks.

„Ich wünsche Ihnen noch gute Geschäfte, Gentlemen!“ Sie kicherte und verschwand schließlich ebenso im angrenzenden Fahrstuhl.

Mit leichtem Ruckeln fuhr dieser langsam hinauf und Henry bedankte sich innerlich, der Treppe fern zu sein. Mallory hingegen kostete ihren Triumph bis zum letzten Moment aus.

„Wollen Sie den gar nicht wissen, wie –“, platzte die Überheblichkeit schließlich aus ihr heraus.

Doch er unterbrach sie augenblicklich mit gefühlskalter und beherrschter Stimme: „Sie sollten mit ihrem eigenen Lobgesang niemals lauter ertönen als der Applaus, welchen das Publikum Ihnen schenkt. Und wie Sie hören, klatsche ich nicht.“

Was gäbe sie jetzt für einen kalten und harten Dolch, mit dem sie ihm seine makellose Fratze zerschneiden könnte. Hätte sie ihre Augen weiter in den Schädel verdrehen können, würde sie es tun. Doch stattdessen blieb ihr nur, sich schnaubend die Spitzenhandschuhe wieder anzuziehen. Ihr aufbrausendes Atmen ließ den Pagen schreckhaft zusammenzucken und entlockte Henrys Mundwinkel ein kurzes Zucken. Natürlich war dieser stumme Diener maßgebend daran beteiligt, dass Mallory den Test erfolgreich bestanden hatte. Bildhaft konnte er sich ausmalen, wie Mallory ihn zuerst bezirzt und dann unterschwellig ausgehorcht hatte. Der arme Tropf ging bestimmt pflichtbewusst jeder Frage zu möglichen Eingängen aus dem Weg und hatte ihr so indirekt jedes Geheimnis verraten, dass er kannte.

…

Oben angekommen öffnete der Page eine ranzige Holztür und sie traten in eine Seitengasse, die direkt auf den belebten Hafenplatz führte. Mit einem unfreundlichen und vielsagenden Knallen schloss der Page hinter ihnen die Tür. Sie waren alleine.

Immer noch beleidigt und schmollend wegen Henrys Desinteresse lief sie, ohne auf ihn zu warten, Richtung Schiff. Einige Schritte ging er mit, blieb dann erneut stehen und klatschte leise. Das dumpfe Geräusch, mit dem seine Lederhandschuhe aufeinander prallten, zog sie aus ihrer Wut. Mit einem erneuten, diesmal nur angedeuteten Knicks drehte sie sich zu ihm und wartete, bis er zu ihr aufschloss. Mehr bedurfte es nicht in diesem schwer zu erfassenden Verhältnis.

Das Schiff wurde derweil mit allerlei Fracht beladen, was auf weitere Passagiere und zu ihrem Missmut auch auf eine erneute Schiffsreise schließen ließ. Sie knöpfte ihre hochgeschlossene Kostümjacke ein wenig auf, sodass man ihren tätowierten Hals sah, und ging wortlos zu der nächstgelegenen Hafenkneipe. Auf Henrys fragenden, aber nicht überraschten Blick erwiderte sie nur pampig: „Bevor ich wieder tagelang mit Ihnen auf einem Schiff gefangen bin, will ich mich erst mal amüsieren!“

…

Der Detective unterdrückte gezwungen ein Gähnen und presste sich die Augäpfel mit den Fingern fast komplett in den Schädel. Obwohl er gefesselt war von dem, was er da hörte, hatte ihre Stimme dennoch eine seltsam beruhigende Wirkung auf ihn. Wie auf Kommando trat Andrew mit zwei dampfenden Tassen Kaffee in den Verhörraum. Dem Detective entging nicht sein immer noch verkniffenes Gesicht. Der arme Bursche musste längst erkannt haben, dass er durch einen Vorwand aus dem Raum verbannt worden war. Dem Gespräch folgte er jedoch trotzdem heimlich aus dem Nebenzimmer.

„Der Chief hat sich zurückgezogen, die Wache ist menschenleer. Aber ich muss Ihnen sagen, Sir: Sie haben nicht mehr lange Zeit, der Marshall wird morgen in aller Frühe hier eintreffen. Der Chief höchstpersönlich hat ihn per Telegramm wegen eines brisanten Verbrechens her zitiert. Mehr konnte ich nicht herauskriegen“, flüsterte er dem Detective zu, als er die Tassen auf den Tisch stellte.

„Ja schon gut, Andrew“, beruhigte ihn der Detective und schickte ihn abermals raus, bevor dieser mit Stolz die Wärme des Kaffees verkünden konnte. Der Verstand des Detectives war ohnehin schon längst voraus galoppiert. Diese unwichtige Stadt hatte zuletzt einen Marshall gesehen, als die junge Frau für vermisst erklärt worden war. Die Hysterie, mit welcher die Bürger nach der verschwundenen Grace suchten, nahm damals groteske Folgen an. Selbstjustiz gegenüber Schaustellern oder sogar fremdwirkenden Händlern wurde zur Tugend erkoren. Natürlich billigte der damalige Marshall die weitgreifende Hetze, wollte sich aber selbst nicht dafür verantworten. Seitdem kam jedes Jahr eine Beileidsbekundung zum schweren Verlust der Parkers, sowie eine halbherzige Ermahnung zur Gesetzeswahrung. Hieß so viel wie: Verfolgt, wen immer ihr wollt, aber gebt Gesetzestreue vor. So weit war dieses vorgeheuchelte Verhör mit gewünschtem erzwungenem Geständnis nichts Ungewöhnliches. Die Obrigkeit kam jedoch sicherlich nicht ohne triftigen Grund hierher. Ein eindeutiges Zeichen dafür, dass hier etwas anderes im Hintergrund gespielt wurde. Ganz gleich, woher der Chief von ihrer Identität wusste, dieser gierige Mistkerl hatte gewiss einen gewichtigen Deal ausgehandelt, mit dem Mallorys Auslieferung beschlossen wurde. Der Marshall würde sich ihrer persönlich annehmen und alles Mögliche aus ihr herausprügeln. Schließlich verbargen sich in ihr brisante Informationen des britischen Geheimdienstes. Vielleicht hatte der Chief sogar eingeplant, den Detective gleich mitzuentsorgen, wenn er sich gegen die Überstellung von Mallory wehrte.

„Alles okay, Detective? Machen Sie sich mal um mich keine Sorgen. Können wir weitermachen?“

Vermutlich hatte sie bereits um ihr nahendes Schicksal gewusst, als er sie aus dem Keller holte. Doch was, wenn er etwas in ihrer Geschichte aufstöbern könnte, mit dem er ihre beiden Hälse aus der Schlinge ziehen konnte? Einen großen Schluck des brühheißen

Kaffees schlürfte er, ohne nachzudenken. Die heiße Flüssigkeit verbrannte fast seine Kehle, doch der Schmerz hatte einen positiven Nebeneffekt. Die Müdigkeit war aus seinen aufgerissenen Augen vertrieben.

„Also, wo ging es danach hin?“, fragte er sie schließlich nach dem nächsten Etappenziel ihrer abenteuerlichen Reise.

5

Das berüchtigte Jagdschloss des Kronprinzen war mehr eine Mischung aus Bordell, Kneipe und Theater. Eine illustre, eigenartige Gesellschaft tummelte sich rings um das imposante Gebäude. Ebenjene fühlten sich als leidenschaftliche Baumeister und Ausstatter berufen.

Es war kaum zu erkennen, aus welcher Epoche die Grundmauern dieses Schlosses stammten und ebenso unergründlich war der ursprüngliche Baustil. Die Fassade war über und über mit merkwürdigen Tongebilden überzogen, welche sich teils überlagerten oder bereits zur Hälfte verwittert waren. An allen Ecken vergingen sich die selbsternannten Künstler an den Werken ihrer Vorgänger. Abstrakt modellierte Gargoyles ragten überall hervor, als würden Geister aus den Wänden zu fliehen versuchen. Kaum, dass sie vollendet waren, wurden die Kreaturen wieder gänzlich abgeschlagen oder mit neuen Körperteilen bestückt. Selbst bis unter die Dachziegel kletterten einige Todesmutige und kreierten krumme Halbsäulen, Reliefs oder ähnliches an den überfüllten Mauern. Andere begnügten sich damit, eimerweise Farbe gegen die Kunstwerke zu klatschen und lauthals zu johlen, wenn irgendetwas dabei zu Bruch ging. Bettlaken und heruntergerissene Wandteppiche hingen aus den großen Fenstern und dienten sowohl als Schmuck als auch als Kletterhilfe. Einzig die ausgedehnte Grünanlage war so prachtvoll herangezüchtet und gepflegt wie bei anderen Schlossanlagen, auch wenn sie vornehmlich als schmutziger Lustgarten diente. Irgendwie schien es passend, denn genau diese Mischung aus Zerstörung und Prunk war es, die auch Mallory umgab.

Noch immer völlig verkatert und leicht betrunken stolperte sie an den Kutschen entlang, welche sie samt dem neuen Gefolge vom

Hafen hierhergebracht hatten. Genau in diesem Zustand hatte sie die gesamte Zeit an Bord verbracht. Das Schiff war vollbepackt mit aberwitzigen Komparsen, von denen zweifellos keiner auch nur einen einzigen Tag seines Lebens im Zirkus verbracht hatte, aber einen ebensolchen repräsentieren sollten. Zwar taten sie dies mit an Perfektion grenzender Präzision, doch für jemanden wie Mallory war es ein übler Scherz. So etwas konnte sie auf engem Raum nicht nüchtern ertragen.

Währenddessen war Henry in die Haut eines adligen Philanthropen und Geschäftsmannes geschlüpft. Im Namen des Empires sollte dieser ein Zeichen des Wohlwollens an den zukünftigen Bündnispartner übergeben. Es gefiel ihr ganz und gar nicht, dass mit diesem „Geschenk“ anscheinend ihre Wenigkeit gemeint war. Als exzentrisch, unberechenbar und launenhaft war der Kronprinz verschrien und hatte eine nachgesagte Schwäche für das Okkulte und Geheimnisvolle. Für Sagen, Legenden und Märchen. Da schien eine „berühmte“ Wahrsagerin aus der neuen Welt der passende Schlüssel zu seiner Nähe. Nicht jedem wurde Zutritt in dieses Wunderland der Absonderlichkeit gewährt. Seit Jahren hatte ihn kaum jemand von außerhalb gesehen, schon gar nicht jemand von politischem Rang. Allein deswegen galt er in den elitären Kreisen des Auslands als gefährlich.

Im Schloss setzte sich die Mischung aus Zerstörung, künstlerischer Freiheit und altem Prunk fort. Große Ölgemälde an den Wänden waren teils zerschnitten, übermalt oder als Karikatur überkritzelt worden. Etliche Vorhänge an den großen Fenstern waren zerfranst oder wiesen große Brandlöcher auf. Reichverzierte Flügeltüren hingen schief in den Scharnieren oder lagen statt eines Teppichs auf dem Boden.

Um den ersten Eindruck bestmöglich zu nutzen, hatte Henry sie gegen ihren Willen in ein auffälliges, übertriebenes Ballkleid gesteckt. Es sollte wohl die Ästhetik des Kronprinzen reizen und dem Ambiente des Schlosses zuträglich sein. Doch durch die unerwartete Gestaltung dieses Landsitzes wirkte sie damit so fehl am Platz, wie sie sich fühlte. Trotz der vielen Stofflagen, dem Korsett und den zahlreichen Unterröcken kam sie sich so entblößt vor, als wäre sie nackt. Noch ein Grund mehr, warum sie es vorzog, betrunken zu sein. Henry konnte sie vielleicht herrichten, wie er es wollte, aber er hatte keine Macht über ihren Zustand.

Aufgrund ihrer Verfassung musste sie von Henry gestützt werden, während der Tross durch schier endlose Gänge des Jagdschlosses geführt wurde. Eskortiert wurden sie dabei von finster aussehenden Leibwachen des Kronprinzen. Mit diesen Männern war sicher nicht zu scherzen, daher bemühte sich Mallory trotz ihres Alkoholpegels, nicht aufzufallen. Doch wer hatte sich angetrunken schon völlig unter Kontrolle? Henrys aufgeklebter Schnurrbart entlockte ihr zudem ungewollt das ein oder andere Kichern.

„Konzentrieren Sie sich gefälligst“, zischte er leise und knuffte ihr beim Nachgreifen den Ellenbogen in die Rippen. Doch Mallory kicherte unversehens weiter, ihr strammes Korsett dämpfte den mahnenden Stoß komplett ab.

„Welches tote Tier klebt eigentlich auf Ihrer Oberlippe?“, spottete sie unter einem vorgetäuschten Husten.

„Ich sage es nicht noch mal.“

„Och, sonst was, mein Kleiner?“, lallte sie in Henrys Ohr, welcher subtil die Leibwächter observierte. Den Griff um ihren Arm verstärkte er dabei so sehr, dass ihre Haut an dieser Stelle ganz weiß wurde.

„Beruhigen Sie sich mal“, flüsterte sie plötzlich stocknüchtern. „Sehen Sie sich um, ich passe hervorragend in dieses Klientel.“

Im großen Saal angekommen sahen sie den Kronprinzen auf einem übertrieben großen abgewetzten Sessel thronen, vor welchem ein verwirrendes Theaterstück aufgeführt wurde. Skurrile und undefinierbar verkleidete Figuren tanzten umher, gaben seltsame Geräusche von sich und standen offensichtlich unter Einfluss irgendwelcher Substanzen. Der Kronprinz lag halb auf seinem „Thron“, eine gebastelte Krone aus königlichen Dekreten auf dem Kopf und eine rauchende, fast abgebrannte Zigarre in der Hand. Nur gelegentlich sah er zu dem Schauspiel vor sich und winkte halbherzig den nächsten Akt herbei.

Als er seine eintretenden Gäste sah, erhob er sich würdevoll und klatschte einmal unerwartet laut in die Hände. Das groteske Schauspiel endete abrupt, zumindest bis auf ein Vogelwesen, welches zu tief im Stück versunken war und einfach weiter tanzte. Skurril beschrieb diese Situation nicht mal im Ansatz. Umringt von einer weiteren Heerschar von Leibwächtern kam der Kronprinz auf Mallory und ihr Gefolge zu. Der alberne Riesenvogel tanzte dabei ungeachtet zwischen ihnen hindurch.

„Meine lieben Gäste! Willkommen an einem Ort fernab jeglicher Zivilisation", gluckste der Kronprinz und machte eine wirre Armbewegung.

Irgendetwas kam Mallory an diesem Moment seltsam vor und das hatte bei einem derartigen Umfeld etwas zu bedeuten. Es waren die Blicke der Leibwachen, die ihr Gefühl bestätigten. Keiner von ihnen beachtete den gekrönten Mann in ihrer Mitte oder überwachte, wie nah ihm der Vogelmensch in seinem wirren Tanz kam. So sehr hier auch fernab jeglicher höfischer Etikette gelebt wurde, niemals würde dies den gelebten Schwur einer Leibgarde erweichen.

„Wenn das ein Kronprinz ist, bin ich die Kaiserin von China", platzte es kichernd aus Mallory heraus.

Jeder im Saal schien augenblicklich zur Salzsäule erstarrt zu sein. Einzig Henry drehte sich ruckartig zu ihr und verdrehte dabei leicht ihren Arm. Gerade so konnte er verhindern, dass ihm die Röte ins Gesicht stieg, doch seine bebende Unterlippe konnte er nicht bändigen.

„Was erlauben Sie sich?", tadelte er sie und war bemüht, in seiner Rolle zu bleiben.

Noch bevor er sie auffordern konnte, sich für ihr Fehlverhalten zu entschuldigen, unterbrach ihn ein herzhaftes Lachen. Die verkleideten Höflinge sahen sich zunächst verwundert an, stimmten dem Lachen dann mit verhaltenem Gekicher zu.

„Aber, aber werter Lord! Wir sind hier eine Gemeinschaft der Freigeister und Vagabunden! Jeder darf hier seine Meinung kundtun", ertönte plötzlich eine angenehme Stimme hinter der falschen Zirkusbande.

Schon beim ersten Wort war das Gekicher des Hofstaates augenblicklich verstummt, sogar der tanzende Paradiesvogel gab keinen Ton mehr von sich. Damit hatte sich die Frage nach der Autorität geklärt, doch die Besucher blickten sich fragend um, ob sich derjenige auch zu erkennen gab.

Eine der Geleitwachen trat hervor, schritt am Gefolge vorbei und stellte sich vor den Papierkronenprinz. Ein unheimlich anziehender Mann, keine Schönheit im eigentlichen Sinne, doch eine gewaltige Ausstrahlung umgab ihn.

„Außerdem, mein lieber Lord Fountain, Ihre bezaubernde Begleitung hat recht!“ Lächelnd nahm der echte Kronprinz Mallorys Hand aus Henrys Griff. Dann setzte er zu einem angedeuteten Handkuss an, während er ihr tief in die Augen sah: „Sie sind dann wohl die berüchtigte Miss Mallory? Eine Freude, Sie kennenzulernen. Sie erfüllen alle meine Erwartungen.“

„Zum einen verkehre ich nicht gerne in erfüllten Erwartungen und zum anderen heißt es immer noch: Die mysteriöse Madame Mallory!“ Sie lächelte und löste ihre Hand sanft aus seiner.

Entzückt nickte er ihr zu, während er die Leibwächterjacke auszog und ein Gehilfe ihm einen reichverzierten, eleganten Mantel überstreifte. „Sie entschuldigen hoffentlich diese kleine Maskerade, aber der Leiter meiner Leibgarde empfand es als notwendig. Sie wissen schon: unstete Zeiten! Mein Vater weilt nur noch halbherzig unter den Lebenden und schon wollen mir alle an den Kragen.“

„Das Empire war Ihrem Land stets zugetan und seien Sie versichert, Hoheit: Wir hoffen in friedlichen Absichten auf Fortbestand unserer reichhaltigen Handelsbeziehungen.“

Noch nie hatte sie Henry so geschwollen und unterwürfig reden hören. In präziser Ausführung gab er den perfekten, speichelleckenden Lord ab. Auf jeden Fall würde sie ihn später damit aufziehen. Gekrönt wurde seine Rede noch mit einer angedeuteten Verbeugung, was Mallory mal wieder als übertrieben empfand.

„Um Gottes willen!“ Der Kronprinz lachte. „Ich kann mir kaum vorstellen, wie es gewesen sein muss, die lange Reise neben diesem lebenden, höfischen Protokoll auszuhalten. Keine Sorge, meine

Liebe, ab jetzt können Sie sich hier so frei bewegen, wie Sie nur möchten."

Erfreut über seine Worte und gleichzeitig von ihnen herausgefordert, hob Mallory verspielt eine Augenbraue. Ihre Lippen kräuselten sich, während ihre Blicke nach etwas Schabernack suchten. Mit einem gezielten, schnellen Handgriff entwendete sie der Leibwache neben sich den reichverzierten Dolch und schnitt einmal entlang ihrer linken Seite durch den Stoff. Das monströse Ballkleid platzte auf, fiel zu Boden und sie stand nur noch in schwarzem Korsett und den zahlreichen Unterröcken da.

„Viel besser!", seufzte sie und steckte den schicken Dolch wieder an seinen eigentlichen Platz. „Ich würde mich jetzt gerne zurückziehen und mich von der beschwerlichen Reise erholen. Oder besser gesagt, von dem Trinkgelage mit den Matrosen."

„Natürlich, Teuerste!" Der Kronprinz zwinkerte ihr zu, „Nehmen Sie den Lord gleich mit, ich denke, er sollte sich auch mal hinlegen. Währenddessen kann mich Ihre Zirkustruppe ein wenig unterhalten."

Während sich die Wachen augenblicklich zur Kehrtwende umdrehten, beugte sich der Kronprinz verstohlen zu ihr vor: „Ich habe Ihnen die zwei schönsten Zimmer im Südflügel bereitgestellt. Sie verfügen übrigens über eine diskrete Verbindungstür. Wenn Sie verstehen, was ich meine?"

Amüsiert wechselten seine Blicke zwischen dem leicht entsetzten Lord und der aufreizenden, halbnackten Mallory hin und her. Er fügte schelmisch hinzu: „Wobei – Ich denke nicht, dass Sie sie brauchen werden!"

Mit tiefem Knicks und mit noch tieferem Einblick in ihr Dekolleté verabschiedete sie sich, stieg lässig über den Berg aus Stoff und folgte der bewaffneten Eskorte zu ihren Gemächern. Der falsche Lord stutzte kurz, bevor er hinterhereilte. Drehte sich noch mal um und holte dabei die versäumte Verbeugung nach, bei der er fast stolperte. Währenddessen stellten sich die albernen Komparsen mit ihren Requisiten auf und der Kronprinz verweilte in Staunen, bis Mallory aus seinem Blickfeld verschwand.

„Ich bin gespannt, was sie heute Abend zum Fest anziehen wird“, sagte er zu dem Papierkronenprinz neben sich.

…

Der Prinz hatte nicht zu viel versprochen, ihr Zimmer glich von der Größe beinahe einem Stadthaus. Über und über waren die Wände bis zur Decke mit prachtvollen Gemälden geschmückt und ein riesiges Himmelbett stand in der Mitte des Raumes. Das angrenzende Badezimmer war ausgestattet wie eine moderne Therme und überall mit Gold verziert, wo Gold angebracht werden konnte.

Die erwähnte Verbindungstür wurde heftig aufgerissen und ein erzürnter Henry stürmte außer sich in ihr Zimmer. Sein angeklebter Schnurrbart flatterte dabei so heftig, als ob ihn nur noch wenig in Henrys Gesicht halten würde.

„Nun, wir brauchen die Tür wohl doch“, bemerkte sie beiläufig und seufzte über Henrys vorhersehbares Verhalten.

„Was in aller Welt haben Sie sich dabei gedacht? Wollen Sie uns alle umbringen?“

Gähnend wartete sie ab, bis er sich vor ihr zu voller Größe aufgebaut hatte. Wenn sie mittlerweile eins mit Bravour beherrschte, dann, Henry derart zu reizen, dass er aus der Haut fuhr.

„Entspannen Sie sich mal“, hauchte sie amüsiert, „es hat doch alles einwandfrei funktioniert, oder nicht? Der Kronprinz mag mich und wird mir schon bald wie gewünscht aus der Hand fressen.“

„Was denken Sie? Niemals werden Sie eine derartige Situation kontrollieren können, wenn Sie ständig improvisieren und vom Plan abweichen!“

„Im Gegensatz zu Ihnen mag ich es zu improvisieren und bin damit bislang immer an mein Ziel gekommen. Sie müssten das schließlich am besten wissen. Das Einzige, was sich jeglicher Kontrolle entzieht, ist Ihr Kontrollwahn.“ Wutentbrannt riss sie ihm den halb runterhängenden Schnurrbart ab und warf ihn auf den Boden. Wie auf eine brennende Zigarette trat sie drauf und zerrieb ihn mit ihrer Schuhsohle, bevor sie mit ihrer Rede fortfuhr: „Hören Sie auf mit Ihren ach so perfekten Inszenierungen! Diese Menschen hier sind keine von diesen elitären Observationsopfern, mit denen Sie sonst zu tun haben! Das sind allesamt Kunstfiguren, wie ich es bin. Glauben Sie mir, eine lebende Täuschung kann Heuchelei und Lügen zehn Meter gegen den Wind riechen.“ Wild gestikulierend lief sie durch das Zimmer, während Henry stets nur einen Schritt hinter ihr war. „Oh entschuldigen Sie, Lord Fountain! Sie sprudelnde Quelle höfischen Protokolls! Schäumen Sie ja nicht über!“

Ihre Gesten, welche einen Springbrunnen darstellen sollten, waren schon fast so grotesk wie die Szene des Theaterstücks vorhin. Henry trat vor sie, hielt ihre wild gestikulierenden Hände sanft fest und sah ihr tief in die Augen.

„Wir werden es uns in dieser Situation nicht erlauben, kleine Machtspielchen auszukämpfen. Das mag vorher recht amüsant gewesen sein, das gebe ich zu. Aber wir sind schon lange über diese Kindereien hinaus, oder nicht?“

Beeindruckt von der ruhigen und bestimmten Art, wie er diese mahnenden Worte aussprach, verflog die aufbrausende Wut in ihr. Doch es war die zuvor erlernte Skepsis, welche ihr diese ungewohnte Nähe madig machte. Ging es ihm wirklich um eine engere Zusammenarbeit oder gab er es nur vor, um sie zu beschwichtigen?

„Ich sage ja nur, Sie müssen glaubwürdiger werden. Authentische Gesten erzeugen Sie, indem sie auch so denken wie ein verklemmter, selbstverliebter Aristokrat. Das dürfte Ihnen ja sehr leichtfallen“, scherzte sie, um ihm zuzustimmen und trotzdem nicht nachzugeben. „Und jetzt würde ich gerne ein Bad nehmen, immerhin habe ich später einen großen Auftritt.“

Er ließ ihre Hände los, ging einen Schritt zurück, um der plötzlichen Annäherung etwas Abstand zu geben, und nickte dann, ohne weiter darauf einzugehen. Langsam bewegte er sich Richtung Verbindungstür und Mallory wandte sich zum entgegenliegenden Bad. Fast zeitgleich erreichten beide den jeweiligen Türrahmen.

„Und trinken Sie bitte nicht so viel!“, rief Henry halb ermahnend und halb scherzhaft in den Raum.

„Stecken Sie es sich sonst wo hin, Baron von Sprudel!“

Sie lachte provozierend und griff sich die nächste Flasche Champagner aus dem Kühler neben der Tür, bevor sie im Badezimmer verschwand.

…

Der Ballsaal, tagsüber noch Schauplatz des skurrilen Theaters, war nun ein einziger Haufen Prunk und Protz. Meterlange, üppig gedeckte Tafeln zogen sich durch die gesamte Länge. Die ganzen merkwürdigen Gestalten, die im Schloss und in den Gärten herumschwebten, waren nun fein rausgeputzt und fast schon elegant gekleidet. Nur ihr Verhalten war weiterhin unsittlich, überschwänglich und von Alkohol getrieben. Die anderen Substanzen, die ihre wirren Bewegungen beeinflussten, lagen ebenso in der angeheiterten Luft. Schallendes Gelächter, alberne Unterhaltungen und anzügliche Witze füllten den Saal. Im Grunde war dies ein ähnliches Szenario wie am Tage, nur eben gebündelt in einem einzigen Raum.

Mallory hatte sich zwar an der von Henry vorgegebenen Garderobe bedient, wenn auch nicht wirklich vorschriftsgemäß umgesetzt. Dennoch, ein Kleid war ein Kleid, auch wenn es nur die Umrisse damit gemeinsam hatte. Die schwarzen Muster der reliefartigen Spitze spiegelten ihre ausgeprägte Körperkunst fast exakt wider, als wäre der Stoff auf ihre Haut gewebt. Nur aus der Nähe konnte erkannt werden, dass sie im Grunde nur den gesteiften Überwurf trug. Fest in ein roséfarbenes Mieder geschnürt, lockte sie neugierige Blicke an. Begierig zu ergründen, wo der Stoff aufhörte und ihre nackte Haut anfing. Ihr käfigartiger Reifrock schwang bei der kleinsten Bewegung wie eine Glocke und verwirrte damit spähende Augen, noch bevor sie die Miederkante entdecken konnten.

Die Leibwachen, die das gesamte Fest umstellten, hielten ihre Waffen ruckartig fest am Körper, als sie weiter in den Saal stolzierte. Mallory machte sich einen Spaß daraus, sich ihnen immer wieder zu nähern und zu entfernen. Trieb sie es zu weit, ermahnte sie das leise Räuspern ihrer Begleitung.

Wie auch sonst gab Henry ein stattliches Bild ab. Gott sei Dank verzichtete er auf den falschen Schnurrbart, wohl auch aus Angst, Mallory könnte ihn erneut abreißen. Der Kronprinz, ebenfalls festlich ausstaffiert, kam mit weit aufgehaltenen Armen auf sie zu und begrüßte Henry mit einem deftigen Klapps auf die Schulter.

„Ich hätte Sie ohne diese scheußliche Gesichtsbehaarung fast gar nicht erkannt, Lord Fountain. Diese wunderbare Person hat Ihnen diese Flausen, Gott sei Dank, ausgetrieben. Oder haben Sie etwa selbst etwas Stil entwickelt?"

Mallory musste sich die Hand vor den Mund halten, um ein leises Kichern zu dämpfen, und wurde sogleich vom Kronprinzen in Augenschein genommen. Ihre Hand, die eben noch ihre impulsive Reaktion vertuscht hatte, wurde vom Kronprinzen zärtlich umfasst und er ließ Mallory sich schwungvoll um sich selbst drehen.

„Sie rauben mir mit Ihrer unkonventionellen Schönheit jede Etikette!", säuselte er ihr ins Ohr und drückte sie am Ende der Drehung an sich.

Als wäre diese erste Nähe der beiden ein Stichwort, wandte sich Henry unauffällig ab. Sofort begann er einige Schritte weiter ein angeregtes Gespräch mit einem Herrn, der einen aufwendig bestickten Seidenfrack trug. Dabei gab er eine herrlich improvisierte Vorstellung ab. So eine kunstvoll-bestickte, leichte Seidenqualität hätte er selten jenseits der Seidenstraße gesehen und er bräuchte unbedingt den Namen des Importeurs. Das Empire würde sich natürlich äußerst erkenntlich zeigen und er würde für die Diskretion dieser Information selbstverständlich mit seinem Namen bürgen.

Der Kronprinz blickte über seine Schulter und bewunderte die lockere Zunge des sonst so gehemmten Aristokraten.

„Verraten Sie mich nicht, Darling, aber ich habe den Kammerdiener bestochen, damit er den Tee des Lords ein wenig mit Whiskey streckt", flüsterte sie mit einem Augenzwinkern und führte mit dem Zeigefinger das Kinn des Prinzen behutsam wieder in ihre Richtung.

„Eine Frau ganz nach meinem Geschmack", flüsterte er zurück. „Kommen Sie, Liebes, Sie werden neben mir Platz nehmen."

„Leichter als gedacht", murmelte sie heimlich in Henrys Richtung und verschwand in eine rauschende Nacht.

Alle Register wurden ausgeschöpft, die eine Frau auf subtile Art ziehen konnte. Beinahe spielerisch nutzte sie jeden Moment für eine beiläufige Berührung. Auf weitere Intimitäten verzichtete sie jedoch bewusst, um die fragile Verbindung nicht auf dieses Niveau sinken zu lassen. Unermüdlich befragte sie den Kronprinzen zu belanglosen Themen der Zerstreuung, hörte ihm bedächtig zu und philosophierte mit ihm bis spät in die Nacht. Doch so sehr sie sich bemühte, sie konnte kein Thema lange genug lenken, um wertvolle Informationen über ihn zu bekommen. Selbst als sie anbot, ihm die Karten zu legen, konnte sie ihm keine verwertbare Schwachstelle entlocken, an der eine kunstvolle Manipulation haften konnte. Obwohl sie nach nur wenigen Stunden dem Kronprinzen bereits beachtlich nahegekommen war, konnte sie das Gefühl nicht loswerden, durch diese Vertrautheit ebenso verstohlen ausgehorcht zu werden.

…

„Was zum Teufel tun Sie da?", polterte Henry, als er wie so oft unvermittelt die Verbindungstür der beiden Zimmer aufriss.

„Was zum Teufel tun SIE da?", peitschte Mallory zurück und schnappte sich ein herumliegendes Kleid, um sich zu verhüllen.

„Ah, wieder mal ein großzügiges Geschenk Ihres neuen Verehrers?" Er zeigte auf die zahllosen Präsentkartons, zwischen denen die halbnackte Empfängerin stand.

„Wenn es Sie so brennend interessiert, das Korsett ist neu, nicht das Kleid!" Schnippisch ließ sie das Kleid fallen, stolzierte in Korsett und Unterrock zum Paravent neben Henry und zog sich den Morgenmantel über, welcher darüber hing. Dann schwebte sie leichtfüßig wie eine Ballerina zurück zur ihrer Geschenkparade, nahm sich eine Schachtel Pralinen und drapierte sich aufreizend auf der Récamiere.

„Oh, und wann wird Ihr Gönner das gute Stück bewundern können?" Seine aufbrausende Wut kaschierend, schritt er ruhig auf Mallory zu und nahm ihre nackten Füße vom Polster. Dann setzte er sich wie selbstverständlich neben sie und bediente sich an den Pralinen. Noch mit der zerkauten Schokolade im Mund zischte er:

„Uns rennt die Zeit davon und Sie spielen hier Marie-Antoinette! Ich muss Ihnen doch nicht erklären, was diesem reizenden Hals zugestoßen ist, oder?“

„Sparen Sie sich Ihre subtilen Drohungen!“, hauchte sie und versenkte einen weiteren Trüffel zwischen ihren geschminkten Lippen. „Außerdem, wenn Ihr Plan derart einfach gestrickt war, hätten Sie besser eine Bordsteinschwalbe engagiert.“

„Ja, mit so einer hätte ich weniger Ärger.“

„Oh, jetzt sagen Sie aber nicht, dass Sie unsere Zweisamkeit nicht auch genießen“, säuselte sie und steckte ihm eine Schokoladenmuschel zwischen die Zähne. „Ich weiß sehr wohl um unsere Situation. Wenn der dahinsiechende König stirbt, wird der Prinz ohne Umschweife zur Krönung in die Hauptstadt gebracht und ist außerhalb unserer Reichweite. Dann müssen Sie den stinkenden Bastarden erzählen, dass wir versagt haben, und das wird uns höchstwahrscheinlich den Kopf kosten. Es ist also durchaus passend, dass ich mich wie die letzte Königin Frankreichs aufführe.“

„Bastarde? Herrschaften wie diese werten Männer sind seit Jahrhunderten die Bewahrer des Empires und in ihre Reihen aufgenommen zu werden, gleicht einem Ritterschlag. Das einzige blaue Blut, das man sich verdienen kann. Noch dazu liegt Ihr Leben in deren Händen. Ein wenig mehr Respekt, bitte!“

„Ich wusste doch, dass sie mutterlose Bastarde sind. Und stinken tun sie auch. Ich war lange genug da unten, damit sich dieser Geruch für ewig in mein Hirn brennt.“

„Wenn Sie nicht endlich Ergebnisse liefern, werde ich die Sache in die Hand nehmen!“, überging er ihre erneuten Denunzierungen.

„Oh, und was dann? Werden Sie das Bündnis aus ihm heraus prügeln? Lassen Sie mich einfach meine Arbeit machen, klar? Und jetzt verschwinden Sie! Wenn der Kronprinz nach mir schickt, möchte ich nicht derart vertraut mit Ihnen gesehen werden!“ Sie warf eine Marzipanrose nach ihm, welche er jedoch gekonnt auffing und neben sich fallen ließ.

„Natürlich! Der Kronprinz hat sich seit Tagen nicht blicken lassen, aber ausgerechnet jetzt steht er gleich in Ihrer Tür!“, äffte er sie nach und erhob sich, um zu Verbindungstür zu gehen.

Hastig richtete sie sich auf und schmiss ihm mit voller Kraft die Pralinenschachtel hinterher, welche jedoch an die zufallende Tür prallte. Die übrigen Pralinen kullerten nun traurig über den Boden.

Seufzend ließ sie sich wieder zurückfallen, die ondulierten Locken fielen ihr ins Gesicht und ihre Wangen glühten. Bevor ihr die heißen Tränen in die Augen stiegen, griff sie in die linke Seite ihres Korsetts und zog einen Flachmann heraus. Ein alter Talisman, der sie immer beschützen sollte. Nach einem beherzten Schluck meldete sich ein leichter Würgereiz und beinahe hätten die endlosen Schokoladenberge in ihrem Magen wieder das Tageslicht gesehen. Wie widerlich dieser alte Trank war, hatte sie in der Eile ihrer Verzweiflung vergessen.

6

Um etwas Ruhe von dem Trubel im Schloss zu ergattern, vor allem aber, um dem ungeduldigen Henry zu entgehen, war sie kurze Zeit später in die Ställe geflohen. Pferde hatten ihr schon immer Ruhe gegeben und besonders Hoffnung. Einige ihrer schönsten Erinnerungen waren umgeben von dem Geruch eines warmen Pferdekörpers.

Als könnte sie so in der Zeit zurückkehren, mischte ihr Kopf weitere Herznoten ihrer Erinnerung darunter. Sie schloss ihre Augen und folgte ihrem Geruchs-Gedächtnis in längst vergangene Wunder. Blind und träumend schritt sie die Stallgasse herunter. Ein sanftes Schnauben neben ihr brachte sie zum Stehen und der weiche samtige Flaum von Nüstern kitzelte ihren Arm. Vor ihr stand ein großer, schwarzer Hengst, ein prachtvolles Tier. Wieder drang ein leichtes Prusten aus den bebenden Nüstern, wie die herzliche Begrüßung eines alten Freundes. Sie lehnte ihre Stirn an seinen großen Kopf und atmete tief, während sie in Gedanken erneut ihre Vergangenheit besuchte.

„Sie haben wirklich Talent, Lady Mallory!"

Die Stimme des Kronprinzen holte sie unbarmherzig wieder in die Realität zurück. Und doch war es ein versöhnliches Ende ihrer Tagträume, denn noch nie hatte jemand sie eine Lady genannt.

„Von allen prachtvollen Rössern hier haben Sie ausgerechnet mein Lieblingspferd gefunden!"

Er trat näher und einige Schritte hinter ihm folgte sein persönlicher Leibwächter, jenes Double vom ersten Tag.

Den Hengst begrüßte er mit einem Tätscheln auf den muskulösen Hals und bekam dafür ein tiefes Brummeln als Antwort.

„Er begleitet mich überall hin, wo immer ich bin. Genauso wie

Janis. Vermutlich die beiden einzigen vertrauenswürdigen Seelen im gesamten Königreich."

Für einen kurzen Augenblick huschte ein Lächeln über sein Gesicht, bevor er dem eben erwähntem Leibwächter über die Schulter zunickte. Dieser erwiderte das Nicken, verstand den wortlosen Befehl und verschwand in der Sattelkammer.

„Würden Sie mit mir ausreiten?", fragte der Kronprinz die immer noch sprachlose Mallory. Einige Sekunden vergingen, in denen sich beide nur ansahen. Als suchten sie ihr Spiegelbild in den Augen des jeweils anderen. Seltsame Verbundenheit lag in diesem Satz und auch, wenn genau dies Unbehagen in ihr auslöste, durfte sie dieses Tête-à-Tête nicht versäumen.

„Sehr gerne", sagte sie ruhig, ohne den Blick zu senken. „Es ist nur eine Ewigkeit her."

„Dann nehmen Sie ihn." Er strich dem Hengst erneut über den Hals. „Er wird gut auf Sie achten."

...

Über die weiten Ebenen preschten sie in vollem Galopp, flanierten unter den üppigen Blätterdach der Buchenwälder und trabten durch die klaren, flachen Flüsse, die sich durch die gesamte Landschaft schlängelten. Der Zauber eines Pferderückens unter sich gab ihr eine längst vermisste Leichtigkeit zurück. Ein befreiendes Lachen strömte mit jedem Atemzug aus ihren Lungen. In ihrem Haar wirbelte der Wind, durchzogen vom Geruch der blühenden Wiesen, und der Donner der galoppierenden Hufe durchfuhr ihren ganzen Körper wie dumpfe Paukenschläge.

Schließlich kamen sie zu einer kleinen Anhöhe, von welcher aus ihnen ein klarer Blick auf das Jagdschloss und die verwinkelten Gärten entgegenstrahlte. Mit einem unauffälligen Nicken rief der Kronprinz seinen Leibwächter herbei, der bisher immer einen diskreten Abstand gehalten hatte. Kaum war er auf einige Schritte herangeritten, schwang sich der Kronprinz vom Pferd und reichte seine Zügel rüber. Lächelnd näherte er sich dann Mallory und streckte ihr unbekümmert die Arme entgegen, um ihr aus dem Sattel zu helfen. Wie abgesprochen nahm Janis auch den schwarzen Hengst an sich und verzog sich mit den Pferden in den Schatten des Waldrandes. Ohne ihm hinterher zu sehen, griff der Kronprinz nach Mallorys Hand und führte sie auf den steilen Hang zu, um noch eine bessere Aussicht auf die Ländereien darunter zu erhalten.

„Es sieht von hier oben so friedlich aus, nicht?"

Das eben noch freudige Lächeln war von seinen Lippen verschwunden, als er sein Anwesen betrachtete. Nachdenklich und betrübt klang seine Stimme, als würden ihm die kommenden Worte nicht leichtfallen, dennoch sprach er weiter:

„Es tut mir leid, Sie müssen meine Abstinenz der letzten Tage sicher als Ablehnung verstanden haben."

„Ich –"

„Nein, lassen Sie mich bitte ausreden. Ich hatte die letzten Tage einige Entscheidungen zu treffen. Der elende Zustand meines Vaters hat sich zwar nicht verschlimmert. Dennoch bin ich noch nicht bereit dafür, was passieren wird, sobald er stirbt."

Er nutzte eine kurze Pause, um Luft zu holen, und starrte dabei weiter auf die Aussicht vor ihm. Dabei legte er seine Hand auf ihren Rücken und schob sie mit sich, als er noch weiter auf den Abhang zu ging.

„Ich habe Ihre Aufmerksamkeit und die Gespräche mit Ihnen sehr genossen, ich hoffe, meine Geschenke konnten Ihnen dies vermitteln. Obwohl ich Sie mit Ihrem Gefolge besser augenblicklich aus meinem Schloss hätte werfen sollen, nicht wahr? Es ist nichts Neues für mich, dass Menschen meine Nähe aus bestimmten Gründen aufsuchen. Nun stellt sich die Frage, welche düsteren Absichten hinter Ihren hübschen, grünen Augen verborgen sind?"

Ihre Lippen öffneten sich zu einigen flachen, heftigen Atemzügen, welche sie kurzerhand mit einem Lächeln zu vertuschen versuchte. Unerwartet drehte sich der Kronprinz zu ihr, packte sie fest, aber zärtlich am Arm und sah ihr tief in die Augen.

„Sie sind hier, um mich umzubringen, richtig? Sie und Ihr falscher Lord?", flüsterte er halb scherzend, halb drohend.

„Nein! Nichts läge mir ferner!“

„Dann ist ja gut.“

„Was? Das glauben Sie mir so einfach?“

„Liebes, läge ich sonst nicht schon längst da unten?“

Er grinste ihr amüsiert entgegen und deutete mit einem vielsagenden Nicken zur Seite. Direkt neben ihnen brach die Anhöhe mehrere Stockwerke steil ab. Mallory begann erneut eine leichte Schnappatmung mit einem Lächeln zu kaschieren bei dem Blick in den drohenden Abgrund.

„Ich gebe schon einen komischen Vogel ab, nicht wahr? Ich fürchte den Käfig, aber genauso fürchte ich, die Freiheit könnte mein Trällern verstummen lassen. Was wäre ich schon für ein rebellierender Prinz, wenn mich keine Mauern einsperren, die ich beklagen kann?“

„Entschuldigen Sie?“

„Nun, lassen Sie es mich anders erklären: Sobald mein Vater stirbt, werde ich König sein. Es mag niemanden verwundern, dass ich zum Regieren wenig Lust verspüre oder gar mein geliebtes Jagdschloss zu verlassen. Für das Regieren habe ich immerhin das Parlament. Aber mein geliebtes Exil? Ich erschuf es als Zufluchtsort für alle Menschen, die am Hofe keinen Platz hatten. Am allermeisten erschuf ich es also für mich selbst und habe mir damit meinen eigenen Käfig gebaut. Schon bald werde ich all das gegen eine andere Art von Gefängnis eintauschen müssen. Zweifelsohne ebenso prunkvoll ausgestattet, wenn auch wesentlich fremdbestimmter. Doch ich habe das berauschende Gefühl, Sie könnten mir Abhilfe verschaffen!“

Sprachlos wich sie einen Schritt von ihm weg, obwohl der Abgrund immer noch bedrohlich nahe war. Das Unbehagen darüber, in welche Richtung sich dieses Gespräch entwickelte, spannte ihre Halsmuskeln sichtbar an.

„Keine Sorge, meine Liebe, ich verlange nicht von Ihnen, dass Sie dieses Schicksal lange mit mir teilen. Sie sind wahrlich eine Frau ganz nach meinem Geschmack. Doch leider ändert das nichts an der Tatsache, dass Sie eine Frau sind. Auch wenn Sie mich sehr reizen, meine bevorzugte Kost ist bisweilen anderer Natur.“

Liebevoll blickte er an ihr vorbei zum Waldrand, doch abermals verdunkelte sich seine Miene schlagartig, auch wenn sie darin immer noch tiefe Zuneigung erkennen konnte. Wahrlich galt dies seinem treuen Leibwächter und nicht ihr.

„Ich werde nicht zulassen, dass ihm etwas passiert, und er wird nicht zulassen, dass mir etwas passiert. Aber wer weiß schon, ob wir das wirklich verhindern können? Verstehen Sie, was ich meine? Wir versprechen uns, uns füreinander aufzuopfern, aber kennen wir das Opfer überhaupt, das wir bringen müssen?"

„Ich verstehe es mehr, als Sie ahnen. Aber was genau wollen Sie von mir?"

„Um in Frieden mit ihm an meiner Seite leben zu können, brauche ich eine gute – Na, wie nennen Sie es in Ihrer Heimat noch mal? – Ah ja – Sie müssen meine eigene kleine Freakshow werden. Eine kunstvolle Täuschung, eine reale Illusion."

Auf Mallorys immer noch fragenden Blick nahm er einen überaus tiefen Atemzug und begann:

„Es wird wie folgt ablaufen: Ich werde offiziell um Ihre Hand anhalten und die Hochzeit wird vollzogen, sobald mein Vater verstorben ist. Sie als zukünftige Königin zu präsentieren, ist natürlich unerhört. Das gesamte Land wird zwischen Empörung und Rebellion schwanken, Skandale sollte man schließlich nur im Verborgenem führen. Natürlich wird das Parlament alsbald einen würdigeren Verwandten für die Thronfolge fordern. Jemand mit einer standesgemäßen Vorzeigegattin und den separat geführten Liebschaften. Oh, stellen Sie sich nur diesen Aufruhr und diese Intrigen vor, um mich entweder um meine Krone oder um meine Liebste zu bringen."

„Aber …", versuchte Mallory seinen Monolog zu unterbrechen, doch er fuhr einfach fort:

„Ehrenvoll, wie ich nun mal so bin, werde ich höchstoffiziell von meinen Titeln zurücktreten. Was tut man nicht alles für die Liebe? Doch da Sie in dieser Geschichte das berechnende Biest spielen und nur auf die Krone aus sind, verlassen Sie mich umgehend. Freilich nicht ohne großzügige Abfindung, einer Königin entsprechend. Ich für meinen Teil werde fortan an gebrochenem Herzen leiden und keiner würde ein selbstgewähltes Exil in Frage stellen. Ein armer, einsamer Narr, seiner wahren Liebe beraubt und hinterlistig um die Erbfolge gebracht. Paranoid und verbittert, nur von seinem persönlichen Leibwächter umgeben. Eine wirklich tragische Geschichte!" Er atmete heftig ein für eine theatralische Pause und fuhr dann fort: „Wir alle wären endlich frei! Können Sie sich dieses herrliche Gefühl vorstellen? Endlich am Ende unserer sehnlichsten Wünsche angelangt."

Eingehüllt von seinen letzten Worten dachte sie darüber nach, wie das Ende ihrer sehnlichsten Wünsche aussehen würde. Es war einmal so klar in ihrem Kopf gewesen, doch nun begann alles zu verschwimmen. Ohne, dass Mallory wirklich begriff, was sie da tat, hauchte sie ein einfaches „Ja!" und stimmte in diesen überraschenden Deal ein.

Es war nicht etwa ihre eigene Rührseligkeit, die sie zu einem derart unüberlegten Entschluss trieb. Es steckte mehr dahinter als ihr tief berührtes Herz. Ein unerwünschter Teil ihres Verstandes hatte die Sehnsucht, mit diesem Bündnis nicht nur ihren luxuriösen Aufenthalt zu verlängern. Im Verbund mit dem Prinzen könnte sie vorerst für Henry und seine Aufträge interessant bleiben. Dabei verdrängte sie die vorangegangene Abmachung mit ihm. Noch mehr jedoch, dass deren Erfüllung es hätte sein müssen, nach der sie im Augenblick streben sollte.

Als der Kronprinz zufrieden in die Hände klatschte, zog er Mallory abrupt und unbeabsichtigt aus ihrem Gedankenstrudel.

„Nun, da wir alles geklärt haben: Meine Freunde, sofern ich wirklich welche hatte, nannten mich früher Lew. Ein alberner Spitzname aus unbeschwerten Tagen."

„Moment, warten Sie! Ich verlange eine Gegenleistung!"

„Mehr noch als eine horrende Abfindung, welche Sie bis ans Ende Ihrer Tage verprassen können? Aber gerne, was immer Sie auch wollen."

„Dieser Vertrag. Das Bündnis mit dem Empire. Er muss unterzeichnet werden. Sie müssen mir Ihr Wort geben!"

„Das ist es? Nicht mehr? Dafür haben Sie stundenlang dieses

abstruse, ausschweifende Geschwafel meinerseits ertragen? Haben mir schöne Augen gemacht und sich beinahe prostituiert?“ Er lachte aus voller Kehle, verstummte jedoch, als er Mallorys sturen Blick sah. „Aber von mir aus, was kümmert mich die Politik? Ihr Vertrag wird meine erste und letzte Amtshandlung, bevor ich abdanke. Ich verspreche es Ihnen.“

Er streckte ihr die Hand entgegen und nickte lächelnd, als sie den altmodischen Handschlag erwiderte, der ihren Pakt besiegelte.

„Kommen Sie, wir erzählen Janis diese vortrefflichen Neuigkeiten!“ Er hielt ihre Hand immer noch in seiner und zog sie überschwänglich vom Abhang weg.

…

Derweil lief Henry in Mallorys Zimmer wie ein Tiger auf und ab. Eigentlich hatte er sich bei ihr für sein unflätiges Verhalten entschuldigen wollen, aber er hatte sie nicht finden können. Seine murmelnden Selbstgespräche wechselten dabei von Besorgnis über Wut und wieder zurück zu tiefer Besorgnis. Ihre Unauffindbarkeit trieb ihn dabei mehr um als der ungeplante Alleingang oder die verhasste Improvisation. Im ganzen Schloss gab es nur einen Bereich, den er nicht betreten konnte, und das waren die Privatgemächer des Prinzen. Er wollte sich das Gesicht von den Knochen ziehen bei dem Gedanken, sie hätte seine Anspielungen als Aufforderung verstanden.

Als Mallory schließlich lächelnd und kichernd den Raum betrat, stürzte er auf sie zu. Erst kurz vor ihr stoppte er und wollte gerade Luft holen zu einer Tirade über ihre fehlende Abmeldung.

„Entspannen Sie sich, Henry! Mir geht es gut!“

„Gut – Ich meine, darum geht es nicht – Wo waren Sie, zum Teufel?“

„Der Auftrag ist ausgeführt. Vielen Dank, Mallory, vortreffliche Arbeit!“, ahmte sie ihn in seiner üblich arroganten Sprechweise nach. Ohne auf ihn zu achten, schritt sie dabei durch den Raum und entledigte sich gedankenversunken nach und nach der vom Ausritt verschwitzten Garderobe.

„WAS?"

„Darling, Sie sind heute nicht gerade von der schnellen Sorte, oder? Sie lassen ganz schön nach, seitdem Sie den ganzen Tag in so illustrer Gesellschaft verkehren."

Nichts tat sie lieber, als ihn auflaufen zu lassen, besonders wenn sie einen Triumph über ihn zu feiern hatte. Wieder trat er mit zwei schnellen Schritten vor sie und baute sich auf.

„Ihr Friedensvertrag wird unterzeichnet. Er gab mir sein Wort!", sagte sie völlig gelassen und ruhig.

„Ach, und das glauben Sie ihm so einfach?"

„Ja, er hat keinen Grund mich anzulügen."

„Nun gut, dann packen Sie schon mal, und diesmal wird es auf dem Schiff keinen Tropfen Alkohol geben!"

„Ich werde bleiben", polterte sie ihm entgegen und stampfte dabei mit einem Fuß auf. Einen Dank hatte sie wirklich nicht erwartet, aber diesen ruppigen Befehl erst recht nicht.

„Was? Aber Sie wollten doch –?"

„Das hat Zeit! Ich habe schon so lange darauf gewartet, da macht es jetzt auch nichts, noch etwas länger zu warten. Außerdem kann ich so auch den Abschluss des Bündnisses überprüfen", winkte sie ab und konnte sich selbst nicht eingestehen, dass sie ein Ende ihrer gemeinsamen Reise fürchtete.

„Was verschweigen Sie mir? Es gab nur eine Regel in diesem Spiel. Sie sagen mir alles, jedes gottverdammte Detail Ihrer primitiven Machenschaften."

Kaum hatte er den letzten Satz ausgesprochen, versteinerten sich beide Gesichter zu düsteren Fratzen. Jeder laute Atemzug des anderen wurde umso heftiger erwidert. Während Henry die Eifersucht in seiner Wut nicht begriff, zerschmetterte Mallorys wahnwitzige Idee von einer Zukunft mit ihm in tausend kleine Scherben.

„Jetzt hören Sie mal zu, Sie arroganter, kaltherziger Bastard! Tun Sie nicht so, als ob Sie hier auch nur den Hauch von Macht oder Kontrolle hätten! Sie sind nichts weiter als ein Laufbursche dieser aufgeblasenen, alten Säcke! Aber ich habe genug davon! Sie haben mir Ihr Wort gegeben und das ist alles, was mich noch mit Ihnen verbindet! Ich entscheide selbst, wann ich diesen Pakt einlöse! Und jetzt bleibe ich erst mal bei Lew!“

„Sie nennen ihn LEW? Sie bleiben bei IHM? Woher diese plötzliche Intimität? Ich hätte wissen müssen, dass Sie nichts anderes können als –“

„Wagen Sie es nicht!“

„Es gibt wohl nur eine Fähigkeit, die Sie wahrlich beherrschen!“

„Sagen Sie es nicht!“

„Sehen Sie sich doch an! Ist wohl Ihr bevorzugter Kleidungsstil, was? Nichts weiter als eine HURE!“

Eine Welle von Emotionen, die beide nicht deuten konnten, fluteten den Raum. Bei dem letzten Satz blickte er abwertend auf sie herunter. Selbst wenn sie mal wieder nur im Unterkleid vor ihm stand, hatte er nicht das Recht, sie derart zu behandeln. Da war es wieder, der unbändige Drang, ihm deftig in sein perfektes Gesicht zu schlagen. Sie holte zum Schlag aus, doch Henry war schneller und packte ihre Hand, noch bevor sie Schwung holen konnte. Sekunden standen sie so voreinander, obwohl es ihnen wie Minuten, sogar Stunden erschien. Das Einzige, was die Stille zwischen ihnen durchbrach, waren ihre immer noch drohenden Atemzüge.

Plötzlich eine knarzende Diele in dem Nachbarzimmer. Mallorys Oberkörper schwang so schnell in die Richtung des Geräuschs, dass ihre Augen kaum folgen konnten. Mit seiner Hand, die eben noch ihre Faust abwehrte, schob Henry ihr Gesicht behutsam zurück und legte ihr sanft einen Finger auf die Lippen. Sein kurzes Kopfschütteln signalisierte ihr, sich nicht von der Stelle zu bewegen. Geräuschlos schlich er zur Tür, die ein Stück offenstand, und wand sich hindurch in die Dunkelheit. Mallory hielt den Atem an und starrte zum Türspalt, in der Hoffnung, einen kleinen Hinweis zu erhaschen, was dort vor sich ging. Ihr ganzer Körper zuckte zusammen, als wildes Gerangel zu hören war. Ein dumpfer Aufschlag und irgendetwas ging zu Bruch, dann wieder stöhnende Kampfgeräusche. Ihre Hand drückte sich so fest auf ihren Mund, als könnte der herausgepresste Atem ihr zuflüstern, was zu tun war.

…

Im Nebenzimmer ging es derweilen heftig zu. Einen lausigen Spitzel wie diesen würde Henry normalerweise im Halbschlaf unschädlich machen. Doch mit Mallory in der Nähe waren seine Gedanken nicht beim Kampf. Seine Reaktionen auf die Bewegungen des Angreifers verzögerten sich dadurch auf ein gefährliches Niveau. Sein Verstand lähmte ihn mit der Befürchtung, er würde geschlagen zu Boden gehen und dieser Kerl würde sich als nächstes Mallory vornehmen. Und dadurch trat genau Folgendes ein: Ein einzelner falscher Schritt genügte, um seinem Gegner den entscheidenden Vorteil zu verschaffen.

Blitzschnell wurde Henry an der Kehle gepackt und auf die Knie befördert. Zwar schlug er unaufhörlich um sich, doch der Kerl wich ihm spielend leicht aus. Bei dem Druck auf seinen Hals musste sein Gegenüber nun einfach nur warten, bis er ohnmächtig wurde.

Ein helles Klirren durchbrach den Raum und Henry saugte in einem gewaltigen Atemzug den dringend benötigten Sauerstoff ein. Torkelnd fiel der Fremde zwei Schritte zurück und sank wie ein Sack Kartoffeln zu Boden. Japsend blickte Henry nach oben und hob die Augenbrauen. Eine sündhaft teure Vase war sein Retter gewesen, deren übrige Scherben aus Mallorys blutigen Händen fielen. Als er sich aufrappelte und seine Kleidung richtete, musste er erleichtert grinsen über das zerbrochene Geschenk des Prinzen. Seine Sorge um sie war wohl unbegründet gewesen – in doppelter Hinsicht, wie er nun sah.

Mit gesenktem Blick zog er ein sorgsam gefaltetes Taschentuch aus seinem Jackett und säuberte damit feinfühlig die kleinen Schnitte auf ihrer Handfläche. Bei jedem behutsamen Tupfer kam er ihr näher und drückte schließlich seine Stirn gegen ihre. Es waren keine Worte notwendig, wenn auch beide versuchten, welche zu finden. Wieder durchflutete eine Welle von Emotionen die beiden Körper, diesmal jedoch völlig anderer Natur.

Als ob sie erst in diesem Moment bemerkten, wie nahe sie sich gekommen waren, schreckten sie leicht zurück und richteten ihre

Blicke aus Verlegenheit zu dem regungslosen Angreifer.

„Es tut mir leid, dass ich Sie eine Hure nannte. Sie sind nicht – Ich meine, ich –“

„Er gab mir sein Wort für das Abkommen, weil ich ihn einfach darum bat. Ich fasse es nicht, dass Sie ernsthaft denken, die einzigen Argumente einer Frau befänden sich unter ihrer Kleidung. Glauben Sie mir, wenn dies seine Bedingung wäre, sind Sie wohl eher sein Typ.“

Plötzlich wurde die Tür aufgerissen. Das hereinfallende Licht blendete sie kurz, bevor Janis' Gestalt im Türrahmen es abdämpfte. Schemenhaft konnten sie erkennen, dass er etwas in der ausgestreckten Hand hielt. Nein, es war kein Gegenstand, es war eine andere Hand. Lew trat dicht neben ihn und stutzte ebenso verwundert über das ihm gebotene Bild. Die beiden liebenden Hände glitten augenblicklich auseinander.

„Oh …“, seufzte Henry, als er Mallorys Andeutung verstand.

„Stören wir?“, scherzte der Kronprinz unbeholfen und überfordert. Währenddessen beugte sich Janis runter zu dem Unbekannten und tastete ihn nach möglichen Waffen ab, als ein auffälliger Siegelring aus dessen Hemdtasche fiel.

„… das ist von einer österreichischen Burschenschaft …“, stammelte er und begutachtete den Ring im Lichtschein.

Ohne nachzudenken griff Henry nach dem Ring und drehte ihn mehrmals, als würde er dessen Echtheit überprüfen. Kopfschüttelnd wiederholte er diese Prozedur aufs Genaueste. Als er die zahllosen Augenpaare bemerkte, die auf ihm ruhten, sprang er in die Lord-Attitüde zurück. Er faselte etwas von exquisiter Handwerkskunst, doch vergeblich.

„Er weiß längst, wer Sie sind, Henry. Wo sind wir da nur reingeraten? Andere Länder hetzen ihre Meuchelmörder auf uns? Zuerst auf vermeintlich englische Botschafter und dann –“, überlegte Mallory laut.

„Sind wir etwa die Nächsten?“, quietschte Lew dazwischen.

„Die Gefahr, in der wir uns befinden, könnte ich nicht kleinreden, selbst wenn ich es wollte. Ich kann Ihnen nichts versprechen, Majestät, aber ich gebe mein Möglichstes, damit es nicht zum Äußersten kommt. Ich muss gehen, aber die anderen Agenten werden zu Ihrem Schutz hierbleiben. Schwer zu sagen, ob sich hier noch mehr dieser Bastarde tummeln. Verhalten Sie sich so normal wie möglich, aber gehen Sie keine Risiken mehr ein."

Lew nickte ihm zu. „Ich lasse bis zu Ihrer Abreise einige meiner Leibwächter auf den Gängen patrouillieren. Das Empire soll wissen, dass ich in Ihrer Schuld stehe."

Im nächsten Augenblick führte Janis ihn aus dem Raum.

„Majestät?", rief ihm Henry hinterher und sein sorgenvoller Blick richtete sich auf Mallory.

„Bitte nehmen Sie sie mit. Sorgen Sie für ihren Schutz, solange ich es nicht kann."

„Mit allem, was mir möglich ist", versprach Lew und legte dabei seine rechte Hand auf sein Herz.

Auf dieses Kommando schritt Janis zu ihr herüber und legte ihr seinen eigenen Mantel um die Schultern.

Mallory starrte Henry mit flehendem Blick an, als sie sanft auf den Flur geleitet wurde. „Bitte geh nicht, bleib bei mir!", schrie es in ihrem Kopf, doch ihr Mund bewegte sich nicht. Sie wusste, er musste gehen, er musste die neuen Entwicklungen berichten. Was auch immer dies bedeutete. Mit dem schmerzenden Gefühl in der Brust, ihn vielleicht nie wiederzusehen, verließ sie anstandslos das Zimmer.

„Ich komme wieder. Ich komme dich holen", flüsterte Henry kaum hörbar, als sie im Flur verschwand.

Den übrigen Wachen gab Lew im Flur zu verstehen, dass sich Henry nun selbst um den Angreifer kümmern würde. Diese nickten zustimmend und schlossen die Tür hinter sich, bevor sie Stellung bezogen. Mühsam schleppte Henry den Bewusstlosen zur Wand, richtete ihn auf und beförderte ihn mit einem Tritt aus seinen Träumen. Es würde eine Vielzahl abscheulicher Methoden erfordern, doch vor seiner Abreise würde er aus diesem zähen Bastard schon etwas herausholen können.

„Na? Bereit für die Nachtschicht?", knurrte er, als der Mistkerl langsam zu sich kam.

…

„Unglaublich, Sie waren es wirklich nicht!"

„Enttäuscht?"

„Nein, beruhigt!"

Der Detective nahm einen großen, langen Schluck von seinem fast kalten Kaffee. Im Gegensatz dazu hatte sie ihre Tasse nicht einmal angerührt. Das Einzige, was sie zu sich nahm, war das üble Gebräu aus dem verbeulten Flachmann. Seinem feinen Verstand entging nicht, dass sie ihn jedes Mal zum Mund führte, wenn die Geschichte einen schmerzlichen Punkt erreichte. So wie auch jetzt.

7

Wie so oft stand Mallory am Fenster, obwohl sie mit ihrem leeren Blick auch genauso gut vor einer Mauer hätte stehen können. Dabei hätte ihr Ausblick auf die prunkvollen Gärten von den Privatgemächern des Prinzen aus nicht schöner sein können.

„Es schmerzt mich, dich schon wieder so alleine zu sehen“, ertönte die besorgte Stimme von Lew vom anderen Ende des Raumes. Nicht, dass sie ihn nicht schon längst hinter sich bemerkt hatte.

„Ich bin vielleicht einsam, aber ich bin nie alleine“, lächelte sie gequält und wandte sich zu ihm.

„Unter diesem Dach bin ich immer noch der Einzige mit dem Recht auf Schwermut. Vielleicht würde dich etwas Nähe auf andere Gedanken bringen?“

Ungewohnt ernsthaft kam er noch einen Schritt auf sie zu und blickte ihr auf die blutrot geschminkten Lippen. Seine Hand fuhr ihren Oberarm entlang.

„Lew?“

„Was denn? Nun tu nicht so schockiert. Ach, was vermisse ich diese rauschenden Feste und die ausufernden Orgien danach. Nicht zu wissen, ob man als nächstes eine Frau oder einen Mann besteigt. Entschuldige meine Wortwahl, aber so war es nun mal. Ich liebte diese Abwechslung und nun stecke ich in einer deprimierenden Monotonie fest. Dir muss doch auch unheimlich langweilig sein? Vielleicht würdest du mit etwas körperlichen Ablenkung einem bestimmten Briten nicht so hinterher träumen? Ich meine ja nur, Janis hätte auch nichts dagegen.“

„Lew!“

„Ja, schon gut, aber mein Angebot steht. Auf jeden Fall müssen wir mal hier raus. Komm, wir machen einen schönen, langen Ausritt in die Wälder."

„Aber –"

„Okay, wir reiten nur einmal durch die Gärten. Ich weigere mich trotz der gegenwärtigen Gefahr, diesen schönen Tag in stickigen Gemächern zu verbringen. Immerhin sollten wir uns doch normal verhalten, oder?" Er pfiff kurz durch die Zähne. Sofort trat Janis herein und nahm besorgt die Anordnung seines Liebsten entgegen, gab diese aber ohne den geringsten Einspruch weiter.

…

Das Getuschel und Geflüster, kaum dass Lew und sein Gefolge sich hoch zu Ross im Garten blicken ließen, klang in Mallorys Ohren fast wie ein tosender Sturm. Das illustre Völkchen gab sich kaum Mühe, ihre tratschenden Worte verborgen zu halten. Der plötzliche Aufenthalt der gemusterten Schönheit in den Privaträumen des Prinzen und die ständige Abwesenheit der beiden von den abendlichen Festen blieb nicht lange unbemerkt. Auch die überstürzte Abreise des Lords passte vorzüglich in das Gerücht um eine leidenschaftliche und impulsive Romanze.

„Ich habe gehört, der Lord soll sie sogar in flagranti erwischt haben", zischte es aus einer Damengruppe heraus, begleitet von einem gemeinschaftlichen Aufseufzen. „Und jeder hat doch gesehen, wie nah sich die beiden standen."

„Ach, ich habe ja noch nie geglaubt, dass die zwei nur Offizielles verbunden hat."

„Der arme Kerl ist mit gebrochenem Herzen und tränenden Augen davon gestürmt. So hat es mir die Gespielin einer Leibwache erzählt", erwiderte ein anderes gehässiges Flüstern und vermischte sich mit hohnvollem Gekicher.

Zwar erfüllte sich das Vorhaben des Prinzen damit ohne jedwedes Zutun, in Anbetracht der Umstände kam Mallory dieses Schmierentheater jedoch völlig nutzlos und albern vor.

„Nun, zumindest in diesem Getuschel geht es heiß her." Lew

wandte sich der zerknirschten Mallory zu, um sie aufzumuntern. „Achte nicht auf sie, Liebes. Ergötze dich lieber an den irdischen Schönheiten um dich herum. Die Farben der Rosen, das tiefe Blau des Himmels oder das goldene Licht der Sonne. Finde, was immer dir Freude bereitet“, prustete er mit Leichtigkeit und schwang im Einklang mit den Bewegungen des Pferderückens.

Mit seiner steigenden Laune konnte er Mallory eine zarte Regung auf ihre Lippen zaubern, doch statt auf die prächtigen Blüten um sich herum zu achten, zog sie eine kleine vertrocknete Blume aus ihrer Rocktasche.

Auf den überaus überraschten Blick des Prinzen antwortete sie: „Ich habe sie vorhin an einem Strohballen gefunden. Eine Kornblume, sie sieht fast genauso aus wie zu Hause.“

„Was bist du nur für eine außergewöhnliche Frau? Um dich herum wachsen die seltensten Rosen, Lilien und Sträucher. Aber dich bringt ausgerechnet ordinäres Unkraut zum Lächeln?“

„Sie bedeutet Hoffnung und sie erinnert mich an früher!“

„An früher?“, hakte er nach.

„Ja, einfach nur an früher“, wiegelte sie seine Neugier ab.

„Was auch immer. Ich bevorzuge das Hier und Jetzt. Für mich gibt es kein Früher. Denn da wurde ich nur mit Protokollen gepeinigt und sinnlosem Unterricht. Kaum hatte mein Vater bemerkt, dass ich anders war – andere Geschmäcker hatte – schickte er mich auf Reisen. Angeblich sollte ich die Welt kennenlernen und mich weiterbilden. In Wahrheit durchwanderte ich ein Erziehungsprogramm nach dem anderen. Man sollte mich in die königliche Form pressen, bevor ich unbequem wurde. Kaum war ich alt genug, verbannte ich mich selbst in dieses prunkvolle Exil. Ach, ich werde diesen herrlichen Ort niemals verlassen. Niemals, hörst du?“

„Aber –“

„Ja, der Notfallplan! Sobald Janis etwas Auffälliges bemerkt, steht die Kutsche bereit und bringt uns in Sicherheit. Aber Liebes, so weit wird es sicher nicht kommen. Außerdem wissen wir immer noch nicht, ob überhaupt jemals ein Attentat auf mich geplant war. Vielleicht hatte er es nur auf Henry abgesehen?“, beschönigte Lew die ungenaue Lage. „Komm schon, genießen wir ein wenig die Sonne. Sorgen machen wir uns wieder früh genug!“

Laut lachend gab der Prinz seinem Rappen die Sporen und preschte über den Kiesweg zwischen den Beeten. Nicht ohne ein paar seiner schreckhaften Hausgäste in die Büsche zu jagen. Diese aberwitzige Szene brachte auch Mallory zum Kichern und sie trieb ihr Pferd an, ebenso rasant hinterherzugaloppieren.

...

Zwar hatte Henry diesmal den Weg über den Aufzug in das Verlies der Herrenrunde gewählt, doch er bereute seine Wahl bereits. Auf der kalten, rutschigen Steintreppe hätte er sich jetzt wirklich liebend gern den Hals gebrochen. Nie zuvor war ihm der Gang vor die werten Herrschaften so schwergefallen. Zum ersten Mal musste er um etwas bitten, das ihm am Herzen lag. Bis vor Kurzem hatte er nicht mal gewusst, dass er eines besaß, doch jetzt schlug es ungewöhnlich außer Takt.

Das unregelmäßige Ruckeln der engen Kabine schüttelte ihn durch, während er überlegte, wie er am besten vorgehen würde. Nicht mal den kleinsten Fetzen einer Information hatte er aus dem nächtlichen Gast herausgekommen. Diese Hartnäckigkeit bescherte ihm Kopfzerbrechen. Denn er würde behaupten, höchstens er selbst könne so eine Tortur durchhalten, ohne zu singen.

Der Page trat zur Seite und räusperte sich übertrieben laut, um Henry zu verkünden, dass sie bereits angekommen waren.

„Heute ohne Begleitung, Henry?“, knurrte der Silberrücken, ohne ihn auch nur eines Blickes zu würdigen, als er vor die Tafel trat. Natürlich hatte Mallorys Auftritt hier unten seine Spuren hinterlassen, und zwar keine Erfreulichen.

„Ja, Sir.“

„Sie wurden der jungen Dame wohl überdrüssig, was? Wir hatten gehofft, dass Sie ihr eine entsprechende Behandlung zukommen lassen. Keine adäquate Gesellschaft, nicht wahr?“

„Sir, es gibt Entwicklungen, die ein weiteres Eingreifen unsererseits erfordern. Wir müssen sofort handeln!", begann Henry seinen Report, ohne auf die Provokation zu achten. Bedacht versuchte er seiner Stimme so viel Nachdruck wie möglich zu geben, ohne den Herrschaften zu zeigen, wie dringlich er es eigentlich meinte.

„Erst mal zu Ihrem Auftrag."

„Ja, Sir. Der Bündnisvertrag wird vermutlich soeben aufgesetzt und wird schon bald zur Prüfung in Westminster vorliegen."

„Der Auftrag ist also noch nicht erledigt? Und die Dame?"

„Es ist so gut wie vollbracht, Sir. Lady Mallory ist auf dem Schloss geblieben, um den weiteren Ablauf zu überprüfen. Aber wir –"

„Dann verstehe ich nicht, was Sie hier zu suchen haben? Seit wann werden Sie vorstellig, wenn der Auftrag noch nicht vollendet ist?"

„Darum geht es ja: Sir, wie ich bereits sagte, es besteht eine Dringlichkeit –"

„Wir bestimmen immer noch, was dringlich ist und was nicht. Nun, betrachten Sie dies als eine offizielle Verwarnung. Ich hoffe, das bringt Sie wieder zur Räson. Außerdem sehen wir uns gezwungen, Sie von dem Fall abzuziehen. Wir werden umgehend einen anderen Agenten vor Ort kontaktieren, um die Sache mit dem Kronprinzen gebührend abzuschließen."

„Sir, ich muss –"

„Sie wagen es erneut, das Wort an uns zu richten?"

„Es gab einen Angriff im Schloss und ich erbitte hiermit weitere Agenten für den Schutz des Kronprinzen und die Sicherstellung des Bündnisabschlusses!", platzte es endlich aus Henry heraus, doch die Herrschaften ergaben sich prompt in herzlichem Grunzen.

„Oh Henry, haben Sie etwa Ihre Order nicht bekommen?", fragte der Silberrücken belustigt und klärte den Ahnungslosen auf. „Wir haben einen Boten geschickt, der Ihnen den weiteren Verlauf des Auftrags mitteilen sollte, wenn es so weit ist. Alfred, ich sagte dir doch, dein Bursche taugt nichts."

Empört von der Unfähigkeit seines Schützlings paffte der Herr neben dem Silberrücken an seiner Zigarre. Auch vom Rest des Tisches bekam er nur abfällige Blicke, während Henry immer noch im Dunkeln tappte und Schreckliches ahnte.

„Nun, Henry, das Bündnis war doch niemals wirklich Bestandteil unseres Plans. Sie sollten durch diese kleine Finte doch nur glaubhaft wirken. Besonders Ihr kleines – naja – Appetithäppchen würde doch nur für eine ehrenhafte Sache die Schenkel spreizen. Drollig, dass sie es uns mit ihrem Verhältnis zum Prinzen nun noch einfacher gemacht hat!“

„Ich verstehe nicht –“

„Natürlich, wie könnten Sie auch? Der Schutz des Kronprinzen ist uns wohl sicherlich nicht von Interesse, wenn wir selbst ein Attentat auf ihn planen, nicht wahr? Sie sollten es selbst ausführen und den Siegelring einer österreichischen Burschenschaft neben der Leiche platzieren. Alfred, wirklich! Dieser Bursche konnte nicht mal eine einfache Botschaft überbringen. Das ist wirklich eine Verschwendung unserer Aufwendungen! Nur wegen dieser Unfähigkeit musste ich meinen Schützling rügen. So etwas darf nicht noch mal vorkommen, sonst übernehmen Sie selbst die Verantwortung, Alfred.“

„Aber –“, protestierte Henry weiterhin und zog damit wieder die Aufmerksamkeit auf sich.

„Was ist denn noch? Nun seien Sie doch nicht so schwer von Begriff! Ganz Europa weiß, wie sehr das Empire die Entente ausweiten will, und ein Attentat auf einen der Gesprächspartner, noch dazu mit Hinweis auf Österreich, wäre eine fulminante Brisanz!“

„Sie würden damit die ganze Welt in einen Krieg stürzen, der nur schwer wieder zu beenden wäre“, ermahnte Henry vergeblich. Hier ging es nicht einfach um günstige Vertragskonditionen, die er mit etwas Nachdruck besiegeln sollte. Nicht, dass ihn die Tragweite seiner Handlungen sonst interessierte. Aber hier ging es um zahllose Nationen, sogar um ganze Generationen, denen in einem derart ausufernden Krieg die Auslöschung drohte.

„Oh Henry, doch nicht die ganze Welt. Nur Europa, und hier ist ein feuriges Kräftemessen längst überfällig. Wir müssen unsere Geschicke nun aktiv lenken, um bestmöglich daraus hervorzugehen. Wir strotzen vor Ressourcen und rüsten im Verborgenen bereits auf, während Westminster noch höflich den Frieden zu retten versucht. Deswegen braucht uns das Empire auch so dringend, wir verhandeln nicht. Aber es ist die perfekte Täuschung, um blitzartig zuzuschlagen. Der Sieg ist uns gewiss."

Die anderen verstaubten Herren klatschten der feurigen Kriegserklärung des Silberrückens Beifall, während es Henry den Magen umdrehte. Fassungslos den Kopf schüttelnd senkte er den Blick und starrte auf den modrigen Boden der Tatsachen.

„So betrübt, Henry?", hakte der Silberrücken der seltenen Gefühlsregung seines Schützlings nach.

„Nun, Sir, ich hatte gehofft, Sie würden mir bereits mehr zutrauen. Es schmerzt mich, nicht von Anfang an über den gesamten Umfang meines Auftrages aufgeklärt worden zu sein. Derartige Missverständnisse wären nie geschehen", log sich Henry aus der Affäre.

„Nun, in Anbetracht der Umstände ziehe ich hiermit die Verwarnung zurück und stelle Ihnen frei, ob Sie Ihren Auftrag höchstselbst beenden möchten. Sie wissen ja nun, was zu tun ist, nicht wahr? Und richten Sie Ihrer kleinen Amerikanerin einen entsprechenden Gruß von uns aus. Wir schätzen es, keine Zeugen zu hinterlassen, das wissen Sie ja", sprach der Silberrücken bestimmend und versetzte Henrys Herz damit einen empfindlichen Stich.

Doch er behielt die Fassung und verbarg die Mischung aus Wut und Bitterkeit, die ihn erfasste. „Natürlich, Sir, vielen Dank." Noch während er sich verabschiedete, sprang die verdeckte Tür des Fahrstuhls auf.

„Oh und sehen Sie zu, dass Sie es schnell zum Abschluss bringen. Ihren Kollegen vor Ort jucken bereits die Finger am Abzug und wir brauchen Sie schnellstmöglich für den nächsten Auftrag. Das Empire erwartet großartige Zeiten!"

Henry war schon auf dem Weg in den Fahrstuhl und hörte seinem Patron nur noch mit halbem Ohr zu. Erst draußen in der kleinen Seitenstraße erlaubte er sich die aufkommende Verzweiflung und ließ sich schlaff an der Häuserwand heruntersinken. Das Gesicht tief in seinen Händen begraben versuchte er, sich die Zweifel über sein Dasein aus dem Kopf zu pressen. Er konnte kaum einen klaren Gedanken fassen. Das Schicksal eines ganzen Kontinents lag buchstäblich auf einem gespannten Abzug. War dies wirklich, was ihn so berührte? Vielleicht war ein Krieg tatsächlich unumgänglich, wie ein klärendes Gewitter in einer überhitzenden Luft?

„Es ist ein Auftrag wie jeder andere“, flüsterte er gebetsmühlenartig zu sich selbst. Als er endlich ohne zu schluchzen atmen konnte, erhob er sich und richtete seine Kleidung. Was tangierte ihn ein Krieg? Selbst wenn er sich über einen ganzen Kontinent erstreckte, er kannte genügend Orte, an denen sie beide es unbeschadet aussitzen konnten. Ja, sie beide, dachte er und lächelte.

...

„Wir werden ein rauschendes Fest feiern!“ Lews Stimme schallte durch das private Esszimmer, während er aufgedreht zu seinem Platz tänzelte. Statt der erhofften Euphorie blickten ihn ratlose Gesichter an.

„Bitte was?“, platze es aus Janis heraus und auch Mallory schien fassungslos über diesen unvorsichtigen Plan.

„Jetzt kommt schon, ihr zwei! Was sollen diese langen Gesichter?“

„Hast du etwa vergessen –“, ermahnte ihn Mallory.

„Nein natürlich nicht. Aber ich werde den Rest meines Daseins nicht in dieser Tristesse verbringen. Gönnt mir einen einzigen Abend der Freude. Von mir aus mit einem Aufgebot an Sicherheitsmaßnahmen.“

Lew strich Janis sanft über den Kopf, bevor er sich auf den Sessel fallen ließ und eine Traube vom Obstteller vor ihm zupfte. Er warf sie kunstvoll in die Höhe, fing sie mit dem Mund auf und verschlang sie, ohne zu kauen. Mit einem verschmitzten Grinsen zupfte er weitere Trauben von der Rebe und schluckte sie, ohne, dass eine davon seine Zähne berührte. Die letzte warf er herausfordernd über den Tisch und sie verfehlte nur um Haaresbreite Mallory.

„Außerdem ist ein Fest die einzig adäquate Art, eine royale Verlobung zu feiern. Es gilt schließlich, einem Plan zu folgen, und nach meinem Abschied aus der Thronfolge dürfte auch diese lästige Endzeitstimmung aufhören.“

„Es ist immerhin schon eine halbe Ewigkeit seit diesem Angriff vergangen ohne weitere Vorkommnisse“, stimmte Janis kleinlaut dem Vorhaben des Prinzen zu. Auf Mallorys erbosten Blick beschloss er jedoch, sich aus dem Esszimmer zu entfernen und dem Streit fernzubleiben.

„Mir wäre wohler dabei, wenn Henry wieder hier wäre“, flüsterte Mallory zu sich selbst.

„Glaub mir, Liebes, dein Henry wird bald wieder kommen. Und ihr zwei könntet sicher freudiger seine Rückkehr feiern, wenn wir nicht mehr diese Romanze vorspielen, oder?“

„Netter Versuch, Lew.“

„Komm schon, Liebes.“ Lew verzog sein Gesicht zu einer albern bittenden Grimasse.

„Mir ist einfach nicht wohl dabei. Er riskiert gerade sein Leben, um für unseren – ich meine, für deinen Schutz zu sorgen. Und uns fällt nichts Besseres ein, als ein Fest zu feiern, bei dem dich jeder ohne Mühen vergiften kann.“

„Wenn es nur darum geht, dann esse und trinke ich eben nichts.“ Lew zuckte mit den Schultern.

„Du weißt genau, was ich meine. Henry sagte –“

„Oh, du denkst oft daran, was er so sagte, hm? Geht es dabei nur um Dienstanweisungen oder auch um Privates?“, versuchte er sie zu locken.

„Manchmal hasse ich dich!“

„Nein, Liebes, du vergötterst mich!“ Er lachte.

„Schon gut. Von mir aus. Aber wir planen das Fest von hier oben aus und verschicken keine Einladungen. Janis wird sich höchstpersönlich um alle deine Getränke und Speisen kümmern. Und es wird definitiv nicht getanzt!“

Lew jubelte ausgiebig, aber ohne einen Ton von sich zu geben, und auch Mallory konnte sich ein Lächeln nicht verkneifen. Da er gelauscht hatte, kam Janis unvermittelt wieder herein und die beiden Männer drückten ihre Freude in einer herzlichen Umarmung aus. Kurzum lief das Pärchen zu Mallory herüber und band sie ebenfalls in ihre Ausgelassenheit ein. Nach diesem kurzen Ausbruch löste sich das ungleiche Grüppchen voneinander und das Pärchen verließ ihre

Freundin, um sich an die Vorbereitungen zu machen.

Bevor sie den Raum verließen, drehte sich Lew noch einmal spitzbübisch und sagte: „Es wird definitiv getanzt. Und eine Orgie gibt es auch. Basta!"

Ein kleines Fest würde auch ihren Schwermut etwas heben können, dachte sie sich und fiel zurück auf ihren Sessel. Der Klang von Henrys Namen hatte sie dennoch mitgenommen und daher gönnte sie sich einen kleinen Schluck aus ihrem Flachmann. Würde er überhaupt je zurückkommen? Die Chance darauf schwand mit jedem Tag.

8

Der Kronprinz hatte mit dem Ausmaß des Festes für die überschaubare Gästeanzahl etwas übertrieben. Die illustre Gesellschaft der Hausgäste war zwar vollzählig erschienen, doch das Bankett war derart ausufernd bestückt, als würde das Festmahl Monate überdauern. Immerhin war es eine royale Verlobung, die gebührend gefeiert werden wollte. In diesem Umfeld wurde die Neuigkeit gefeiert wie ein befreiender, gewaltloser Putsch. Seit Tagen wurden Parolen über freie Liebe, freies Leben und freie Entfaltung über die Ländereien des Jagdschlosses gerufen. Als würde das Prinzenpaar über die Grenzen dieses erdachten Exils hinaus wirklich Bestand haben. Sollte dieses bunte Völkchen doch zumindest einmal erleben, wie sich die Hoffnung auf eine derartige freie Welt anfühlen könnte.

Im Rausch aus Farben, Gerüchen und Musik ergab sich jeder dieser ausgelassenen Stimmung und Lew hatte beinahe wieder die kindliche Leichtigkeit früherer Exzesse erlangt. Auch Mallory wollte ihm zuliebe gute Miene zum bösen Spiel machen, doch ihr Instinkt ließ sie keine Sekunde unbeschwert atmen. Jeden der bekannten Gäste behielt sie, so gut es ging, im Auge. Besonders, da sich die gefühlslosen Agenten längst dem Hofstaat angepasst hatten. Dem löchrigen Gedächtnis der dauerbetrunkenen Freigeister war längst entfallen, wie und warum die neuen Gesichter unter ihnen aufgetaucht waren. Selbst Mallory wurde einfach nur als neue Königin gefeiert, im neuen Königreich war die Herkunft eines Menschen schließlich egal.

„Wenn du unsere Gäste weiterhin so kritisch beäugst, könnte das Gerücht entstehen, du seist ein griesgrämiges Biest geworden“, sagte Lew und beugte sich dabei zu einem angedeuteten Kuss zu ihr rüber. „Dagegen müssen wir dringend etwas tun.“

Bevor sie protestieren konnte, erhob er sich und zog sie sanft mit sich auf die Tanzfläche. Dort forderte er sie mit tiefer Verbeugung zum Tanz auf und entlockte ihr so ein flüchtiges Lächeln. Vertraut nahm er ihre Hand und schlang seine andere um ihre Taille.

„Ich sagte doch, es wird nicht –“

„Mach dir heute Abend keine Sorgen! Wenn ich jetzt sterbe, dann als sehr glücklicher Mann. Ich wollte schon immer mit einem Knall gehen. Und jetzt tanzen wir“, flüsterte er ihr ins Ohr.

Damit entlockte er ihr ein weiteres, diesmal anhaltendes Lächeln und zeigte sofort, was für ein hervorragender Tänzer er war. Ein sehr aufmerksamer noch dazu, denn wann immer Mallory mit ihren Blicken in die Menge abschweifte, wirbelte er sie in einer anmutigen Drehung umher.

Irgendwann konnte auch sie ihre Leidenschaft zum Tanz nicht mehr zurückhalten und ergab sich vollends dem Moment. Ja, sie würde sich an dieses Leben gewöhnen können. Was wäre verkehrt an einem Leben mit Lew, auch wenn es ein gespieltes war? Wenn ihr persönlicher Kuhhandel abgeschlossen wäre, vielleicht würde sie trotzdem noch ein Weilchen bei ihm bleiben. Da war er wieder, dieser Gedankenstrudel, und mit jeder schwungvollen Drehung versank sie tiefer darin. Alles verschwamm, von Zeit zu Zeit sogar Lews Gesicht vor ihr, als würde sie mit jemand anderem tanzen. In ihrem Kopf wechselte Lews Antlitz immer wieder zu Henry, dann wieder zurück zu Lew und manchmal entflog ihr Verstand sogar zu ganz anderen Orten aus ihrer Erinnerung. Doch Mallory genoss ihre eigene Verwirrtheit, wieso sollte sie es nicht? Immerhin fand sie Trost darin.

Die anderen Gäste lachten und jubelten ihrem Prinzenpaar zu, als wären die bereits vermählt und gekrönt. Als die Musik langsam ausklang und das kleine Orchester ein neues Lied anstimmen wollte, nahm Lew ihr Gesicht in seine Hände und küsste zärtlich ihre Stirn.

Was nur als kleine Geste des Danks gedacht war, brachte das Karussell in ihrem Kopf zum Kippen. Ihre Tagträume, ihr Trost, die Bilder ihrer Erinnerung zerplatzten wie herunterfallende Schneekugeln und ebenso schlug ihr Herz hart auf den Boden der

Tatsachen auf. Sie entschuldigte sich noch höflich, bevor sie hektisch die Tanzfläche verließ. Draußen am Fenstergang angekommen musste sie sich an einer Wand abstützen und rang nach Luft. Ein Gefühl kochte hoch, das sie viel zu lange verdrängt hatte und nun nicht mehr verschleiern konnte. Hastig fummelte sie nach ihrem Flachmann, doch bevor sie ihn greifen konnte, hörte sie ein Geräusch hinter sich. Mit verkrampfter Kehle hielt sie inne.

„Du tanzt wunderbar." Diese Stimme gab ihr den Atem zurück. „Irgendwann würde ich dich auch gerne mal zum Tanz auffordern."

Henry! Ihr Herz machte einen Sprung. Nie hätte sie gedacht, dass sie sich einmal so über seine Anwesenheit freuen würde. Irgendwie sah er anders aus, irgendwie verändert. Seine Gestalt, sein Gesicht, seine Ausstrahlung – sie waren immer noch genauso verlockend und schön. Doch wo sie vorher die gefährliche Täuschung einer bezaubernden fleischfressenden Pflanze witterte, blieb ihr Instinkt diesmal stumm. Es war seine Makellosigkeit, die sonst so perfekte Stimmigkeit, die fehlte. Zum ersten Mal wirkte Henry wie ein normaler Mensch.

Überschwänglich fiel sie ihm um den Hals, stutzte kurz über diesen impulsiven Moment und wich wieder einen Schritt von ihm weg. Einige Mitglieder der volltrunkenen Gesellschaft platzten aus den Flügeltüren und torkelten gackernd in die andere Richtung. Auch wenn keiner Notiz von ihnen genommen hatte, fühlten sie sich so beklommen, als seien sie bei irgendetwas ertappt worden.

„Ich muss dringend mit dir reden. Aber nicht hier", sagte Henry leise und so ruhig, dass es Unbehagen in ihr auslöste.

Ihr fiel auf, wie mitgenommen er aussah, als würde es ihn ungeheure Kraft kosten, ruhig zu bleiben. Bestimmend nahm er ihren Arm und zog sie zu einem Winkel des Gangs, wo sie ungestört sein würden. Dabei war er sehr bedacht darauf, dass keiner der dahinschlurfenden Gäste ihn sah.

„Du wirst sofort deine Sachen holen! Sprich mit niemandem! Wir reisen noch heute ab", zischte er hastig. Die Sorge in seiner Stimme war kaum zu überhören und die Art, wie er zur Eile drängte, machte ihr Angst. Obwohl sie seinen Blick suchte, wandte er sich stets ab. Das

Kräftemessen durch Blickkontakt war bisher ein ständiger Begleiter ihrer merkwürdigen Kommunikation gewesen. Das Fehlen dieses Verhaltens stellte augenblicklich ihre feinen Härchen im Nacken auf.

„Henry?" Sie suchte verzweifelt Augenkontakt, doch er hielt weiterhin seinen Kopf gesenkt. „Henry! Sag mir, was los ist! Was ist passiert?"

„Wir haben keine Zeit, wir müssen sofort hier weg", flüsterte er, darum bemüht, Ruhe zu bewahren. Dies gab ihr vollends das Gefühl, dass etwas Schlimmes bevorstand.

„Oh – in Ordnung – Ich werde sofort Lew informieren. Wir sind vorbereitet, wir können alle sofort aufbrechen!"

„Nein – Wir werden alleine gehen! Und zwar sofort!" Grob packte er ihren Arm, um sie mit sich zu schleifen. Doch sie riss sich los und blieb trotzig auf der Stelle stehen.

„Henry! Du wirst mir jetzt sagen, was hier los ist, und zwar auf der Stelle. Du wirst mir jetzt die Wahrheit sagen! Nur einmal wirst du mir die volle Wahrheit sagen!"

In seinem Gesicht konnte sie sowohl Wut als auch Hilflosigkeit sehen und dieser Ausdruck schauderte sie. Die übliche Überheblichkeit und Unnahbarkeit waren gänzlich verschwunden. Seine glänzende Stirn war in Falten gelegt und er versuchte seine Mimik mit bebenden Lippen zu beruhigen. Nie hätte sie gedacht, in ihm so etwas wie Angst zu sehen.

„Henry?", hauchte sie flehend.

„Es ist vorbei, hörst du?", sagte er in einem ungewöhnlich leidvollen Ton.

„Was soll das heißen? Wir müssen Lew doch schützen! Wir können nicht einfach fliehen."

„Es geht nicht."

„Was soll das heißen, es geht nicht? Das Bündnis! Was ist mit dem Vertrag?"

„Das ist unwichtig, wir müssen jetzt gehen – Ich kann nichts mehr tun!"

„Was? Wieso? Wieso kannst du mir nicht einmal sagen, was los ist?"

Ihre Wut auf seine Verschwiegenheit wurde nur durch ihre Ahnungslosigkeit in Zaum gehalten. Eine brennende Frage schrie in ihrem Verstand und ihre Augen suchten auf dem Boden nach Antworten. Was sollte das heißen, es ist vorbei? Wieso konnte er nichts mehr tun, um Lew zu schützen? Mit flachen, hektischen Atemzügen ging sie langsam rückwärts und kopfschüttelnd richtete sie ihren Blick wieder auf Henry. Der Ausdruck in ihren Augen veränderte sich, die unterkühlte Fixierung darin forderte nach Aufklärung. Diese Situation glich der Wahl nach zwischen Pest oder Cholera: Verschwieg er ihr die Wahrheit, würde sie niemals mit ihm kommen – Gleichwohl könnte sie ihn verfluchen, wenn sie diese erfuhr.

„Es ging niemals um diesen verfluchten Bündnisvertrag!", schrie er beinahe, um seine Gedanken zu übertönen, versuchte sich jedoch sofort wieder zu beruhigen. Er schritt auf sie zu, doch ihre Nähe schien ihn noch mehr aufzuwühlen. Seine Gesichtszüge verzerrten sich, als sein Puls spürbar anstieg. Sie war zum Greifen nah und doch so unerreichbar wie noch nie. „Wir wurden reingelegt, wir waren nie hier wegen des Vertrages. Es war alles nur eine Ablenkung für ihren eigentlichen Plan." Er schaute sich um, als ob die nötigen Worte in der Luft zu finden wären. „Diese Bastarde werden ein Attentat nicht verhindern – Sie haben es selbst in Auftrag gegeben! Sie haben es mir in Auftrag gegeben."

Der letzte Satz beschleunigte ihren Rückwärtsgang, bis ihr Rücken schließlich an die Mauer stieß. Sie wandte sich halbseitig gegen den kalten Stein und stützte sich mit der Hand daran ab. Doch auch mit noch so heftigem Kopfschütteln konnte sie die Worte nicht mehr aus ihrem Kopf löschen. Ihre schwitzige Hand rutschte vom rauen Mauerwerk ab und ihre Gedanken waren so laut in ihrem Kopf, als stünde sie in einer tobenden Menschenmenge.

Strauchelnd drohte sie zu fallen, doch Henry fing sie auf. Die Stärke seiner Arme gab ihr den nötigen Halt, aber sie versuchte sich dagegen zu wehren. Sie wollte seinen Trost nicht und durch die erzwungene Nähe stieg ihre Wut über die Verzweiflung. Wie sollte sie auch verstehen, dass ein guter Mensch wie Lew einfach zum Abschuss freigegeben wurde? Nein, sie konnte es nicht und sie wollte es auch nicht. Unsanft stieß sie ihn von sich weg, sah ihn forsch an. Ihr angespannter Hals ließ jede Ader darin beben und jeden Atemzug fauchend erklingen.

„Wir werden ihn hier rausholen“, sprach sie ruhig und besann sich dann auf ihre Vorbereitungen. Als ob er plötzlich nicht mehr da wäre, lief sie Henry vorbei und begann zu murmeln: „Bis zur sicheren Hauptstadt ist es nur ein Tagesritt. – In den Wäldern hinterlassen wir weniger Spuren. – Wir werden in den frühen Morgenstunden aufbrechen. – Nach dem Fest werden alle im Delirium sein und keiner wird es merken. –“

Ihr Verstand brauchte Platz und drohte zu implodieren, wenn sie ihre Anspannung nicht rausließ. Von links nach rechts tigerte sie umher und ratterte auswendig den Notfallplan herunter. Die Gedanken überschlugen sich in ihrem Kopf. Ja, das würde funktionieren, Janis hatte es minutiös mit ihr geplant. Jeden der Schritte betonte sie wild gestikulierend.

Da ihr Gebrabbel aber langsam in die Unhörbarkeit abdriftete, wirkte es, als verscheuche sie ein umkreisendes Insekt. Vor ihrem inneren Auge ging sie die Landkarte durch und die Strecke, die bereits darauf markiert war.

„Mallory! Nein! Hast du nicht gehört, was ich dir eben gesagt habe?“, unterbrach er ihrem Wahn. Er stellte sich unmittelbar vor sie und schreckte sie dermaßen damit auf, dass sie in ihrer gegenwärtigen Position versteinerte. „Ich sagte, es ist mein Auftrag.“

Ihr Mund öffnete sich leicht mit zuckenden Lippen und ihre Hände verharrten verkrampft in ihrer gestoppten Gestikulation. Doch in ihrem Inneren brodelte es.

„Wieso bist du dann HIER?“, fauchte sie ihn fassungslos an. Ihre Augen flackerten wie loderndes Feuer und versuchten ihn noch immer zu ergründen. Fordernd beugte sie sich vor und je näher sie ihm kam, desto mehr bröckelte die Mauer, welche seine Emotionen verbarg. Ihre Verwunderung über das Flehen in seinen Augen erweichte ihre angespannte Muskulatur, doch milderte nicht ihren Zorn. „Wegen mir?“, fragte sie mit Tränen der Verständnislosigkeit, welche ihre Stimme erstickten. „Wie kannst du es wagen? Wie kannst du es wagen, mir auch nur unter die Augen zu treten? Du folgst blind ihren Anweisungen? Und du verlangst von mir, ihn ebenso im Stich zu lassen?"

Ihr Gesicht war nun nicht mal eine Handbreit von seinem entfernt und ihr Blick hatte einen Hauch seines Flehens übernommen. Die eben noch wild gestikulierenden Hände suchten einen Platz, um zur Ruhe zu kommen. Es war seine Brust, an dem sie diesen fanden, und sein rasender Puls bebte unter ihren Fingerkuppen.

„Ich kann nichts tun. Es ist beschlossen."

„Dann stell dich gegen sie!", flüsterte Mallory und neigte ihren Kopf, um ihrer zitternden Stimme mehr Nachdruck zu verleihen.

„Mallory! Wir müssen hier weg! Hast du auch nur die leiseste Ahnung, was diese Bastarde mit uns anstellen werden? Was sie mit dir anstellen werden?" Flehend umklammerte er ihre Hände auf seinem Brustkorb. Sein erneutes Widerstreben kochte ihr Gefühlschaos zu einer explosiven Mischung hoch. Vergeblich versuchte sie ihn beiseitezuschieben. Seine Nähe wurde nun vollends unerträglich, so sehr sie unterbewusst auch danach suchte. Gewiss spürte sie den Kampf in seinem Innern, sein Körper schien wie elektrisiert von den gegensätzlichen Reibungen seines Gewissens. Für Mallory gab es jedoch nur eine richtige Entscheidung und ihr war es gleich, wie elend er sich dabei fühlen musste. Entweder er würde ihr helfen oder er könnte sich zum Teufel scheren.

„Was bist du nur für ein Mensch? Du hättest wegen mir nicht zurückkommen müssen. Ich komme schon zurecht. Ich war doch nur Mittel zum Zweck. Wieso willst du mich jetzt schützen? Oder ist es nur deine Investition, die du schützen willst? Rettest du mich jetzt, damit du mich auf den nächsten Auftrag vorbereiten kannst? Ich bin nicht dein Eigentum! Und ich werde nicht tatenlos zusehen, wie Lew zur Schlachtbank geführt wird! Rette dich selbst, wenn du musst, nicht mich!", zischte sie ihm entgegen, doch er presste unbeirrt ihre Hände weiter auf sein Herz.

„Geh mir aus dem Weg! Geh mir aus dem Weg!"

„Mallory –" Die Art, wie er ihren Namen sagte, ließ sie erzittern.

„Rette ihn!", flehte sie ihn an, „Hilf uns! Tu das Richtige."

„Ich kann nicht!"

„Bitte, Henry!"

Sie konnte jeden einzelnen seiner heftigen Herzschläge spüren und war bemüht, in seinen Augen die rasenden Gedanken zu verfolgen. Seine Pupillen sprangen wie wild von einer Seite zur anderen und gaben damit unwillkürlich Auskunft über dem Kampf in seinem Kopf. Nach etlichen tiefen Atemzügen kamen sie endlich zur Ruhe und ruhten wieder auf Mallory.

„Keiner weiß bisher von meiner Ankunft", flüsterte er schließlich. „Sagen wir, ich wäre erst morgen früh eingetroffen, dann müsste ich berichten, dass ihr bereits geflohen seid."

„Was?"

„Mehr kann ich nicht tun. Ich werde mich fernhalten und euch Zeit verschaffen."

„Du hilfst uns?", fragte sie erneut, als könnte sie seinen Sinneswandel nicht begreifen.

„Ich helfe dir." Beinahe konnte er es selbst glauben.

…

Kaum war Mallory wieder am Tisch des Prinzen angelangt, bemerkte er an ihrem verschmierten Lippenstift, dass etwas passiert war. Vor allem, weil sie es tunlichst vermied, sich etwas anmerken zu lassen. Ihre zitternden Finger konnten das Weinglas, nach welchem sie griff, kaum ruhig halten.

„Was ist los, Liebes? Geht es dir nicht gut?"

„Wir werden heute Nacht aufbrechen!", flüsterte sie und kippte in einem Zug den lieblichen Wein herunter.

„Was?"

„Verhalte dich normal. Sobald das Fest sich dem Ende neigt, werden wir von hier verschwinden."

„Aber, Liebes, was ist passiert?"

„Henry – Er – Er ist wieder da und drängt zur Eile. Ich werde dir alles erklären, wenn du in Sicherheit bist!"

Während Lew auf diesen Schock ebenso sein volles Weinglas leerte, blickte Mallory verstohlen zu Janis rüber. Er schien ihr Zeichen direkt verstanden zu haben und wandte sich unauffällig weg, um alles vorzubereiten. Nun mussten die frisch verlobten nur noch einige Stunden so tun, als gäbe es die baldige Flucht nicht.

Um sich abzulenken, ging Mallory abermals jede einzelne Etappe der Strecke durch. Noch dazu mögliche ungeschützte Orte und sichere Verstecke, falls sie ausweichen mussten. Nur wenig vernahm sie von dem ausufernden Fest vor sich, welchem Lew nun mit noch mehr Hingabe frönte.

Lange konnte sie diese Szenerie nicht ertragen und entschuldigte sich bei Lew, um etwas Luft zu schnappen. Erneut zog es sie in den einsamen Fenstergang, in welchem sie unbeobachtet ihre Emotionen zeigen konnte. Mit gesenktem Blick presste sie ihre glühende Stirn gegen das Fensterglas und fingerte hastig nach ihrem Flachmann. Wie eben schon hinderte sie etwas daran, daraus zu trinken und die Wirkung des Tranks zu spüren.

Sie vernahm eine Bewegung am anderen Ende des Korridors und wusste sofort, wer es war. Unruhig atmete sie tief durch und beließ den ersehnten Trank vorerst, wo er war. Der Schatten in ihrem Augenwinkel entfernte sich langsam und zog ihren Blick mit sich. Ohne auch nur für einen einzigen Wimpernschlag nachzudenken, folgte sie seiner wortlosen Einladung. Wenn ihr Plan misslang, wäre dies womöglich ihre letzte Nacht auf Erden und sie würde sie nicht alleine verbringen.

…

Wie zwei ausgehungerte Wölfe fielen die beiden übereinander her, als sie endlich den Teil des Schlosses erreicht hatten, an dem sie ungestört sein konnten. Die wechselhafte Anziehung zwischen ihnen entlud sich wie in einem heftigen Gewitter. Doch statt Hagel und Donner bestand ihr Sturm aus hitzigen Küssen und schweißnasser Haut. Fast hatte es den Anschein, als ob sich zwischen ihren Körpern Blitze bildeten wie bei Teslaspulen. Zwar genoss Mallory die heftige Entladung dieser angestauten Spannung, dennoch war sie sich unsicher, ob es sie mehr Schmerzen oder mehr Erfüllung spüren ließ. Sicher, ihr ganzes Sein verzehrte sich nach genau diesem Moment und doch war es fernab jener Zärtlichkeit, die sie so sehnlichst vermisste. Was hatte sie auch für eine Art von Liebe von ihm erwartet? Leidenschaftlich, gewiss, doch immer noch von denselben aufreibenden Machtkämpfen durchzogen.

Auch Henry konnte nicht verhindern, dass seine Gedanken ebenso turbulent durch seine Nervenzellen rasten wie das Verlangen durch seine Adern. Zweifelsohne war er ein weitgereister Mann und teilte seine Nächte des Öfteren mit zwanglosen Begegnungen. Doch dass zwei Körper derart miteinander verschmelzen konnten und jeder Hautkontakt eine Explosion auslöste, war ihm neu. Wie hätte er auch wissen sollen, wie sich wahre Intimität anfühlte? Dafür waren Gefühle nötig und bislang hatte er weder Verwendung für sie gehabt noch eine Ahnung, was sie bedeuteten. Am wenigsten jedoch konnte er ermessen, welch verheerende Nachwirkungen sie haben würden.

Als die inneren Wölfe gesättigt waren und sich die Gewitterwolken restlos entladen hatten, fielen die müden Körper in durchwühlte Laken. Ohne dass sie sich ansahen, suchten sie erneut nach gegenseitiger Nähe, bevor sie einschliefen.

„Und wir werden uns wiedersehen? Wenn alles vorbei ist? Ja?“, nuschelte Mallory erschöpft in ihr Kissen.

„Ja – Ja, das werden wir. Ich würde dich überall finden.“ Ein Schwur, welchen er mit zarten Küssen in ihren Nacken brannte.

…

Kurz vor Morgengrauen schlich Mallory durch das Schloss und erblickte das bekannte Bild nach einem von Lews Festen. Überall lagen verschwitzte und volltrunkene Körper in seliger Ruhe des Rausches umher. Als hätten sich zu einem bestimmten Zeitpunkt einfach alle genau dort schlafen gelegt, wo sie eben noch gestanden haben.

Die Stille wurde des Öfteren von einem beherzten Grunzen oder lautem Schnarchen durchzogen, doch sonst regte sich nichts mehr.

Sie war auf ihrem Weg zu den Stallungen, als sie völlig gedankenversunken in den Erlebnissen der letzten Stunden verweilte. Noch jetzt spürte sie jede seiner Berührungen und hielt sich innerlich an seinen letzten Worten fest. Vor allem aber an dem Versprechen eines Wiedersehens.

Das leichte Lächeln verschwand von ihren Lippen, als sie schließlich den Stalltrakt betrat. Lew tigerte völlig aufgelöst hin und her, murmelte vor sich hin und suchte nach Möglichkeiten, um doch noch im Schloss bleiben zu können. Doch Janis war bereits damit beschäftigt, die Pferde zu satteln und ihr leichtes Reisegepäck zu verstauen. Kaum war Mallory zu ihnen gestoßen, brachen sie bereits auf, ohne dass Lew noch einen letzten Blick aufs Schloss erhaschen konnte.

So unheimlich schön war der Wald um diese Uhrzeit, dass sie fast vergaßen, aus welchem gefährlichen Grund sie unterwegs waren. Der nächtliche Tau hüllte den moosbesetzten Boden in zartes Glitzern, auch wenn noch kein Sonnenstrahl am Himmel zu sehen war. Die kleine Gruppe trabte entlang der Waldwege, um schnell genug voranzukommen, aber gleichzeitig die Pferde noch zu schonen. Lew hatte ihr als Zeichen seiner Dankbarkeit sogar seinen Lieblingshengst überlassen. Ein letztes Geschenk.

Es wird alles gut gehen, beschwor sich Mallory, es wird funktionieren.

9

Ein schleichender Schatten bezog Stellung auf einer Anhöhe, von welcher aus eine große Lichtung gut im Blick war. Es war eine der wenigen gefährlichen Passagen in einem sonst gut durchdachten Fluchtplan.

Zwar hatte er versprochen fernzubleiben, doch er konnte nicht anders. Er log sich selbst vor, dass er nur für Rückendeckung sorgen wollte. Früh war er aufgebrochen, um rechtzeitig hier zu sein, und nur einen letzten Blick hatte er auf sie genossen, bevor er ging.

Wenn er die Augen schloss, sah er immer noch, wie ihre weichen Locken sanft über ihren gemusterten Rücken fielen. Wie gerne würde er jetzt wieder auf das Pferd steigen und zu ihr stürmen. Ein Hauch von Hoffnung durchzog seinen Verstand. Was, wenn er einfach mit ihr verschwinden würde? Sämtliche Ecken und Winkel dieser Welt waren ihm bekannt, wo niemand die beiden finden würde, nicht mal die werten Herrschaften. Zusammen würden sie vielleicht die Liebe und die Hoffnung zurückerhalten, die sie längst verloren glaubten. Er traute sich zu lächeln, ernsthaft und ehrlich. Niemand würde es sehen, also hatte er nichts zu verlieren. Was für eine wunderschöne, unwirkliche Vorstellung und er wollte dieser soeben nachgehen.

„Na? Was für ein Zufall, wir beide hier? Ziemliches Tempo hattest du drauf. Ich bin dir fast nicht hinterhergekommen. Aber jetzt trödelst du ganz schön. Du bist doch nicht etwa in Gedanken, oder? Fahrlässig, bei einem so wichtigen Moment nicht ganz bei der Sache zu sein!“ Eine kalte, klare Stimme erklang aus dem trüben Nichts.

Diese Stimme war ihm nicht fremd und der Hohn darin brachte Henrys Adern fast zum Platzen. Es war nicht einfach nur ein Agenten-Kollege von Henry, er stand einige Stufen über ihm. Dieser Kerl gehörte zum Aufräumkommando und beschrieb die gefürchtete

Konsequenz, die jedem bei einem Fehlschlag drohte.

„Ganz schön unhöflich, wenn alte Bekannte sich nicht begrüßen, oder nicht? Wo sind deine Manieren, Henry?“

„Schön dich zu sehen, Henry“, brummelte er betont genervt.

„Seltsam, aber ich liebe es“, gluckste der andere ein wenig zu amüsiert. „Würde nicht so gut kommen, wenn sie uns Nummern gegeben hätten, nicht wahr? Ob es uns unsere Ersetzbarkeit verdeutlichen soll, wenn sie uns alle Henry nennen? Was meinst du?“

„Du bist wohl kaum zum Plaudern hier. Was willst du?“

„Ach komm schon, du wusstest, dass sowas kommt?! Was hast du dir auch gedacht? Dass du einfach mit der Kleinen abhaust? – O ja, stimmt – Das hast du dir gedacht! Gerade eben noch, nicht?“

„Komm zum Punkt“, knurrte Henry und bemühte sich, so undurchsichtig wie nur möglich zu sein.

„Nun, sagen wir es so: Die Herrschaften wollen sicher gehen, dass du keine Dummheiten machst. Dass dir etwas anderes nicht wichtiger wird als dein Auftrag.“

„Ich weiß nicht, wovon du sprichst“, wich Henry aus und hörte bereits ein entferntes Pferdeschnauben.

„Oh komm schon, Henry! Tun wir nicht so, als wüssten wir beide nicht, was als Nächstes passiert. Du hast für ziemliches Aufsehen gesorgt, ich war ganz schön beeindruckt. Das hätte ich dir gar nicht zugetraut. Weißt du, ich habe es mit ziemlichem Argwohn betrachtet, wie sie dich immer vorgezogen haben. Du solltest mal einen der Stühle bekommen, nicht wahr? Amüsant, wie sich alles entwickelt hat. Ausgerechnet DU in dieser Situation.“

Langsam wurde Henry merklich ungehaltener. So schnell wie möglich musste er ihn loswerden oder zumindest vereiteln, was auch immer er vorhatte. Vermutlich konnte der Typ ebenfalls hören, wie die Flüchtigen aus dem Schloss immer näherkamen. Es würde nicht mehr lange dauern, bis der kleine Trupp auf der Lichtung erscheinen würde.

„Also gut, ich spanne dich nicht länger auf die Folter. Ich habe dir was mitgebracht, als kleinen Ansporn sozusagen.“ Stolzierend schlenderte der andere zu der kräftigen Eiche neben ihm, besser gesagt zu etwas, dass an den Stamm angelehnt war. Als er sich wieder umdrehte, hatte er zwei neumodische Scharfschützengewehre in den Händen. Mit reichlich Schwung warf er Henry eines davon zu. Ein modifiziertes Modell, um Klassen besser als sein eigenes, und die Reichweite war außerhalb jeglicher Vorstellung. Diese Art Waffe existierte offiziell noch nicht mal.

Der andere gab seinem Gegenüber kurz Zeit, das Gewehr zu inspizieren, bevor er weitersprach: „Dafür leben wir doch? Dafür wurden wir jahrelang ausgebildet. Meinst du etwa, ich weiß nicht, was du denkst? Ich kann diese ekelhaften, arroganten Drecksäcke auch nicht leiden und ihre Weltansichten schon gar nicht. Aber das ist nicht unsere Sache. Wir sind nur hier, um ihre Aufträge zu erfüllen, so war der Deal, nicht?"

Ja, der Deal, das große Ganze. Wie Henry diese leeren Worte hasste. Dennoch war es die Wahrheit.

„Wir sind, was wir sind, Henry. Nicht mehr und nicht weniger. Sie haben uns von der Straße geholt, als uns die Welt bereits verlassen hatte. Sie haben uns großgezogen, ausgebildet und uns zu dem gemacht, was wir sind. Das mag nicht immer ehrenvoll sein, aber immer noch besser, als vor dem zehnten Lebensjahr zu verhungern. Wir stehen in ihrer Schuld und wenn wir diese nicht mehr abbüßen können, dann sind wir nichts mehr wert. Wir haben nicht die Macht, unser Schicksal zu bestimmen. Erst recht haben wir keinen Anspruch auf ein Gewissen."

Ein zustimmendes Nicken, denn das drückende Pflichtgefühl in seinem Kopf sagte ihm, dass dieser andere Henry recht hatte. Jeder von ihnen hatte als verlorene Waise diese Bürde für ihr Leben eingetauscht. Kaum, dass sie ihren eigenen Namen vergessen hatten, verblich auch alles andere Menschliche an ihnen. Ein Henry hatte zu gehorchen und zu funktionieren – Das Einzige, was man ihm seit seiner frühen Kindheit eingetrichtert hatte. Er war nichts weiter als eine lebende Version der hochspezialisierten Waffe, die er in Händen hielt. Das einzige Menschliche, das ihm nun noch übrigblieb, war, Lew einen schnellen Tod zu ermöglichen. Dieser Bastard mit seinem ekelhaften Humor würde ihn sicher nur schwer verletzen und sich seinen elenden Todeskampf genüsslich bis zum Schluss ansehen.

Anstandslos stellte er das Gewehr ein, lud es und suchte die beste Position, wie schon tausend Male zuvor. Und auch dieses Mal würde es nicht anders sein. Der andere Agent war direkt neben ihm, ebenso mit der Waffe im Anschlag, sollte es nötig sein, einzugreifen. Die Silhouetten der Pferde blitzten zwischen den Bäumen durch, sie waren fast auf freiem Schussfeld. Mallory würde sicherlich wissen, dass er hier war, schließlich hatte er ihr die Rückendeckung versprochen. Seine hübsche, sture Mallory, die immer wusste, wann er sie heimlich beobachtete. Diese Augen würde er am meisten vermissen, wenn das alles hier zu Ende gehen würde. Niemals hatte er Augen gesehen, die so viel sagen konnten, für jene, die es verstanden, sie zu lesen. Glasklar erschien sie in seinem Objektiv und sie sah noch bezaubernder aus als sonst.

…

Noch halb von den Bäumen umgeben, sah Mallory sich vorsichtig um, als sie den Hengst auf die Lichtung lenkte. Ein sanfter Nebel hatte die Wiese umhüllt und die morgendliche Brise durchspülte die langen Gräser damit wie Wellen. Nur schwer konnte sie den Waldrand auf der anderen Seite erkennen und die Dämmerung erschwerte die Sicht mit einem trüben Zwielicht.

Der Hengst tänzelte nervös auf der Stelle, als Lew und Janis mit ihren Pferden aufschlossen. Doch Mallory gab ihnen mit einer subtilen Handbewegung zu verstehen, hinter den Bäumen zu bleiben. Vergeblich versuchte sie mit ihrem Blick die diffusen Lichtverhältnisse zu durchleuchten. Sie spürte ganz genau, dass etwas in der Luft lag. Wie ein witterndes Reh hob sie ihren Kopf und kniff ihre Augen zusammen, bevor sie die Umrisse der Anhöhe im Nebel entdeckte.

Es dauerte kurz, bis ihr Instinkt Entwarnung gab. Es war keine Furcht oder drohende Gefahr, weswegen sie innehielt. Vielmehr war es ein warmer Schauer von Hoffnung. Es war Henry. Er musste hier irgendwo sein, er war bestimmt gekommen, um sie zu beschützen. Die tippelnden Hufe ihres Pferdes lenkten ihren Blick nach unten und sie erspähte im hohen Gras der Wiese hunderte von Kornblumen, die selbst in diesem Licht zu leuchten schienen.

Erleichtert seufzte sie auf, trieb ihren Hengst weiter hinaus auf die Lichtung und die anderen beiden folgten ihr. Plötzlich durchzog ein schallender Schuss in unmittelbarer Nähe die Luft. Der schwarze Hengst machte einen ruckartigen Satz nach vorne, doch Mallory reagierte ebenso schnell und wendete ihn auf der Stelle.

Ihr Gesicht nahm augenblicklich die Farbe des Nebels an, als sie erkannte, was hinter ihr geschehen war. Janis' Pferd war reiterlos und versuchte panisch einige Schritte zu flüchten, doch dessen lebloser Körper hing am Steigbügel fest. Ein pochender Schwall Blut aus seinem Kopf zog einen dunklen Fluss hinter sich her.

Atemlos suchte Mallory nach Lew, welcher unbeirrt an derselben Stelle stand und sie ebenso fixierte. Doch sein Blick war ungewohnt starr und entschlossen. Die rauchende Pistole hielt er nach wie vor in seinem ausgestreckten Arm.

„Was hast du getan?", keuchte Mallory fassungslos.

„Ich habe es aus Liebe getan", sprach er völlig monoton und schien durch sie hindurchzublicken.

„Du hast ihn umgebracht!"

„Das ist unser gegenseitiges Opfer. Ich habe ihn gerettet. Niemals würden wir unser Schloss verlassen. Genau diese Lichtung ist die Grenze der Ländereien."

„DU HAST IHN UMGEBRACHT!"

„Das ist alles deine Schuld. Wir waren doch schon am Ende unserer Wünsche. Wir haben in Frieden gelebt, bis du kamst. Du und dein Henry!" Immer noch zeigte seine Stimme keine Spur von Emotion, doch sein ausgestreckter Arm drehte sich langsam in Mallorys Richtung.

„Was soll das, Lew? Ich versuche dein Leben zu retten!"

„Weißt du denn gar nicht, welche Rolle wir in diesem Spiel übernehmen? Unser beider Leben, und deren Wert wurde von deinem Henry doch schon längst verkauft."

„Was? Du bist nicht ganz bei Sinnen!"

„Oh doch, Liebes! Zum ersten Mal in meinem Leben sehe ich alles völlig klar! Die große Mallory! Sie kennt die Lügen der Menschen, deswegen glaubt sie nur ihre eigenen!“ Seine Stimme zitterte fast, doch behielt ihren kalten Ton. Die Waffe war nun direkt auf Mallorys Kopf gerichtet und mit einem leichten Klicken spannte er den Hahn der Pistole.

…

Henry hatte Lew genau im Visier und plötzlich war ihm dessen Tod genauso willkommen wie den werten Herren. Mit dem Finger am Abzug war er bereit, seinen Auftrag zu erfüllen.

„Warte noch! Ich will sehen, wie sich das entwickelt“, sagte der andere ohne jede Regung.

Ohne Widerworte gehorchte er dem höhergestellten Agenten, auch wenn er jede von Lews Bewegungen haarscharf verfolgte. Wenn es nötig wäre, würde er sie ohne zu zögern retten, auch ungeachtet der Konsequenzen, die ihm dann blühen könnten. Wenn er nur alleine wäre, wenn er nur hören könnte, was dieser Drecksack zu ihr sagte. Doch mit dem emotionslosen Bastard neben sich durfte er keine Miene verziehen. Sonst würde dieser Mallory eiskalt töten, einfach nur aus Freude daran, ihn leiden zu sehen.

Henry atmete angestrengt aus, blinzelte kurz, um seine Augen zu entspannen, und starrte dann wieder durch das Objektiv.

…

„Lew, lass uns darüber reden. Du verrennst dich in etwas.“

„Siehst du, wie schön es hier ist? Was für ein herrliches Fleckchen Erde, nicht wahr?“

„Ja, das ist es. Aber ich werde hier nicht sterben“, sprach sie vollkommen ruhig, um Lew zur Vernunft zu bringen.

„Das gefällt mir“, flüsterte Lew völlig geistesabwesend und führte die Waffe zu seiner eigenen Stirn. „Ich werde auch selbst entscheiden, wann und wo ich sterbe. Und jetzt flieh, Liebes! Flieh! Du bist die nächste auf seiner Liste!“

Erneut ertönte ein ohrenbetäubender Schuss auf der friedvollen Lichtung. Mit einem tauben Fiepen im Ohr und einem scheuenden Pferd unter sich starrte Mallory gebannt in Lews Gesicht. Sein Ausdruck ließ sie erzittern. Dort waren keine Furcht, kein Bedauern und kein Schmerz. Das Einzige, was seine Augen ausstrahlten, waren Entschlossenheit und eine tiefe Erleichterung. Für einen einzigen Augenblick in seinem Leben war er gänzlich frei, ausgerechnet in seinem letzten.

Das Echo des Schusses schallte aus dem Wald zurück und traf Mallory wie ein Stromschlag. „Flieh!", ertönte Lews Stimme wie eine Sirene in ihrem Ohr und instinktiv rammte sie dem Hengst die Sporen tief in die Flanke. Das erschrockene Tier bäumte sich auf, drehte in der Luft und jagte in einem irrwitzigen Tempo zum entgegen gelegenen Waldrand. Die hastigen Galoppsprünge fühlte Mallory wie in Zeitlupe, während sich ihre Gedanken überschlugen. Die nächste auf seiner Liste? Auf wessen Liste? Henrys? Ja, er hatte sie benutzt und sie hatte sich naiv darauf eingelassen. Nun war sie verraten und für seinen Auftrag an die geifernden alten Säcke verkauft worden.

…

„So, jetzt! Tu es!", raunte der andere.

„Was?"

„Na der Auftrag, du Idiot! Schnell! Die Kleine! Der Auftrag bezieht sich auch auf sie. Wir brauchen immer noch einen passenden Attentäter. Am besten einen, der nicht mehr reden kann. Mach schon, sie ist gleich außer Reichweite!"

Geschockt von den Worten in seinem Ohr blickte Henry wieder ohne jegliche Regung durch das Objektiv. In seinem Visier konnte er sie ein letztes Mal betrachten und ein brennender Schmerz erinnerte ihn daran, dass er gerade sein eigenes Herz brach. Ihre wilden Locken tanzten vor ihm wie in einer leichten Sommerbrise und ihre blutroten Lippen bebten genauso wie vor ihrem ersten Kuss. Als könnte sie seine Gedanken aus der Ferne hören, drehte sie ihm ihr

Gesicht zu. Der rasende Hengst erhöhte abermals das Tempo und hatte den rettenden Waldrand beinahe erreicht. Ihre wunderschönen grünen Augen schienen genau in seine zu blicken.

„Leb wohl, meine Schöne!", hauchte er fast geräuschlos. Dann zerschnitt das Projektil zischend den sanften Nebel und schlug in Mallorys Brust ein. Ein sauberer, makelloser Schuss, welcher Henry augenblicklich an derselben Stelle traf. Mallory sackte zusammen und der treue Hengst verschwand mitsamt der leblosen Fracht auf seinem Rücken zwischen den Bäumen.

10

Als würde er einen Geist sehen, weiteten sich die Augen des Detectives. Dabei hielt er die Tasse bewegungslos vor den geöffneten Mund, als hätte er durch ihre fesselnden Worte vergessen daraus zu trinken.

„Sie können wieder atmen, Detective. Das war schließlich nicht das erste Mal, dass ich gestorben bin."

„Aber wie? Er hat sie doch getroffen? Oder nicht?"

„Natürlich hat er das, Detective!" Sie schmunzelte. „Ein Mann wie Henry würde nie absichtlich ein Ziel verfehlen."

„Und das haben Sie überlebt? Wie kann man sowas überleben?" Ungläubig fiel seine Stirn in tiefe Falten, er senkte langsam die Tasse und wich mit dem Oberkörper zurück an die Stuhllehne.

„Jetzt glauben Sie aber bitte nicht, ich wäre wirklich eine Hexe." Ihre Belustigung über seine Ratlosigkeit konnte sie kaum verbergen. „Wobei – ein wenig Übersinnliches hat mein Talisman ja doch."

Langsam drehte sie ihren Flachmann um und offenbarte ihm so den Grund für eine der größten Beulen darin. Ein kleiner Krater war zu entdecken und auch ein Fragment der Patrone, welches wie ein Edelstein im geborstenen Metall gefasst war.

„Und dann?", fragte er begierig, in der Hoffnung, die Geschichte sei noch nicht zu Ende.

„Nachdem ich wieder zu mir kam, war ich bereits fernab von allem, was ich kannte. Es hat eine ganze Weile gebraucht, meinen Weg zu finden."

„Der Kronprinz? Wusste er wirklich, was vor sich ging?"

„Das glaube ich kaum. Lew war eben Lew. Er kannte kaum etwas in seinem Leben außer dem Theaterstück, das er sich selbst aufführte. Die Intrigen und Exzesse, die er gegen die Langeweile darin verwob.

Und die Angst davor, was passierte, wenn sein letzter Vorhang fällt. Aber Angst ist nun mal ein schlechter Berater. Doch immerhin ging er zusammen mit seiner Fantasiewelt unter. Was daraus gemacht wurde, ähnelte so wunderbar den dramatischen Theaterstücken, die er so liebte."

„Ich verstehe, was Sie meinen. Es wurde berichtet, dass seine Gäste in jener Nacht das gesamte Schloss geplündert und in Brand gesteckt hatten. Die Überreste des Prinzen waren natürlich so entstellt, dass niemand einen Selbstmord vermutet hätte. Angeblich wurde der Aufruhr von seinem engsten Vertrauten angezettelt. Der arme Janis, der Unschuldigste von allen, wurde also zum Bauernopfer. Jetzt macht die umgehende Hinrichtung auf den ausgebrannten Trümmern natürlich Sinn. Postum für die Presse derart inszeniert zu werden, grenzt bei beiden schon an Leichenschändung. Was für ein Irrsinn. Gott sei Dank, dass die einzig namentlich erwähnte Zeugin vom Erdboden verschluckt scheint. Ihr Name steht wirklich in Zusammenhang mit einer großen Verschwörung. Wenn auch wegen einer gänzlich anderen."

Der Detective nippte an seinem Kaffee und dachte kurz darüber nach, wie wenig Wahrheit es oft in der Welt zu geben schien. Wieder holten ihn funkelnde grüne Augen aus seinen Gedanken und sofort schoss ihm die nächste Frage in den Kopf. „Ich gehe davon aus, Sie haben verfolgt, was danach im Land des Kronprinzen passierte?"

„Sagen wir, ich habe es beiläufig gehört: Sein Vater starb erst vor Kurzem, das Parlament hatte Zeit, einen entfernten Neffen zum Erben zu erklären. Einen alleinstehenden Liberalen, der weitläufige Reformen durchsetzen will und eine Demokratie anstrebt. Das hätte Lew sicher gefallen." Kurz flog ein sanftes Lächeln über ihre Lippen, welches jedoch nicht von dem Schmerz in ihren Augen ablenkte.

„Aber, sagen Sie mir eins: Was wurde aus dem Plan mit dem politischen Attentat? Warum haben die werten Herren nicht eingegriffen? Ein Erbe, der sein Land wieder stärkt, noch dazu friedvolle Bündnisse mit einer Vielzahl von Ländern abschließt? Das hätte man doch irgendwie elegant lösen können?"

„Sie werden sicherlich genau das geerntet haben, was sie zuvor säten.

Sie alle. Außerdem werden derzeit keine Bündnisse geschlossen, um den Frieden zu sichern. Sie wissen genauso gut wie ich, dass ein Krieg in Europa kaum noch abzuwenden ist. Jeder versucht nur, auf der lukrativsten Seite zu stehen, wenn es soweit ist."

Für einen Augenblick schwelgten sie kurz in einer einvernehmlichen, stillen Pause und senkten ihre Blicke. Vielleicht mussten diese Worte erst verfliegen, bevor weitere gesprochen werden konnten. Vielleicht war es auch wie eine Gedenkminute für Lew. Trotz dessen Tat hatte er in ihrem Blick viel Mitgefühl für den Prinzen erkennen können. Sie trug es ihm offensichtlich nicht nach, vielmehr schien sie es sogar zu verstehen. Vielleicht gab sie sich auch selbst ein wenig Schuld daran. Schließlich wusste sie, wie dramatisch der Verlust des goldenen Käfigs für Lew sein musste.

Fast zeitgleich trafen sich die Blicke wieder und eine große Frage stand zwischen dem Detective und Mallory.

„Also?", fragte der Detective neugierig.

„Also was?"

„Sagen Sie mir jetzt, warum Sie wirklich hier sind? Das Mordkomplott wurde bereits aufgeklärt, Ihr Name ist dabei nichts mehr als ein Mythos, ein Gerücht. Warum provozieren Sie die argwöhnischen Bürger hier und lassen sich von Kleinstadtpolzisten festnehmen? Und dann auch noch bei Nacht auf einem Friedhof? Das war alles ein wenig übertrieben, nicht wahr? Als wollten Sie geradezu in den Gewahrsam. Kommt jetzt der Teil, in dem Sie mir verraten, welchen Gefallen ich Ihnen tun soll?"

„Vorzüglich, Detective. Sie sind wirklich gut. Sie kommen da sicher selbst drauf. Aber nicht, bevor Sie verstehen, weswegen ich ausgerechnet hierher kommen musste."

„Noch eine Geschichte?"

„Sie haben doch bereits vermutet, dass ich nicht als Madame Mallory zur Welt kam? Mein echter Name ist Grace. Grace Parker, um genau zu sein."

„Was zum Teufel? Sie sind Grace Parker? Das junge Fräulein, das vor Jahren aus dieser Stadt verschwand? Das sind Sie?"

„Das war ich mal …"

…

Die Lichter, die Musik, die Geräusche und diese herrliche Mixtur verschiedener Düfte. Noch nie war Grace in einem Zirkus gewesen, aber sie stellte es sich herrlich vor. Seitdem der erste Wagen der sonderbaren Kolonne angekommen war, beobachtete sie das Schauspiel, wann immer sie konnte. Jeden Tag staunte sie über die neuen Buden und Stände, doch jetzt machte ihr Herz einen außerordentlichen Hüpfer. Gerade wurden die schweren Pfeiler für das Festzelt aufgestellt und es würde somit nicht mehr lange dauern bis zur ersten Vorstellung.

Da sie nicht die Einzige war, die das rege Treiben vor der Stadt beäugte, konnte sie ihre Freude nicht offen zeigen. Wie sie es sich für ein junges Fräulein ziemte, schritt sie so vornehm wie nur möglich an den entrüsteten Spießbürgern vorbei, um zurück zur Stadt zu kommen. Kaum hatte sie eine verlassene Gasse erreicht, hopste sie überschwänglich und in imaginären Mustern von Pflasterstein zu Pflasterstein.

Was für die meisten Bürger in dieser Stadt in jeglicher Hinsicht Besorgnis und Abscheu erregte, war für Grace ein Rausch der Sinne. Seit sie sich erinnern konnte, war sie anders und anders war in dieser Stadt nicht gut. Anders war in dieser Stadt unerwünscht, unbequem. Als junges Mädchen war sie immer mit den Jungen auf Bäume geklettert, war alleine durch die Wälder spaziert und hatte immer irgendwo ein Loch in ihrer Kleidung.

Ja, sie war mal dieses Mädchen gewesen. Doch jetzt war sie fast schon eine erwachsene Frau und war bereits in ihrem Alter so mürbe geworden, wie man es nur von alten Jungfern kannte. Ihre Eltern sahen diese Schwermut als ersten Erfolg ihrer Erziehung und durchaus wünschenswerte Entwicklung. Der Sitz des Vaters im Stadtbeirat war von ihrer Mutter hart erarbeitet und daher schützenswerter als das Wohl ihres Kindes. Sicher hätten sie schon bald einen passenden Ehemann für ihre Tochter gefunden, der ebenso darauf achtete, wie sie sich benahm. In dieser Stadt war es wirklich nicht ratsam, anders zu sein. Anders musste ausgetrieben werden, anders musste versteckt werden und anders musste schnell „versorgt“ werden. Womöglich würde Grace auch das über sich ergehen lassen, sich anzupassen beherrschte sie mittlerweile in Perfektion. Auch wenn sie bei jedem Baum, an dem sie vorbeikam, innehielt, dem Rascheln der Blätter lauschte und nichts lieber täte, als sofort hinaufzuklettern. Ja, sie bewahrte sich kleine Flausen, kleine Freiheiten, wenn auch nur in ihrem Kopf. Und sie würde sich diesen Zirkus ansehen, auch wenn alle in der Stadt davor warnten.

…

Zwei Tage später war es endlich so weit. Der Zirkus lud offiziell zur ersten Vorstellung und auch der Jahrmarkt davor lockte schon seit den Morgenstunden mit den Gerüchen seiner fremden Schätze.

Doch Grace hatte Dienst im Laden ihrer Eltern und grummelte die ganze Zeit vor sich hin. Stillhalten war für sie völlig unmöglich, immer wieder lief sie am Fenster auf und ab, in der Hoffnung, auch nur das kleinste Bisschen zu erkennen. Doch es war vergebens. Die großen Bäume der Alleen versperrten ihr jeden Blick, nicht mal die Spitze des Zeltes konnte sie von hier aus sehen. Daher schlich sie umher und beobachtete jeden argwöhnisch, der die Straße runter lief. Alle würden sie zum Zirkus gehen, gaffend, meckernd, motzend. Vor lauter Neugier würden sie eine Karte kaufen, ohne auch nur ein bisschen diese andersartige Welt zu würdigen, in die sie eintauchten. Jeder Kunde, der in den Laden eintrat, wurde mit wachen Blicken und gespitzten Ohren verfolgt, falls auch nur ein Wort über den Zirkus erklang.

Gegen Nachmittag hatte der Angestellte Mitleid und ließ sie für eine Vorstellung kurz gehen. Ohne zurückzublicken, rannte sie davon.

Das Geld für die Karte hatte sie bereits seit Tagen mit sich herumgetragen, immer gut versteckt vor den wachsamen Blicken ihrer Mutter.

Vor den Stadtmauern reihte sie sich vorsichtig in die gaffenden Besucher ein und versuchte jede Sekunde ab jetzt in sich aufzunehmen. Aus Angst, sie würde nur träumen und sogleich aufwachen, traute sie sich nicht mal zu blinzeln. Alles schien farbenfroher, lebendiger, sogar die Luft schien viel mehr Sauerstoff zu tragen.

Es war nicht mal ein wirklich großer Zirkus, und auch kein besonders guter. Schon auf den ersten Blick erkannte jeder, dass die Eintrittsgelder eher für den Fusel der Belegschaft als für die aufwendige Ausschmückung der Atmosphäre verprasst wurden. Vielmehr sah es so aus, als bestünde der gesamte Zirkus aus willkürlich zusammengetragenem Unrat, welcher zuvor irgendwo herrenlos rumgelegen hatte. Irgendwie gab genau dies dem ganzen Charme, ein lebendes Sammelsurium verlorener oder vergessener Dinge. Für Grace war es einfach nur das beeindruckendste Erlebnis ihres jungen Lebens. Daher würde sie trotz der mangelnden Ausführung dieses Spektakels nicht dessen Einzigartigkeit verpassen.

Es gab so viel zu entdecken, doch es zog sie direkt zur Hauptattraktion, denn ihr blieb nur wenig Zeit, bevor sie in ihre graue Welt zurückkehren musste. Angekommen im großen Zelt setzte sie sich weit nach hinten, um dem Risiko zu entgehen, dass jemand sie erkannte. Außerdem konnte sie so in Ruhe über alles staunen, was sie dort sah. Was nun begann, war ein Feuerwerk für ihr wildes Herz. Übermäßig geschminkte Clowns, die durch einstudiertes Stolpern, Fallen und andere Tollpatschigkeit die Menge unterhalten wollten. Kunstvolle Dressuren mit Pudeln und Pferden, die gewagte Kunststücke vollführten. Sogar ein müder, zahnloser Löwe wurde einmal mit großem Tamtam durch die Manege geführt.

Doch kaum jemand in der Menge rührte sich, sodass Grace angestrengt unterdrücken musste, nicht in vollem Jubel zu schreien. Sie konnte kaum begreifen, wieso die Menschen dieser Stadt so wenig begeisterungsfähig waren. Nicht einmal die Ankündigung des großen Finales erregte besondere Aufmerksamkeit. Doch als die Trapezkünstler kamen, war sie so gefesselt, dass sie auf nichts anderes mehr achten konnte.

Schwerelos wirbelten diese mit akrobatischer Wendigkeit durch die Luft, schwangen sich an den Seilen und Schaukeln quer durch den Luftraum unter dem Zeltdach. Die starken Männer flogen mit schier atemberaubender Geschwindigkeit und zahlreichen Salti von einer Seite zur anderen. In ihren farbenfrohen Kostümen schienen die Frauen in der Luft schwebend zu tanzen, während sie immer wieder von den starken Armen gefangen und mit neuem Schwung wieder losgelassen wurden.

Es war wirklich der Höhepunkt der Vorstellung und Grace konnte sich kaum noch auf dem Sitz halten. Das Ende der Vorstellung war erreicht, als die Damen vom höchsten Punkt des Trapezes kleine blaue Kornblumen in die Menge warfen. Die farbenfrohen Blüten tanzten ebenso schwerelos durch die Luft wie die Artisten zuvor und fielen verteilt über die gesamte Tribüne zu Boden. Eine kleine Blume konnte Grace aus der Luft fangen und hielt sie wie einen kostbaren Edelstein in der flachen Hand. Ein kleiner wunderschöner Moment, weswegen sie zunächst völlig vergaß, wie wild zu applaudieren. Ein solcher Ausbruch der Gefühle hätte ihr sicher die empörte Aufmerksamkeit aller Besucher beschert, was sie gerade noch rechtzeitig bemerkte.

Denn wie zu erwarten fiel der Applaus für die Künstler mäßig aus und auch die Kornblumen wurden zum Großteil achtlos auf dem Boden liegen gelassen. Das Zelt leerte sich ebenso schwerfällig, wie die Stadtbewohner sich von ihren Plätzen erhoben. Völlig betrübt und entrüstet beobachtete Grace, wie die Damen behutsam die Blüten in den ersten Reihen wieder aufsammelten, bevor diese unter den Schuhen der Stadtleute endeten.

Ein kleines Mädchen riss sich vom Arm ihrer Mutter los, um eine seltene purpurne Kornblume aufzuheben. Empört trat die Mutter einen Schritt zurück und nahm der Tochter die zarte Blüte wieder ab. Wie ein lästiger Parasit wurde diese auf den Boden geworfen und zertreten. Als die Kleine achtlos weitergezogen wurde, blickte sie immer wieder zurück und musste mitansehen, wie ihr Schatz weiter zertrampelt wurde. Fast geräuschlos schlich sich Grace durch die Menge und steckte ihre eigene Kornblume dem Mädchen zu, unbemerkt von den Augen der Mutter. Wie ein versteckter Gruß und ein kleines bisschen Mut, damit diese kleine Träumerin niemals die Begeisterung verlor. Ein Lächeln schenkte sie ihrer Blüte noch zum Abschied und verschwand umgehend in Richtung Stadt, damit sie rechtzeitig wieder im Laden war.

Jedoch ahnte Grace nicht, dass ihre subtile Geste von jemand ganz anderem bemerkt worden war. Und dieser verstohlene Beobachter sah auch, wie jenes Strahlen in den Augen des kleinen Mädchens auch das schwermütige Herz von Grace erhellte.

…

So oft sie konnte, schlich sich Grace zum Zirkus. Da sie für weitere Vorstellungen kein Geld aufbringen konnte und sie schlecht ihre Eltern nach einem Vorschuss fragen konnte, begnügte sie sich mit einer ganz anderen Facette dieses Mikrokosmos. Daher schlich sie um die Essensstände und Spielbuden, deren banale Alltagssituationen unheimliche Faszination auf sie ausübten. Es war zwar kein Vergleich zu den Wundern, die innerhalb des Festzeltes stattfanden. Doch stets genoss sie jeden Augenblick und entdeckte dabei die vielen kleinen Dinge, die den meisten Besuchern verborgen blieben. Wie etwa, dass der Magier mit seinen Kartentricks nur ein Pik-Ass im Ärmel hatte, niemals eine andere Karte. Oder dass der Hütchenspieler in festen Intervallen den Becher über der Kugel wechselte, als würde er keinen davon vernachlässigen wollen. Ein weiteres Detail war das Glassauge der Waffelbäckerin, welches sich stets entgegengesetzt zu ihrem gesunden Auge bewegte. Eines war bei ihren Streifzügen immer gleich, sie konnte nicht gehen, ohne sich in das Zelt zu schleichen, in dem die Tiere untergebracht waren.

Die Zeltplanen schluckten dumpf den Trubel davor und sie nahm zuallererst einen tiefen Atemzug des Heuduftes. Zwischen den großen Strohballbergen versteckte sie sich, lauschte den Geräuschen der Tiere und den Vorgängen hinter den Kulissen. Der alte Löwe erinnerte sie an den Kater vor der Metzgerei, welcher sich um das Bein jedes Kunden wand, um ein Stückchen Wurst zu ergattern. Genauso langte die große Raubkatze bei jedem Vorbeikommenden mit der Tatze aus ihrem Käfig, in der Hoffnung, etwas abzugreifen.

Am liebsten war sie allerdings in der Nähe der Pferde, besonders bei den großen Zugpferden, die hier bis zum Aufbruch des Zirkus nur gelangweilt herumstanden. Wie sehr diese starken Tiere ihr ähnelten, gefangen und festgebunden abseits dieser großartigen Welt. Sporadisch wurden sie zwar in die Manege gebracht, dienten dann allerdings nur als Requisite.

Grace traute sich bis auf einen Schritt an eines der Tiere heran und streckte vorsichtig ihre Hand zu dem großen, schweren Kopf des Pferdes. Der große Braune beäugte sie kurz, schnupperte an ihren Fingern und drückte schließlich die warmen Nüstern in ihre Hand.

Eine bedrohliche Stimme peitschte vom anderen Ende des Zeltes herüber, die Grace in große Bedrängnis brachte. Zum rettenden Schlitz in der Zeltplane, durch die sie gekommen war, war es zu weit und unmöglich, unerkannt durchzuhuschen. Also schlich sie beherzt zwischen die zwei Zugpferde und hoffte, nicht entdeckt zu werden. Der griesgrämige Pfleger tobte durch den schmalen Gang und schob dabei einen jungen Mann ruppig vor sich her. Neugierig lugte sie über die Pferderücken und erkannte, dass es sich dabei um einen der Trapezkünstler handelte. Der junge Bursche schien sich einen Spaß daraus zu machen, ließ sich oft zurückfallen und kassierte dafür einen weiteren deftigen Schubser.

„Sieh ja zu, dass du Land gewinnst, Junge! Was hast du hier zu suchen? Na auf, mach dich ab zu den anderen Hupfdohlen“, polterte der Pfleger. Doch der Artist grinste nur und schaute bummelnd durch die Gehege, als würde er etwas suchen.

Grace zog die Augenbrauen zusammen und steckte ihren Kopf weiter hinaus, um ihnen hinterher zu sehen, als sie beinahe aus dem Zelt waren. Erneut ließ sich der junge Bursche zurückfallen und traf mit einem Blick genau auf die Augen von Grace. Amüsiert und zufrieden grinste er sie unverhohlen an, als hätte er die ganze Zeit nach ihr Ausschau gehalten. Wie vom Donner gerührt duckte sich Grace wieder zwischen die Pferde und wartete ab, bis sie kein einziges Geräusch außer das Atmen der Pferde hören konnte.

Gerade noch mal mit dem Schrecken davongekommen, trat sie wieder hervor und wollte das Zelt verlassen. Der große Braune schnaubte leise und sie spürte eine Bewegung hinter sich, als würde sich das Pferd nach ihr strecken. Kaum hatte sie sich umgewandt, erschrak sie urplötzlich und blieb stocksteif stehen. Der lächelnde Artist hatte sich irgendwie wieder ins Zelt geschlichen und stand nun genau zwischen ihr und dem Pferd. Für einige Momente verharrten sie in dieser Gegenüberstellung und schauten sich an, ohne ein Wort zu sagen.

„GRACE!“, hörte sie die entfernte Stimme ihres Vaters durch die Plane und ihr Körper verkrampfte sich augenblicklich. Nein, bitte nicht jetzt, dachte sie sich. Aber nicht wegen der drohenden Standpredigt daheim, die überhörte sie stets. Grace konnte und wollte sich einfach nicht aus diesem Moment lösen. Ob sie einfach hierbleiben sollte?

„Grace?“

Die Stimme ihres Vaters kam immer näher und je angespannter sie wurde, desto inniger betete sie in ihrem Kopf, er würde nicht näherkommen. Unsicher schielte sie zur Plane und sah bereits den Umriss seines Schattens darauf. Natürlich konnte er nicht wissen, dass sie genau dahinterstand. Es wäre also durchaus möglich, einfach hier stehen zu bleiben und nicht auf seine Rufe zu reagieren.

Ihr Gegenüber beugte sich langsam zu ihr und sein fragender Blick verriet, dass er ihre plötzliche Anspannung unmöglich übersehen konnte. Gerade als sich seine Lippen öffneten, um ein Wort zu formen, rief ihr Vater abermals ihren Namen. Der Schatten direkt neben der Plane kratzte sich am Kopf, stampfte mit den Fuß auf und schnaufte laut. Ein untrügliches Zeichen für Grace, dass es höchste Zeit war zu folgen, bevor größere Strafen drohten.

Die wilden, blonden Locken schlugen ihr ins Gesicht, als sie sich hektisch wieder zu dem jungen Artisten wandte. Der junge Mann stand immer noch mit halb offenem Mund vor ihr und legte die Stirn in tiefe Falten.

Wie gern hätte sie nur ein Wort von diesen Lippen gehört.

„GRACE“, rief es erneut und der Schatten bewegte sich weiter.

„Ich muss gehen“, stammelte Grace und drehte sich blitzschnell um.

Unbeholfen ließ sie ihre neue Bekanntschaft ohne einen Abschied stehen und schlüpfte durch die Zeltplane.

…

Kurz darauf erschien sie kleinlaut auf den belebten Platz, tippte ihrem Vater auf den Rücken und starrte zu Boden. Geduldig wartete sie die Einleitung der später ausführlichen Standpauke ab. Er habe schmerzlich ihre Abwesenheit im Laden bemerken müssen. Er habe natürlich gewusst, dass sie sich mal wieder zum Zirkus geschlichen hatte. Er habe seit einer Ewigkeit den gesamten Festplatz nach ihr abgesucht. Schließlich mühte sie sich eine halbherzige Entschuldigung ab und ein schweigsamer Heimweg würde nun folgen. Ein altbekanntes Spiel, nur die Umgebung änderte sich jedes Mal. Zusammen gingen die beiden in eiligem Tempo durch die Budenallee zurück zur Stadt, doch ihr Vater war noch nicht fertig.

„Ich werde deiner Mutter nicht sagen, wo ich dich gefunden habe. Vermutlich denkt sie sowieso, du hättest beim Lesen im Park die Zeit vergessen."

„Danke, Vater."

„Du weißt, es gäbe ein fürchterliches Donnerwetter, wenn sie hiervon wüsste. Sie meint es doch nur gut, Schätzchen."

„Nein Vater, sie versucht nur mich in Form zu halten. Was soll es hier schon Schlimmes geben?"

„Hör auf, Grace!", ermahnte ihr Vater harsch und bemühte sich, den strengen Blick ihrer Mutter zu imitieren. „Versprich mir, dass du nicht mehr hierherkommen wirst!"

„Wieso? Was ist so schlimm an diesem Ort? Jeder hier amüsiert sich."

„Schluss jetzt, du hast mich gehört."

„Nein, wen ich gehört habe, ist Mutter. Allerdings scheint sie jetzt mehr denn je mit deiner Stimme zu sprechen. Früher warst du genauso fasziniert von solchen Wundern und heutzutage findest du dich mit dem ab, was sie dir erlaubt."

„Fang jetzt ja nicht so an und vor allem nicht vor all den Leuten!"

„Aber Vater, ich –“

„Grace“, zischte ihr Vater, als sei der Klang ihres Namens die letzte Mahnung.

Es half nichts, sie hatte den Kampf verloren. Oder war es eher ihr Vater, der sich endgültig dem Willen seiner Frau gebeugt hatte?

„Es tut mir leid, Vater, ich werde nicht mehr herkommen.“ Zwar war es ein halbherziges Versprechen, doch es brachte sie dennoch zum Nachdenken. Wie lange würde es noch dauern, bis auch sie sich selbst aufgab?

Aber dann schenkte ihr das Schicksal einen letzten Silberstreifen.

Ihr Vater wurde von Bekannten angehalten und in ein banales Gespräch über die Belange der Stadt verwickelt. Grace nutzte die Chance und stellte sich dicht neben den Aufsteller gefüllt mit Lebkuchenmännchen, um noch ein wenig der spannenden Welt zu erkunden. Jeder Atemzug schmeckte nun nach herben Gewürzen und Zuckerschrift.

Jemand griff nach ihrer Hand und zog sie noch dichter zu dem schmalen Regal. Der Artist hatte sich dahinter versteckt und hielt ihre Hand fest. Ein so sanfter und trotzdem bestimmter Händedruck, dass ihr augenblicklich wohlig warm wurde, auch wenn eine leichte Gänsehaut ihre Arme überflog.

„Mein Name ist Liam“, flüsterte er ihr zu.

Aus dem Augenwinkel bemerkte sie, wie ihr Vater sich zu ihr drehte und prüfte, was sie tat. Als würde sie die verschiedenen Backfiguren vor ihr betrachten, streifte ihr Blick über den Aufsteller. Als ihr Vater beruhigt wieder dem Gespräch folgte, blieben ihre Augen an dem verborgenen Artisten haften.

„Grace“, war das Einzige, was sie über ihre aufgeregten Lippen bekam. Ihr Herz schlug so heftig, dass es beinahe durch ihren Brustkorb pochte und doch hatte sie sich noch nie so geborgen gefühlt. Sie konnte sich selbst nicht erklären, wieso, sie kannte ihn nicht mal und doch schienen ihre Hände alte Gefährten zu sein. Als hätten sie in diesem Leben nichts anderes gesucht, als sich wieder gegenseitig zu halten.

„Freut mich, dass wir uns endlich vorstellen“, flüsterte er grinsend.

Noch immer hielt er ihre Hand und strich dabei sanft mit einem Finger über ihren Handrücken. Völlig unvermittelt wurde sie aus diesem Moment gerissen, als ihr Vater ihren Namen rief und zum Aufbruch zunickte. Mit einem letzten Blick auf Liam löste sie ihre Hand aus seiner und nach einem zaghaften Lächeln folgte sie ihrem Vater. Die ganze Zeit hielt sie ihre Hand geschlossen, als könnte sie dort immer noch seine sanfte Wärme fühlen.

Kurz, nachdem sie den Ausgang der Zeltstadt passiert hatten, bemerkte sie darin jedoch etwas Merkwürdiges. Sie hob ihre Hand, öffnete sie leicht und sah eine kleine Kornblume in ihrer Handfläche ruhen. Stutzend betrachtete sie die fragile Blüte in ihrer Hand und dachte sofort wieder an das kleine Mädchen. Im Gehen blickte sie zurück und sah Liam an der letzten Bude stehen, welcher eine weitere Kornblume als Gruß emporhob.

Bis sie hinter dem ersten Gebäude verschwand, verharrte er in dieser Pose. „Grace", murmelte er still zu sich selbst und grinste.

…

Kaum saß sie beim Abendessen, schwang ihre Mutter eine feurige Rede über das Pack vor der Stadt und warum sie so schnell wie möglich weiterziehen mussten. Grace und ihr Vater kannten die abendlichen Monologe. Für gewöhnlich nickten sie an besonders herrischen Stellen, rollten synchron verstohlen mit den Augen und überhörten die meisten der Worte.

Doch nicht an diesem Abend, denn ihr Vater verhielt sich merkwürdig. Nicht nur, dass er ihren Blicken auswich, er stimmte auch noch ihrer Mutter zu. Es sei eine Menschenfänger-Falle und wer wisse schon, wie viele dieser bedauernswerten Individuen wirklich freiwillig dieses Leben fristeten. Ihre Eltern redeten sich beide in Rage, zählten unzählige verworrene Fälle auf, bei denen Kinder angeblich vom Zirkus entführt worden waren. Bei diesen Hirngespinsten rollte Grace eben alleine mit den Augen, wenn ihr gewohnter Rückhalt auf diesen Zug aufsprang.

Lange konnte sie dem ganzen Gehetze so oder so nicht folgen.

Denn eine Stimme erklang immer und immer wieder in ihrem Kopf. „Liam", hörte sie den warmen Klang in ihren Ohren, als stünde er immer noch neben ihr. Auf ihrem Schoß lag die kleine Kornblume. Halb vertrocknet und halb abgegriffen. Die letzten Stunden hatte sie die zarte Blüte immer wieder heimlich betrachtet und sofort wieder hastig vor den Augen anderer versteckt. Als könnten ihre Eltern an der gewöhnlichen Blume erkennen, was sie ihr bedeutete. Trotz des lauten Appells an die Moral um sich herum, traf sie einen Entschluss. Sie wollte und sie musste Liam wiedersehen. Immerhin war sie es ihrer Hand schuldig, zu ergründen, warum sich seine darin so willkommen fühlte. Mit einem Finger strich sie über die zerdrückten Blütenblätter der Kornblume und verkniff sich das breite Lächeln, welches soeben in ihr aufstieg.

11

Am frühen Morgen hatte sich eine kleine Gruppe der Stadtbewohner vor dem Zirkus versammelt. Der Missmut dieser Bürger gor zu etwas Größerem heran. Die unbegründete Angst vor diesen Gestalten wandelte sich langsam zu Hass und ihre Mutter war für diese Entwicklung federführend gewesen. Wer weiß, wie lange die Gruppe der Besorgten noch derart klein bleiben oder wann die Stimmung der Empörung in Brenzligeres umschwingen würde. Wenn sie mehr über Liam herausfinden wollte, musste sie schnell sein. Der Stadtrat und vor allem deren Moralapostel hatten bisher jeden vertrieben, der ihrer Meinung nach nicht hierher passte.

Grace versteckte sich hinter einigen anderen Gaffern und arbeitete sich langsam Richtung Budenallee vor. Noch immer gab es unzählige Besucher, auch aus benachbarten Dörfern, die ihre Neugier noch nicht verloren hatten. Sie irrte durch das Areal und an den Menschen vorbei, schlich um jede Bude und lugte in jeden Winkel. Doch Liam war nirgends zu finden. Sogar ins große Zelt der Manege wagte sie einen Blick, doch dort probten nur die Clowns ihre albernen Nummern. Enttäuscht holte sie tief Luft und arrangierte sich bereits mit dem Gedanken, ihren freien Tag wie immer alleine zu verbringen.

Der angenehme Duft von warmem Heu und das bekannte Schnauben ihrer Pferdefreunde ließen ihren verzweifelten Seufzer verstummen. Immerhin dieser Balsam für ihre Seele war an dem gewohnten Platz und sie würde nicht gehen, ohne sie zu begrüßen.

…

Vorsichtig duckte sie sich durch den Schlitz in der Zeltplane, lauschte hinter einem Strohballen, ob jemand im Zelt war, und trat dann mutig hervor. Sie traute ihren Augen kaum und begann erleichtert, aber recht laut, auszuatmen. Die Gestalt, welche eben noch lässig an dem Strohballen neben ihr gelehnt hatte, schreckte zurück und grinste sogleich von einem Ohr zum anderen. Liam! Zwar hatte er sich über die plötzliche Anwesenheit von Grace erschreckt, schien sie aber dennoch erwartet zu haben.

„Ich wusste, dass du herkommst“, flüsterte er ihr zu.

Völlig ihrer eigenen Sprache beraubt, lächelte Grace nur verlegen und starrte zu Boden, als sie zu den Pferden schritt. Natürlich folgte er ihr und sie fühlte, wie ihre Wangen zu glühen begannen. Ihr Herz pochte ganz leise, als wäre es ebenso in Schüchternheit verfallen. Zur Ablenkung streichelte sie den großen Kopf des braunen Wallachs und war froh, ihren nervösen Händen etwas zu tun zu geben.

Statt forsch auf sie zuzugehen, wie üblich für die Burschen in der Stadt, trat er ebenso ruhig neben sie und tätschelte den Hals des Pferdes. Obwohl sie es zwanghaft verhindern wollte, konnte sie nicht anders, als ihn heimlich anzusehen. Selten hatte sie einen so gutaussehenden jungen Mann gesehen. Seine weichen Gesichtszüge wechselten fließend zu einer markanten Kieferpartie. Sein Körper war schlank, dennoch zeichneten sich seine trainierten Muskeln ab. Dies gab ihm zugleich etwas Jugendliches und etwas Erwachsenes. Seine funkelnden Augen ließen ebenfalls nicht von ihr ab, auch wenn sich ihre schüchternen Blicke lächelnd senkten, sobald sie sich trafen. Diese Stille zwischen ihnen hatte allerdings nichts Unangenehmes. Im Gegenteil, sie genossen die Anwesenheit des anderen, ohne etwas sagen zu müssen. Es war ein kleiner, friedlicher Moment, während draußen vor der Stadt ihre beiden Welten erbarmungslos aufeinanderprallten.

Doch auch in ihrer kleinen Seifenblase der Abgeschiedenheit und tiefer Zuneigung konnten sie nicht überhören, dass die feindselige Stimmung vor dem Zirkus zunahm. An diesen Tumult war er zweifellos gewohnt, doch die schimpfenden Stimmen im Hintergrund lösten etwas in ihr aus. Sie wollte nicht länger adrett sein, sie wollte nicht länger so sein wie die engstirnigen, seelenlosen Bürger.

Diese innere Unruhe in sich konnte sie nicht länger beherrschen und sie wollte es auch nicht.

„Ich –“, begann Liam, doch kaum hatte er den Mund geöffnet, schnellte sie vor und küsste ihn. Als hätte sie ihren impulsiven Ausbruch noch in der gleichen Sekunde bereut, wich sie sofort wieder hinter den großen Pferdekopf zurück. Liam blinzelte einige Male stutzend, wischte sich lächelnd mit den Daumen über die Unterlippe und sagte: „Ich wollte dich eigentlich nur fragen, ob du ausreiten willst?“

„Ich – Ich – kann nicht, ich meine – Ich habe noch nie –“, stotterte sie, immer noch gefangen in Reue über ihr unschickliches Verhalten.

„Schon gut, wir passen auf dich auf.“ Er kicherte. Dann schnappte er sich den Strick, mit dem der große Braune angebunden war, warf ihn um dessen Hals und knotete ihn als Zügel am Halfter fest.

Sie trat einen Schritt zurück und staunte, als er mühelos auf den breiten Pferderücken sprang. Statt lange zu überlegen, kletterte sie auf einen kleinen Strohballen, reichte ihm die Hand und ließ sich schwungvoll von ihm nach oben ziehen.

Sofort versuchte sie hektisch ihren Rock zu richten, um möglichst schick hinter ihm auf dem Pferd auszusehen. Dabei drehte sich Liam halb zu ihr um, nahm ihre zupfenden Hände und legte sie um seinen Körper. Ohne Vorwarnung trieb er den Braunen voran und überraschte Grace mit den schaukelnden Bewegungen des antrabenden Pferdes. Beinahe verlor sie das Gleichgewicht, drückte sich näher an seinen Rücken und krallte sich an seinem Hemd fast. Ihre Bemühungen, nicht vom Pferd zu fallen, glichen dabei fast einer engen, vertrauten Umarmung. Sein muskulöser Körper und dessen Wärme gaben ihr Sicherheit und sie entspannte sich langsam. Ihren Kopf schmiegte sie sanft an seine Schulter, als sie beim Verlassen des Zeltes vom hellen Sonnenlicht geblendet wurde. Tief atmete sie ein und hatte zum ersten Mal das Gefühl von Geborgenheit. Kaum trabten sie an den Wagen der Schausteller vorbei, wurden sie von dem ruppigen Pfleger entdeckt, der prompt hinter ihnen herrannte.

„Was denkst du, wer du bist, Bursche? Komm sofort wieder her!“

Hastig trieb Liam den Braunen an und im leichten Galopp ritten sie in die austreibenden Weizenfelder hinter dem Zirkus. Die wippenden Galoppsprünge pressten sie immer dichter an Liams Körper und die donnernden Hufe auf dem harten, trockenen Boden spürte sie in ihrem Bauch. Noch nie hatte sie so ein belebendes Gefühl gespürt. Alle Vorschriften, alle Benimmregeln, alle Mauern in ihrem Kopf fielen mit jedem Hufschlag von ihr ab. Lautes Lachen platzte aus ihr heraus und auch Liam stimmte in das herzliche Gelächter ein. Der glänzende Sonnenschein im Gesicht, der leichte Wind in ihren Haaren und der Duft der blühenden Sommerwiesen unter den donnernden Hufen. So stellte sie sich das Paradies vor.

…

Aufgeregt lotste sie Liam zu all ihren Lieblingsorten außerhalb der Stadt. Ihre ganze Welt wollte sie ihm zeigen, so klein und so unbedeutend sie auch war. All ihre kleinen Wunder und Flausen. Alles, was sie ihm zu bieten hatte, war die Art, wie sie ihre kleine Welt sah. Den seichten Fluss, in dem sie früher gebastelte Piratenboote zur See gelassen hatte. Den dunklen Fichtenwald, durch den sie gerne im Regen spazierte und den kühlen Fichtenduft inhalierte. Und den alten, knorrigen Baum, der ganz alleine auf einer Wiese thronte und auf den sie jedes Mal kletterte, wenn sie ihn besuchte. Fernab der Stadt war dieser Baum ihr bester Freund und in seinen dicken Ästen baute sie sich ihre Traumschlösser und vergrub sich in ihren ausgedachten Abenteuern.

Voller Wiedersehensfreude rutschte sie vom Pferd, rannte zum Stamm und erklomm ihn in atemberaubender Geschwindigkeit. Liam stieg ebenfalls ab, ließ den Wallach stehen und versuchte, den Baum ebenso spielerisch hinaufzuklettern wie sie. Die luftigen Höhen waren vielleicht in der Manege sein Metier, doch diesen Baum kannte sie in und auswendig. Während der große Braune seine neue Freiheit und das viele Gras um sich herum kaum fassen konnte, saßen die beiden hoch oben auf ihrem Lieblingsast.

„Darf ich dich Gracie nennen?“, fragte er völlig unvermittelt.

„Gracie?“

„Ja, ich finde, das passt besser zu dir.“ Er lachte, doch bemerkte, wie sie ihren Blick abwandte.

„Meine Großmutter nannte mich immer Gracie. Sie war der einzige Mensch, bei dem ich hüpfen und tanzen durfte. Aber dann wurde sie in ein Heim gesteckt und ich durfte sie nur einmal besuchen. Sie saß nur noch am Fenster und starrte hinaus. Ich weiß nicht mal, ob sie mich erkannt hat. Ich denke, sie war mal genauso wie ich und deswegen werde ich auch so enden", sprach sie leise und bedächtig, als wäre ihr Schicksal bereits beschlossen.

„Dann lass es nicht so enden!", holte er sie aus ihrer Schwermut und suchte ihren Blick. „Du kannst immer noch selbst bestimmen, wo dich dein Weg hinführt, oder nicht?"

„Du verstehst das nicht. Du weißt nicht, wie es ist, hier zu leben. Ich weiß ganz genau, wie meine Zukunft aussehen wird."

„Dann erzähl mir davon." Lächelnd nahm er ihre Hand, als würde sie ihn buchstäblich auf eine Reise mitnehmen.

Mit einem tiefen Seufzer begann sie widerwillig von ihrer Kindheit zu erzählen. Vor allem, wie es war, als ihre Mutter anfing, sie nach ihren Vorstellungen formen zu wollen. Weil sie als junges Kind vom Spielen ständig Löcher in der Kleidung hatte, zeigte ihr die Mutter die Konsequenz ihrer Wildheit und verdonnerte sie dazu, ihre Sachen selbst zu flicken. Bald schon wurde sie in Nähkurse gesteckt, bis ihre Sachen mit bunten Aufnähern gespickt waren und ihre Auffälligkeit der Mutter ein Dorn im Auge wurde. Um Disziplin und Folgsamkeit zu lernen, stand nun Ballettunterricht an, bis sie anfing, auf den Straßen zu tanzen. Der nächste Schritt der Erziehungsversuche war der Kirchenchor, wo sie Ehrfurcht und Demut eingetrichtert bekam. Stattdessen sprach sie kein Wort mehr normal aus, sondern sang die Antwort auf jede Frage. Es war der Überfluss, den sie liebte, alles auf die Spitze zu treiben. Egal wie schmerzhaft die einzelnen Passagen waren, sie trug sie nicht mit Bitterkeit vor. Auch wenn ihre Seele dadurch geschunden wurde, nahm sie den Schmerz dankend an. Als würde es sie nicht kümmern, welche Emotion ihren Körper flutete, solange sie etwas fühlen konnte. Wenn ihr nichts anderes übrigblieb, würde sie eben den Schmerz der ganzen Welt kennenlernen. Nach ihrer Großmutter brach schließlich auch der Vater als letzter Fürsprecher weg. Er beugte sich der Strenge seiner Frau und verbot, was auch immer er verbieten sollte. Sein einziger Rückhalt war, ihre heimlichen Ausbrüche nicht zu verraten.

„Ich trage es ihm nicht nach, er hat bereits aufgegeben“, verteidigte sie ihn, „aber bald werden sie mir einen Ehemann suchen und dann bin ich genauso gefangen wie er.“

„Nein, das bist du nicht!“, ermahnte Liam sie und blickte nachdenklich auf seine baumelnden Füße. „Man darf niemals aufgeben! Meine Mutter starb zusammen mit meinem Bruder bei dessen Geburt und mein Vater musste sich mit mir alleine durchschlagen. Er hatte es ziemlich schwer, etwas zu Essen auf den Tisch zu bringen, aber er gab niemals auf. Niemals! Stattdessen erzählte er mir die abenteuerlichsten Geschichten von Piraten und Banditen, die sich einfach nahmen, was sie wollten. Sie kämpften in einer unbarmherzigen Welt, aber sie gaben nie auf.“

Um sie aufzuheitern, erhob er sich auf dem breiten Ast und balancierte darauf herum, während er Piraten und Banditen nachahmte. Sogar kopfüber schwang er sich über einen anderen Ast und landete schließlich, ohne zu wanken, wieder vor ihr.

„Du bist nicht im Zirkus aufgewachsen?“, fragte sie neugierig.

„Nein, aber ich kann mich an die Zeit davor kaum erinnern. Außer eben an diese Geschichten. Als mein Vater keine Arbeit mehr fand, hat er beim Zirkus angeheuert. Ich war noch so klein, dass es mir wie eins dieser tollen Abenteuer vorkam. Er hat mir nie gezeigt, wie sehr er schuften musste, wie viel Kraft es ihn kostete. Erst, als er bei einem Unfall starb, wurde ich in das wahre Leben zurückgeholt. Die Zirkusleute haben mich aufgenommen und ich musste seitdem selbst für mein Essen sorgen. Ich war klein, leicht und konnte überall drauf klettern. Von oben sieht die Welt auch nicht so schlimm aus. Deswegen bin ich zum Trapez!“ Er grinste wieder, als würde er seine ganze Zuversicht in luftigen Höhen finden.

„Das muss ein herrliches Gefühl sein, dort oben zu stehen.“ Sie seufzte und bemerkte nicht, wie sie Liam damit aufforderte.

Er ging balancierend einen Schritt auf sie zu, nahm ihre Hand und zog sie sanft hoch. Wackelig und unsicher versuchte sie so grazil wie möglich aufzustehen und die Balance zu halten. Liam hielt sich bewusst zurück und gab ihr selbst die Möglichkeit, ihren Stand zu finden. Sein Händedruck war dabei jedoch fest und sicher, bereit, sie zu fangen, sofern es nötig war. Als er merkte, wie sie immer selbstbewusster wurde, lockerte er seinen Griff. Mit seinem Blick suchte er ihre Augen und brachte sie dazu, ihn anzusehen, statt nach unten zu starren. In wenigen Augenblicken lernte sie die wogenden Bewegungen des Astes im Wind auszugleichen und fand sogar Gefallen daran, spielerisch auf einem Bein zu stehen, wenn auch nur kurz. Aus heiterem Himmel erfasste eine größere Windböe den Baum, umspülte diesen wie eine Welle und blies sämtliche Blätter aus ihrem Blickfeld.

Ein unbeschreibliches Kribbeln breitete sich in Grace' Bauch aus und noch nie hatte sie von hier oben so weit über die Landschaft blicken können. Die Böe zwirbelte ihre Locken durch die Luft und spielte mit dem Rocksaum zu ihren Füßen. Von den Zehen bis zu den Haarspitzen war Grace von der sanften Brise umhüllt und strahlte mit ihrem ganzen Gesicht, so unbeschwert, wie sie es nur als kleines Mädchen konnte. So musste es sich anfühlen, wie ein Vogel durch die Luft zu segeln. Von der Landschaft wanderte ihr Blick zurück in Liams Augen, auch er hatte dieses Strahlen. Es war nur ein flüchtiger Augenblick, in dem die Welt den beiden Träumern Leichtigkeit und Hoffnung schenkte.

…

Die beiden unterhielten sich noch stundenlang und wären vermutlich noch länger dortgeblieben, wenn die Dämmerung sie nicht überrascht hätte. Beflügelt von ihrer gemeinsamen Zeit, aber auch wehmütig über den anstehenden Abschied stiegen sie auf den breiten Rücken des Pferdes. Schweigend und eng aneinandergeschmiegt ritten sie durch die kühle Abendluft und sahen dem Farbenspiel der Wolken zu.

Als sie am Zirkus ankamen, war bereits die Nacht hereingebrochen und sie versuchten einen möglichst versteckten Ort für ihr

„Lebewohl“ zu suchen. Liam ließ sich über die Schulter des Pferdes rutschen und streckte Grace seine Arme entgegen, um sie herunterzuheben. Unten angekommen, schlang er seine muskulösen Arme eng um sie und küsste sie. Kein flüchtiger, überstürzter Kuss wie zuvor. Das gleiche überschwängliche Gefühl wie auf dem Baum erfasste Grace und sie wusste, dass es mehr als nur ein Kuss war. Es war ein Versprechen, welches sie sich bereitwillig gaben. Niemals würden sie aufgeben, niemals würden sie einander aufgeben, niemals könnte man ihnen diesen Moment nehmen.

Dennoch wurde dieser unsanft beendet, als eine klobige Hand Liam von ihr wegzerrte. Der unfreundliche Pfleger und andere der Zirkusleute hatten die beiden Ausreißer umzingelt. Einer von ihnen packte Grace und schob sie davon, ein anderer zerrte an dem verängstigten Pferd herum. Da Liam versuchte, sich zu wehren, wurde er gleich von drei bulligen Typen gepackt und in einem schmerzenden Griff unter Kontrolle gebracht.

„Lasst sie in Ruhe, ihr Mistkerle!“, schrie Liam aus voller Kehle und spuckte dem einem unvermittelt ins Gesicht.

„Keine Sorge, Bursche, deiner Kleinen tun wir nichts. Aber dir blüht dafür doppelt was“, raunte dieser unbeeindruckt und nickte dem Pfleger zu.

Der ließ sich nicht lange bitten und verpasste Liam genüsslich einen rechten Haken. Es folgten weitere schmerzliche Treffer und je mehr Grace aufschrie, desto hastiger wurde sie weggezogen. Auf unbarmherzige Art wurde Liam gerade eine Lektion erteilt. Nicht nur, dass er das Pferd entwendet und dem Pfleger davongelaufen war. Er hatte außerdem seine Vorstellung verpasst und somit eine der wichtigsten Regeln im Zirkus gebrochen. Hier war Zusammenhalt eine Pflicht, doch diese hatte er wegen Grace leichtfertig vernachlässigt.

Zwar brauchten sie Liams Körper für die nächsten Auftritte und würden sich daher mit einer minimalen Abreibung begnügen, doch Grace konnte es trotzdem nicht ertragen. Sein dumpfes Stöhnen bei jedem Schlag konnte sie den ganzen Weg aus dem Zirkus hören. Direkt vor der Stadt wurde sie ein letztes Mal kräftig nach vorne geschubst, sodass sie einige Schritte stolperte. Trotzig richtete sie sich wieder auf und holte tief Luft, um ihre Empörung herauszulassen. Doch gerade als sie etwas sagen wollte, knurrte der übellaunige Typ sie an: „Komm ja nicht wieder! Ist keine Welt für dich, Püppchen!“

…

Auch zu Hause erwartete sie eine Lektion, jedoch von völlig anderer Art. Statt sie zu strafen, dass sie so spät kam, wurde sie geradezu ignoriert. Beiläufig wurde ihre Lüge, sie wäre beim Lesen im Wald eingeschlafen, abgewunken. Im Blick ihres Vaters konnte sie jedoch eine seltsame Regung entdecken, die sie sonst nur im tadelnden Ermahnen ihrer Mutter fand.

Nichtsdestotrotz ging sie, ohne darüber nachzudenken, in ihr Zimmer, denn immer noch war der Zustand des geschlagenen Liam ihre größte Sorge. Niemand musste ihr sagen, wie erbarmungslos die Welt sein konnte, und niemand hatte das Recht, sie Püppchen zu nennen. In den letzten Jahren hatte sie lediglich gelernt, sich wie eines zu verhalten, doch wusste sie immer, es gab noch so viel da draußen. Es gab so viel mehr in ihr selbst, das darauf wartete, wie der Wind durch die Blätter zu sausen. Nichts wollte sie davon für ein angepasstes und angenehmes Leben verpassen. Kein Lächeln wollte sie noch verschwenden für eine triste Höflichkeit. Ein einziger Tag in seinen Armen hatte gereicht, um ihre gesamte Welt auf den Kopf zu stellen und die engen Strukturen ihrer Erziehung zu sprengen. Ihr Versprechen spürte sie noch immer auf ihren Lippen, auch wenn verzweifelte Tränen ihre Wangen herunter rannen.

Am nächsten Morgen jedoch spürte sie die wahre Konsequenz ihres Ausflugs. Nach wie vor sprach ihr Vater weder mit ihr, noch ließ er sie aus dem Haus und vereitelte jede noch so winzige Chance auf eine Flucht mit festverschlossenen Türen. Einzig ihre Zimmertür sollte sperrangelweit offenbleiben, damit er beim Vorbeigehen stets ihre Anwesenheit kontrollieren konnte. Getrieben von dem Drang, nach Liam zu sehen, tigerte sie in ihrem Zimmer umher und suchte weitere Möglichkeiten zu entkommen, doch vergebens. Trotzig lauschte sie, wie ihr Vater am helllichten Tag selbst die Fensterläden im Erdgeschoss verrammelte. Ihre Mutter hingegen ließ sich erst abends wieder blicken und Grace lauschte dem Geräusch der zufallenden Haustür. Vom fehlenden Abschließen aufgeschreckt, lief sie blitzartig die Treppe herunter und überschlug sich fast, als sie den unerwarteten Gast antraf. Ein blonder Hüne stand neben ihrer Mutter und grinste stumpfsinnig durch die Gegend. Es war einer der Gehilfen aus dem Rathaus, welcher Grace schon lange nachstellte.

„Ach Liebes, nicht so stürmisch! Ihr beide habt doch alle Zeit der Welt!“, begrüßte ihre Mutter die eilende Tochter.

Grace war irritiert von dem herzlichen Tonfall und ging sicherheitshalber einen Schritt zum Treppengeländer zurück. Ihren argwöhnischen Blick übersah die Mutter aber großzügig und fuhr fort:

„Du kennst doch sicher Brian, oder? Ach, was rede ich da, natürlich kennst du ihn! Ihr habt euch doch schon so oft gesehen. Ach Kindchen, ich bin ja so aufgeregt. Ihr werdet nun beide schön ausgehen und wir kümmern uns um den Rest.“

Noch verwirrter und gleichzeitig noch skeptischer von den gesäuselten Anspielungen blieb Grace angespannt stehen und hob unauffällig den Fuß rückwärts auf die erste Treppenstufe. Anscheinend war sie die Einzige, die keine Ahnung hatte, was hier vorging.

„Ach Liebling, nun komm doch her!“, rief ihre Mutter unterdessen merkwürdig liebevoll nach dem Vater und der dümmliche Hüne grinste Grace an, als sei sie ein frischgezapftes Bier. Kaum schlurfte der Vater aus dem Flur an, klatschte ihre Mutter jubelnd in die Hände und verkündete: „Eine Hochzeit im Herbst, wie wunderbar! Eine vortreffliche Idee von dir, mein Liebling!“

Glühend rote Wut kochte in Grace hoch und färbte ihre Wangen wie aufsteigende Lava in einem Vulkan. Hatte ihr Vater sie wirklich verraten? Dieses Mal würde sie sich nicht dem Willen ihrer Eltern beugen, dieses Mal würde sie sich nicht formen lassen. Mit all dem Zorn, den sie seit ihrer Kindheit mit sich herumtrug, starrte sie rüber zu ihrem Vater und sprach nur ein einzelnes, letztes Wort zu ihm: „Niemals!“

Dann drehte sie auf dem Absatz, ging mit ruhigen Schritten die Treppe hoch und schloss bedacht hinter sich ihre Zimmertür. Von unten drang das Gemurmel einer Diskussion zu ihr, welche ganz klar davon handelte, sie zu ihrem eigenen Wohl zu zwingen. Ihre Hände bohrten sich mit krallenden Fingernägeln in das Holz und ihre Stirn presste sie so stark von innen gegen die Tür, dass ein drückender Kopfschmerz ihre Wut besänftigte.

„Niemals!", sprach sie abermals leise zu sich selbst. Langsam drehte sie sich um, ließ ihren Blick dabei durch ihr reichlich bestücktes Zimmer gleiten und konnte darin nichts von Wert für sie entdecken. Bedächtig lief sie an ihren Habseligkeiten vorbei, öffnete das große Dachfenster und stieg auf den Vorsprung heraus. Wie oft war sie schon hier draußen gekauert und hatte sich doch nicht getraut, zu springen. Dieses Mal hatte sie jedoch neuen Mut und sie wusste, wem sie dies zu verdanken hatte.

Aus der Höhe schien die Welt nun wirklich mickrig und unbedeutend. Liam war bei Weitem kein Held in strahlender Rüstung, der den Drachen tötete und sie aus dem Turm trug. Er war etwas viel Wichtigeres: Er war ihre Zuversicht, mit der sie sich selbst aus den Fängen des Drachen befreite und aus dem Turm entkam.

Inzwischen hatte es angefangen, wie aus Kübeln zu schütten, doch sie spürte keinen der Tropfen auf sich. Beherzt sprang sie auf das efeubewachsene Dach des Geräteschuppens und kletterte an den starken Rankpflanzen herunter. Ohne sich auch nur einmal umzudrehen, rannte sie los in Richtung Stadtgrenze. Hier gab es ohnehin nichts mehr, wofür sich ein letzter Blick gelohnt hätte.

...

Wie ihr Gemüt hatte sich ein herrlicher Frühlingstag plötzlich in eine unterkühlte Dunkelheit verwandelt. Als sie vor dem Zirkus ankam, war sie klatschnass, durchgefroren und hatte sich dennoch nie so lebendig gefühlt. Die Zirkusleute hatten bereits damit angefangen, abzubauen. Einige Buden und Zelte waren schon verschwunden und die kunstvollen Schausteller hatten Platz gemacht für die schwer schuftenden Arbeiter. Ein tiefer Schock durchfuhr ihren klammen Körper. Hektisch drehte sie sich herum, suchte überall, doch nirgends konnte sie die Akrobaten, die Clowns oder sonstige Künstler erkennen. Waren sie bereits abgereist? Der schöne braune Wallach, welcher sie gestern noch durch die Wiesen getragen hatte, stand nun eingespannt vor einem der großen Festzeltpfosten. Ein harter, zischender Peitschenknall durchzog die Luft und das Tier setzte sich anstandslos und kraftvoll in Bewegung.

Nass bis auf die Knochen irrte sie weiter durch das rege Treiben, wurde harsch angerempelt und aus dem Weg geschubst. Diese Behandlung und ihre verzweifelte Suche trieben ihr heiße Tränen in die Augen.

Abseits der Aufbruchstimmung rang sie nach Luft und bemerkte dabei nicht die wenigen Wohnwagen, die noch verstreut im Hintergrund standen. Ihr Körper wurde taub von der durchdringenden Kälte und die nassen Klamotten hingen wie Blei an ihr herunter. Trotzdem ließ sie den Regen beruhigend über ihr Gesicht prasseln und schloss die Augen. Der dichte Regenvorhang legte sich wie eine schützende Decke über sie und statt ihre Flucht zu bereuen, wechselten ihre Tränen die Stimmung. Selbst wenn alles vergebens war, hatte sie in diesem Augenblick mehr gelebt als jemals zuvor. Es waren Freudentränen, für alles, was ihr Liam bereits geschenkt hatte. Sie öffnete ihre Augen, starrte in den schwarzen Nachthimmel und ließ die wunderbaren Gefühle mit dem Regen in den Erdboden sickern. Dieses Fleckchen Erde, auf dem sie stand, war für immer ein Zeugnis dieser Begegnung.

Wie durch ein Wunder trat Liam aus einem der Wagen heraus, um sich eine Zigarette unter dem Vordach anzustecken. Das helle Flackern des Streichholzes durchzog die dunkle Nacht wie ein Blitz und zog auch Grace' Blicke auf sich. Für einige Momente konnte sie nur dort stehen und ihn ansehen, als sei er nur ein Trugbild.

Doch es war Wirklichkeit, denn Liams Körper trug die Zeichen der gestrigen Auseinandersetzung: Ein tiefblauer Fleck unter dem linken Auge, eine Schramme am Kinn und sein freier Oberkörper war von Prellungen übersäht.

Mühsam setzte sie sich in Bewegung und lief so schnell, wie ihre tauben, stolpernden Beine sie trugen. Im nächtlichen Platzregen war von ihr nur ein dunkler Umriss zu sehen und mit zusammengekniffenen Augen starrte Liam die dunkle Gestalt an. Kaum hatte er sie erkannt, fiel ihm die Zigarette aus der zitternden Hand und wie von selbst sprangen seine Beine vom Wagen herunter. Binnen weniger Sekunden war er ebenso durchtränkt wie der aufgeweichte Boden, auf dem er lief. Sehnsüchtig trafen sie sich, küssten sich und es waren keine Worte mehr nötig. Sanft nahm er ihr Gesicht in seine Hände und lehnte seine Stirn gegen ihre, um zu fühlen, dass sie es wirklich war. Für beide hätte dieser Augenblick ewig währen können. Egal welche Umstände sie hierhergeführt hatten, diese Berührung war es, die zählte. Durch die Wärme, die von ihm ausging, spürte Grace kaum noch die Kälte. Ebenso schienen die vielen Verletzungen Liam kaum zu beeinträchtigen, denn er nahm den Schmerz dankend an, kannte er doch dessen wahren Grund. Nicht etwa, weil er gegen die Regeln verstoßen hatte, sondern vielmehr mit wem. Das Zirkusvolk blieb jederzeit unter sich und niemals bandelte man mit vornehmen Stadttöchtern an. Diese Welt, in der er lebte, war ebenso kalt und hart wie ihre. Zwar in Lichter und Musik gehüllt, doch sonst gab es kaum einen Unterschied. Alles hätte er dafür getan, wenn er sie nur ewig in seinen Armen halten könnte, doch er wich zurück.

Verzweifelt flehte er: „Nein, Gracie, du musst zurück! Ich habe dir nichts zu bieten! Du weißt nicht, wie –“

„Ich bleibe bei dir! Egal, was kommt!“, entgegnete sie stur.

„Sie werden dich hier nicht dulden. Sie werden dir Schreckliches antun und ich kann nicht mit dir in diese Stadt zurück. Sie würden –“

„Dann laufen wir eben davon! Wenn deine Welt uns nicht haben will und meine Welt uns davonjagt, dann suchen wir uns eben eine eigene Welt.“

„Du verrücktes Mädchen!“ Er lächelte sie an und küsste sie, als ob dies alle ihre Sorgen vertreiben könnte.

Ihre unbändige Freude, endlich zusammen zu sein, wurde vom Platzregen verschluckt und so vor allen Unbeteiligten verborgen. Doch auch die leidenschaftlichen Küsse konnten die zittrigen, bläulichen Lippen von Grace nicht lange erwärmen. Besorgt nahm Liam ihre eiskalte Hand und führte sie zum warmen Wagen, bevor sie sich in der kühlen Luft noch den Tod holte. Grace spürte ihren kalten Körper, aber auch eine ungeahnte Aufregung. Diese Nacht war die erste in ihrem Leben, die sie außerhalb der Stadt verbrachte, und sie würde diese nicht alleine verbringen.

In dem kleinen Verschlag auf Rädern angekommen, schloss Liam die Tür vorsichtig ab, als könnte das Klicken des Schlosses ihre Zweisamkeit verraten. Danach durchstöberte er hektisch den angesammelten Kram, welcher sich in einer Ecke türmte, um ihr etwas zum Aufwärmen geben zu können.

Eigentlich hätte er sich die Mühe sparen können, denn von Grace' Innerem stieg eine kribbelnde Wärme empor. Ihr Atmen wurde schneller und die aufsteigende Hitze hätte beinahe den nassen Stoff auf ihrer Haut zum Dampfen gebracht. Gebannt starrte sie auf die angespannten Muskeln seines Rückens, während er kraftvoll durch den Kram wühlte. Wie in Trance fing sie an, ihr durchnässtes Kleid langsam aufzuknöpfen, und schlüpfte aus ihren matschigen Schuhen. Gerade noch zog Liam eine dicke Wolldecke aus dem Plunder und erstarrte augenblicklich, als ihr Kleid geräuschvoll auf den Boden klatschte. Langsam wandte er sich um und blieb mit der Wolldecke in der Hand wie angewurzelt stehen.

Seine Augen überflogen ihren Körper, welcher nur noch im Unterkleid vor ihm stand. Der dünne Stoff klebte an ihrer Haut und ihre Haare kräuselten sich in wilden Locken über ihre Schultern. Einige Minuten verharrten die beiden in dieser Position und wagten kaum, sich zu bewegen. Seine Blicke auf ihr empfand sie weder als unangenehm noch als beschämend, denn alles davon war ebenso wie ihr Kleid von ihr abgefallen. Sie wollte ihn wissen lassen, dass sie ihm gehörte, vollends bis zum letzten Atemzug.

Auch wenn sie ihren frierenden Körper nicht mehr fühlte, konnte sie ein leichtes Zittern nicht verhindern. Durch diese leichte Regung erwachte Liam aus seiner Starre und kam in zwei schnellen Schritten auf sie zu. Behutsam schwang er die schwere Wolldecke über ihre nackten Schultern. Kaum hatte sich das flauschige Gewebe um ihren Körper gelegt, fiel auch ihr Unterkleid leise zu Boden. Die tiefen Blicke ihrer Augen fesselten sich gegenseitig und konnten nicht voneinander lassen. Als würde sein Herz ihren Körper wie ein Magnet anziehen, presste sie ihre nackte Haut an seine. Geräuschvoll hielt er den Atem an. Teils wegen der ungewohnten Nähe, teils wegen ihrer kalten Hände, welche sich seinen Rücken hoch tasteten. Unter der Decke machten sich seine Hände ebenso zaghaft auf die Reise. Von ihren Schultern über ihre Wirbelsäule glitten sie über ihre Haut herab. Ungeahnte Schauer durchfuhren sie dabei und jede Sekunde davon brannte sich in ihren Kopf ein. Auf Hüfthöhe verharrten seine Hände, als hätten sie den perfekten Ort zum Verweilen gefunden. Leicht neigte sie ihren Kopf und seine Lippen folgten der stummen Aufforderung direkt. Lange und innig küssten sie sich, während ihre Hände weiter seinen Körper erkundeten. Ein Kuss und ein Versprechen. Nicht nur ihre Körper, auch ihre Herzen waren ineinander verflochten.

…

„Noch bevor die Sonne aufging, ließen wir alles hinter uns, was wir kannten. Ein Aufbruch in eine neue Zukunft und nicht die Schauergeschichten, die hier über mein Verschwinden erlogen wurden“, beendete sie dieses Kapitel in ihrem Leben.

„Sie haben damit ziemlich für Aufruhr gesorgt“, bemerkte der Detective. „Hier gibt es ein ganzes Regal im Archiv nur mit Akten über Ihren Fall.“

„Oh, kommen Sie, Detective. Sie wissen genauso gut wie ich, dass nur wenige Papiere darin wirklich von mir handeln.“

„Wohl wahr, es ist eher eine Auflistung aller Zirkusse und Jahrmärkte des ganzen Landes. Mit zahlreichen Verweisen auf ihre Gefährdung für wohlschaffende Bürger oder fragwürdige Machenschaften der Artisten. Und sie werden im Auftrag des Chiefs nach wie vor akribisch fortgeführt. So erschleicht man sich anscheinend das Wohlwollen in dieser Stadt. Gemeinsam hetzt es sich besser.“

„Und Sie brauchen mich nicht darüber aufzuklären, wer diese Dokumente ursprünglich in Auftrag gegeben hat. Hätte meine Mutter auch nur eine Minute wirklich nach mir gesucht, hätte sie mich in diesen Akten gefunden."

„Aber ihr Vater –"

„Nein, auch er hatte mich schnell aufgegeben. Es war seine Unterschrift unter meiner Todeserklärung, nicht wahr? Meine Eltern konnten nicht mal die rechtmäßige Zeit abwarten."

„Aber er –"

„Ja, ich weiß, er ist einen Tag später gestorben …"

„… bei einem Unglück! Er ist bei einem Unglück gestorben!", versuchte der Detective ein klein wenig Familienehre aufrecht zu erhalten.

„Wenn Sie es ein Unglück nennen, sich kopfüber von einer Brücke in ein trockenes Bachbett zu stürzen?", enttarnte Mallory die wahren Umstände. „Und kaum, dass er begraben war, schrieb meine Mutter meinen Namen ebenfalls auf den Grabstein und führte ihren Kreuzzug gegen meinesgleichen weiter."

„Und Sie wissen auch, wie es mit ihr weiterging?", traute sich der Detective vorsichtig zu fragen und berichtete nach einem Schulterzucken von Mallory weiter: „Nun, wenn ich mich recht entsinne, habe ich gehört, sie wurde ziemlich oft mit diesem Burschen gesehen, den sie eigentlich als Schwiegersohn auserkoren hatte. Er war es, der ihr alle möglichen Polizeiakten besorgte. Vor einigen Jahren ging er in die Politik und verschwand aus der Stadt für höhere Ämter. Ihre Mutter blieb, ist dem eigenen Wahnsinn verfallen und wurde in ein Sanatorium gesteckt …"

„Eine seltsame Tradition meiner Familie, sabbernd vor einem Fenster zu vegetieren. Vermutlich vermodert sie nun irgendwo in einem anonymen Grab. Meiner Großmutter hätte diese späte Retourkutsche sicher gefallen."

Der Detective senkte seinen Kopf und konnte dennoch ihre Gleichgültigkeit über das Ableben der Eltern verstehen. Da sie ihr das ganze Leben lang jegliche Emotion verwehrt hatten, konnten sie auch bei ihrem Tod keine erwarten. Tapferes Ding, dachte er sich, doch es konnte unmöglich das Ende der Geschichte sein.

„Und nun waren Sie frei? Sie und Liam?", hakte er nach.

„Ja. Für eine Weile zumindest."

12

Kaum, dass die Morgensonne am Himmel erschien, erwärmte sie den trockenen Boden, welcher einen herrlich sommerlichen Duft verströmte. Ein warmer Wind ließ die hochstehenden Gräser in sanften Wellen wiegen und kündigte einen weiteren heißen Tag an.

Durch die Blätter des großen Pekannussbaums blitzte das Sonnenlicht und weckte Liam spielerisch. Streckend richtete er sich auf, schweifte dabei mit seinem Blick über die Kornblumenwiese unter den Nussbäumen. Als er Grace noch neben sich schlafen sah, betrachtete er sie kurz und lächelte. Geräuschlos lehnte er sich über sie, um eine der Blüten zu pflücken und strich ihr damit über den Nasenrücken.

„Aufstehen, Prinzessin", flüsterte er und küsste ihre Stirn.

„Ihr wagt es, mich so früh zu wecken? Ab in den Kerker mit Euch!", brummelte sie mit gekräuselter Nase und drückte ihre Augen fest zu, als würde sie noch schlafen.

„Aber ich schwor, Euch mit meinem Leben zu beschützen, holde Maid!" Liam hob die Kornblume gen Himmel wie ein Schwert. Ruckartig schnellte Grace hoch, schubste ihren tollkühnen Liebsten zu Boden und beugte sich über ihn.

„Ja, Sir, Ihr seid wahrlich ein tapferer Krieger!" Sie lachte und legte ihre Hand auf seine Brust, um ihn am Boden zu halten.

„Ich ergebe mich!", rief dieser und bekam einen innigen Kuss für seine Kapitulation. Mit dem Schelm im Nacken konnte er es nicht lassen, Grace dabei mit der Kornblume am Ohr zu kitzeln.

Sie biss ihm daraufhin zärtlich in die Lippe, lachte dann herzhaft auf und legte sich wieder neben ihn auf dem Boden. Angeschmiegt an seine Schulter seufzte sie und blickte hoch in die Baumkrone, wo die Blätter mit dem Sonnenlicht tanzten. Liam jedoch hielt weiterhin die Kornblume in der Hand und spielte damit herum.

„Die stehen für Hoffnung, weißt du?“, murmelte er. „Die alte Korbflechterin hat es mir erzählt, kurz nachdem mein Vater starb. Sie sagte immer, wenn aus einem so krautigen Gestrüpp etwas so Wunderschönes entstehen kann, gibt es Hoffnung auch für die Hoffnungslosen.“

„Das klingt schön“, hauchte Grace und starrte nach wie vor ins Blätterdach.

„Sie hat in jeden ihrer Körbe eine Kornblume eingeflochten, die dem Käufer ein versteckter Talisman sein sollte. Wann immer jemand den Korb bei sich trug, hätte dieser den Duft des Sommers an seiner Seite. Und das wäre dann all das Glück, was man bräuchte.“ Er kräuselte die Stirn, lehnte sich zur Seite, damit er ihr Gesicht sehen konnte und sprach weiter: „Versprichst du mir was? Was immer auch geschieht, habe immer diesen Moment im Herzen. Eingeflochten wie eine kleine Blüte in einem Korb. Ich will, dass du immer den Duft dieser Wiese mit dir trägst.“

„Das werde ich, ich verspreche es“, stimmte sie zu und entdeckte in seinen Augen eine merkwürdige Stimmung. Zum einen, dass er diesen Moment in vollen Zügen auskostete, und zum anderen, dass er bereits jetzt dessen Vergänglichkeit verfluchte.

„Solange es Kornblumen auf der Welt gibt, gehört mein Herz nur dir“, erweiterte sie ihren Schwur und besiegelte diesen mit einem erneuten innigen Kuss, nach welchem sie ihre Stirn so fest wie möglich an seine presste. Nach wenigen Momenten fing sie erneut an zu kichern und säuselte in feinster Theatermanier: „Und nun, bringt mir Frühstück, mein Herold!“

„Herold? Ich bin dein König! Der Herrscher über das Kornblumen-Königreich!“

Grace sprang auf. „König? Niemals! Wir bleiben Prinz und Prinzessin! Wir laufen einfach vor der Krone davon und leben wie die Hottentotten!“ Kichernd rannte sie über die Wiese und tanzte um jeden Baumstamm.

„So ein verrücktes Mädchen“, sagte Liam zu sich selbst und raufte die Decke zusammen, auf der sie geschlafen hatten. Kopfschüttelnd und lachend über ihre Albernheiten folgte er ihr gemächlich durch die Plantage in Richtung Scheune. Zwar hatte ihnen der nette Besitzer der Ranch diese als Unterkunft angeboten, doch wann immer es das Wetter zuließ, schliefen sie dort draußen unter dem Sternenhimmel.

Vor einigen Tagen hatten sie dem Farmer ihre Hilfe angeboten und es war bereits der vierte Stopp auf ihrer unbekümmerten Reise durchs Land. Arrangements dieser Art gab es zahlreiche auf ihrem Weg und nie hielten diese länger als ein paar Tage oder Wochen. Nicht, weil die Farmer sie davonjagten, ganz im Gegenteil. Einige davon boten den beiden sogar an, dauerhaft dort zu arbeiten, denn sie waren stets zuverlässig und freundlich. Während Grace oft im Haushalt oder bei den Tieren half, erledigte Liam die kräftezehrenden Arbeiten, die anfielen. Sein Geschick bewies er gleichermaßen bei allem Handwerklichen. Es war also wenig verwunderlich, dass kaum einer der Farmer sie gehen lassen wollte. Doch die beiden rief stets das nächste Abenteuer und selbst den düsteren Nächten auf ihrer Wanderschaft konnten sie Positives abgewinnen.

...

Einige Wochen später wurden sie am helllichten Tag von einem tosenden Gewittersturm überrascht und suchten überstürzt einen Unterschlupf. Der hagelnde Platzregen und peitschende Wind ließen sie jedoch orientierungslos umherirren. Sobald sie einen schützenden Baum gefunden hatten, um zu verschnaufen, trieb sie der näherkommende Donner unaufhörlich weiter.

Erleichtert entdeckte Grace schließlich neben einem einsamen Wohnhaus eine kleine Kapelle, deren Tür im Sturm hektisch auf und zu knallte. Statt sich einfach nur unter das trockene Dach zu flüchten, bemerkten die beiden, wie unaufhörlich Wassermassen durch die verzogene Tür stürmten.

Geistesgegenwärtig schob Liam die Tür so gut es ging zu, während Grace mit ihrer eigenen Jacke versuchte, die Fluten durch den Türschlitz raus zu wischen. Schließlich verkeilte sie den Stoff zwischen dem Steinboden und der maroden Tür, was die Fluten zum Großteil draußen hielt. Erleichtert und schnaufend fielen sie sich in die Arme und lachten leise über dieses Abenteuer.

Ein zarter Kerzenschein schreckte sie urplötzlich auf und enthüllte einen weiteren Besucher in dem kleinen Gotteshaus. Ein älterer Mann, zugleich Prediger und Hausmeister, hob hinter dem brennenden Docht die Augenbrauen über den ungewohnten Andrang in den alten Gemäuern.

„Ich kann das reparieren", sagte Liam sofort und deutete auf das kaputte Scharnier der schweren Holztür. „Und auch sonst einiges hier drin."

Freudig klatsche der Fremde in die Hände und richtete ein Stoßgebet gen Himmel, bevor er die beiden überschwänglich zu sich winkte. Kaum hatte der Regen etwas nachgelassen, führte er sie zu dem kleinen Häuschen neben dem Gotteshaus, welches er bewohnte.

…

Länger als gewöhnlich blieben die Vagabunden bei dem netten Prediger und hatten sich zum Ziel gesetzt, die heruntergekommene Kapelle wieder liebevoll herzurichten. Immerhin hatte das alte Steingebäude ihnen zuvor einen großen Dienst erwiesen. Mit dem üblichen Fleiß und der heiteren Leichtigkeit hatten sie binnen weniger Tage das Herz des alten Mannes erobert. Ohne Widerrede hatte er sie bei sich im Haus einquartiert und rezitierte jeden Abend aus der Bibel. Auch wenn die beiden wenig gläubig waren, lauschten sie dennoch gerne dem Klang seiner hingebungsvollen Stimme.

…

Der alte Herr passte einen günstigen Moment ab, als Liam gerade das Holz der Kirchenbänke ölte, welches er am Vortag per Hand abgeschliffen hatte. Zuvor hatte er sich vergewissert, dass Grace immer noch im Kräuterbeet versunken war, damit er mit dem Burschen alleine reden konnte.

Er hielt ihm ein großes Glas kühle Limonade entgegen und lud ihn ein, sich für eine kurze Pause mit ihm auf die Stufen vor dem Altar zu setzen.

„Ihr kommt ziemlich gut voran, nicht wahr?“, fragte er, um das Gespräch zu beginnen.

„Ja, ich denke, in einigen Tagen dürfte die alte Kapelle wieder aussehen wie neu“, stimmte Liam ihm zu und nippte am Glas.

„Ich habe eine kleine Eröffnungsfeier geplant, aber ich denke nicht, dass ihr dafür bleiben werdet? Es werden einige Kirchenvorsteher aus dem ganzen Land kommen. Die werden euch sicher für eure Arbeit danken wollen.“

„Nein, wir wollen kein Aufsehen erregen“, stammelte er.

„Ah ja! Ich dachte mir schon, dass ihr nicht ganz freiwillig durchs Land unterwegs seid. Ihr seid durchgebrannt, nicht wahr?“ Der alte Mann lächelte und stupste Liam mit dem Ellenbogen an. „Andere Gastgeber würden euch vermutlich lieber in getrennten Zimmern schlafen lassen. Ich bin vielleicht ein alter Narr, aber ich war auch mal jung und verliebt. Da gibt es nichts, was ich nicht auch getan hätte.“

Schüchtern blickte Liam den großherzigen Prediger an und atmete erleichtert auf, als er dessen Scherz verstand. Da er nicht wusste, was er darauf antworten sollte, nippte er abermals an seiner Limonade.

„Ich habe euch ein wenig beobachtet: So wie ihr euch anseht, seid ihr entweder hitzköpfig verknallt oder ihr liebt euch wirklich aufrichtig. Aber wenn ich mir überlege, welchen steinigen Weg ihr hinter euch habt: Es verlangt entweder Wahnsinn oder Aufopferung, um alles hinter sich zu lassen. Was ist es bei euch?“

„Ich denke beides.“ Liam schmunzelte. „Es ist aufopfernder Wahnsinn oder wahnsinnige Aufopferung.“

„Lasst mich am Abend vor eurer Abreise einen Segen für euch sprechen. Ich weiß, ich konnte euch nicht gänzlich zum Herrn bekehren, aber gönnt einem alten Gottesmann diesen einen Gefallen!“ Er klopfte ihm auf die Schulter.

…

Es war bereits die Dämmerung hereingebrochen, als Grace und Liam vom Wohnhaus rüber zur Kapelle schritten. Der Prediger hatte auf ein frühes, üppiges Abendessen bestanden, und ebenso, dass sich die beiden aus dem Fundus der Kirchenspenden etwas Hübsches zum Anziehen heraussuchten. Noch nie hatte sie Liam so vornehm herausgeputzt gesehen und er staunte auch über das helle Sommerkleid aus Häkelspitze an seiner Liebsten.

Schon beim ersten Schritt in die kleine Kapelle stockte ihnen der Atem, denn der alte Mann hatte heimlich alles mit Kerzen geschmückt. Auch kleine Sträußchen aus Lavendel, Margeriten und Kornblumen waren um die dicken Blockkerzen gebunden. Immer noch sprachlos über die Pracht um sie herum liefen sie staunend zum Altar und strahlten ihren großzügigen Gastgeber mit leuchtenden Augen an. Auch er hatte sich fein zurecht gemacht und stand in voller Robe zum Segen bereit, zu welchem sie sich hier zusammengefunden hatten.

„Meine beiden Freunde“, begann er. „Nur durch eure Hilfe erstrahlt dieses Gotteshaus wieder in neuem Glanz. Und ich meine damit nicht nur die handwerklichen Arbeiten. Es war eure Liebe, die dieses Gemäuer wieder mit Licht geflutet hat und einem alten, müden Prediger die Hoffnung wiedergab. Ich habe sehr lange darüber nachgedacht, wie ich euch all dies honorieren könnte. Erlaubt mir, diesen geweihten Mauern dank euch wieder einen göttlichen Sinn zu geben: Die Menschen zu vereinen, die wahrlich lieben. Auf dass die verstoßenen Liebenden herkommen und den Segen erhalten, den andere ihnen verwehren.“

Unsicher, ob sie wirklich verstanden hatten, was gerade passierte, schauten sich Liam und Grace lange an. Im Blick des jeweils anderen verloren sich sämtliche Fragen und einzig ihre innige Verbundenheit blieb. Als er sich die beiden so ansah, reichte ihm ihre Liebe als Zustimmung. Behutsam nahm er ihre Hände, legte sie ineinander und sprach:

„Herr, sei mein Zeuge und geleite diese aufrichtigen Seelen auf ihrer Reise. Mögen sich die Wege zu euren Füßen ebnen und stets der Wind in eurem Rücken sein. Möge die Sonne warm euer

Gesicht bescheinen und Gott seine schützende Hand über euch halten. Möget ihr in euren Herzen dankbar bewahren, die kostbare Erinnerung der guten Dinge in eurem gemeinsamen Leben. Nun sag mir, Liam, schwörst du auf ewig, die dir Anvertraute zu lieben, zu schützen und ehren? Sowohl in Gesundheit als auch in Krankheit und bis über den Tod hinaus?"

Ohne zu überlegen nahm Liam einen tiefen Atemzug und hauchte ein klares „Ja!", während er Graces Hand noch fester umklammerte.

„Und du, Grace, schwörst du gleichwohl, den dir Anvertrauten auf ewig zu lieben, zu schützen und zu ehren? Sowohl in Gesundheit als auch in Krankheit und bis über den Tod hinaus?"

Auch Grace seufzte ein bestimmendes „Ja!".

„Hiermit erkläre ich euch beide Kraft meines Amtes, mit meinem Segen und in diesem Gotteshaus als vermählt. Und was Gott verbunden hat, darf der Mensch nicht trennen!"

Mit zittrigen Händen, glühenden Wangen und bebenden Lippen standen die beiden Frischvermählten sich gegenüber und versuchten die Gedanken des anderen zu lesen. War dies wirklich gerade geschehen? Hatten sie trotz aller Widrigkeiten gerade den Ehesegen erhalten? Nicht einmal im Traum hatten sie daran gedacht, irgendwann rechtskräftig verbunden sein zu können.

„Ihr dürft euch jetzt küssen, um euren Schwur vor Gott zu besiegeln." Der Prediger lächelte und musste sich leicht vorbeugen, damit die beiden wieder Kenntnis von ihm nahmen.

Überglücklich sprudelten plötzlich die Emotionen aus den Paar heraus und sie fielen sich küssend in die Arme. Auch den freundlichen Prediger umarmten sie anschließend überschwänglich und dankten ihm unzählige Male für seinen Segen. Behutsam tätschelte er den jungen Liebenden auf die Schulter und versuchte kurz, seine eigene Rührung herunter zu schlucken.

Schließlich führte er sie zu dem benachbarten Amtszimmer und gab ihnen zu verstehen, dort einzutreten. Ohne weiteres zu sagen, verschwand er aus der Kapelle und ließ sie selbst entdecken, was in dem Anbau auf sie wartete.

Dort war eine improvisierte Bettstatt im Kerzenschein errichtet, damit sie hier die erste Nacht als Frischvermählte verbringen konnten. Immerhin hatten sie es verdient, das von ihnen liebevoll hergerichtete Gemäuer vor ihrer Abreise für sich alleine zu haben. Fast so, als hätten sie zuvor ihr eigenes kleines Heim erschaffen, und wie es sich gehörte, trug Liam seine Frau über die Türschwelle.

…

Als der Morgen angebrochen war und das junge Paar alles Notwendige für ihre Reise gepackt hatte, bot der alte Mann ihnen an, sie in die kleine Stadt mitzunehmen. Von hier aus könnte er ihnen noch einige Vorräte beschaffen und vielleicht sogar eine Mitfahrgelegenheit für sie erfragen. Schon kurze Zeit später waren sie am dortigen Gemischtwarenladen angekommen, zu welchem der Prediger auch aus eigenem Interesse wollte. Grace kümmerte sich neben dem Wagen noch rasch um ihr spärliches Gepäck und der alte Mann zog Liam zu sich herüber, um ihm etwas zu sagen.

„Hör zu, Junge: Du musst als Ehemann jetzt für sie sorgen. Es liegt an dir, ihr ein Heim zu schaffen. Ihr könnt doch nicht ewig leben wie die Vagabunden. Du bist doch fleißig und arbeitest gut. Im Laden werde ich nach einer Stelle für dich fragen, hörst du? Das wäre doch was, oder? Ist das hier nicht eine tolle Gegend?“

Während der alte Mann euphorisch über seinen Plan in den Laden ging, blieb Liam verunsichert zurück. Zuerst beobachtete er die packende Grace, doch dann sah er auf eins der imposanten Häuser, welche diese Straße zierten. Sein Blick kroch an der kunstvoll verzierten Steinfassade empor bis zu den Dachziegeln, welche wie frisch poliert in der Sonne glänzten. Beinahe unbemerkt trat Grace mit Sack und Pack an ihn heran und versuchte seinem Blick zu folgen, um zu entdecken, was es dort zu bestaunen gab.

„Die werden mir da drin doch nie einen Job geben! Als Streuner kann ich noch so hart arbeiten, ich werde immer ein Streuner bleiben. Wie soll ich da jemals für dich sorgen oder gar so ein Haus besitzen? Ich bin doch nur eine Zirkusratte“, murmelte Liam vor sich hin, senkte den Blick und stieß mit dem Stiefel wiederholt an die Bordsteinkante vor sich.

Bemüht, seinen Gedanken zu folgen, suchte Grace nach einer Erklärung für diesen plötzlichen Stimmungswandel und fand die Antwort im Fenster des Gemischtwarenladens. Durch die Scheibe konnte sie klar erkennen, wie der Prediger mit dem Kassierer wild gestikulierte und dabei öfter zu den beiden deutete. Kurzerhand packte sie ihr Hab und Gut, setzte sich in Bewegung und lief die Straße in entgegengesetzter Richtung herunter. Es dauerte kurz, bis er ihren Aufbruch bemerkte, doch dann schnappte auch Liam wie vom Donner gerührt seinen Seesack, um ihr nachzulaufen.

„Was tust du da? Er kommt sicher gleich raus! Wo willst du denn hin?“, keuchte Liam, als er sie endlich erreicht hatte. Grace machte auf dem Absatz kehrt, baute sich vor ihm auf und ließ ihr Gepäck fallen.

„Glaubst du etwa wirklich, ich wäre mit dir fort gegangen, wenn es mich wieder nach einem goldenen Käfig verlangt hätte? Ich bin vor dieser herausgeputzten, heuchlerischen Welt geflohen und ich will sicher nicht dorthin zurück!“, fauchte sie und zeigte dabei auf eines der Stadthäuser.

„Aber – aber willst du für immer umherziehen? Willst du den nie ein Zuhause haben?“

„Mein Zuhause steht doch gerade vor mir.“ Als er sie nur verwirrt ansah, zwickte sie ihn in die Seite. „Ich meine dich, du Trottel!“

Grinsend nahm er sie bei der Hand, schaute sich um und zog sie in eine kleine Gasse zwischen den Häusern. „Na, wenn das so ist? Dann komm nach Hause, mein Herz!“ Er küsste sie leidenschaftlich.

„Wir brauchen doch keine Besitztümer“, hauchte sie zwischen den innigen Küssen, die immer zügelloser wurden. „Wir brauchen nur einander, verstehst du? Diese Menschen in ihren Villen, die wissen doch nicht, was es heißt, zu leben. Die kennen keinen warmen Sommerregen auf ihrer Haut oder das Gefühl, auf einer Blumenwiese zu schlafen, oder die Ruhe vor einem Sturm. Die wissen nicht, wie voller Wunder das Leben ist. Aber wir schon, Liam, wir leben und wir lieben. Und zwar mit Haut und Haar!“

„Nein, niemals! Niemals werden wir so wie die“, flüsterte Liam zurück und brachte Grace mit seinen Lippen zum Schweigen.

Prompt wurde ihr zärtlicher Moment von einer pikierten Dame unterbrochen, welche vor der Gasse stand und entrüstet das junge Paar musterte. Ihr winziger Hund kläffte dabei abwechselnd das herumliegende Gepäck und deren Besitzer an, als könnte er sich nicht entscheiden, was ihn mehr aufregte. Ähnlich krächzend und grell wie das Bellen ihres Kläffers räusperte sich die vornehme Dame und rümpfte dabei die Nase.

Ein schallendes Gekicher platzte aus den beiden heraus und sie sprangen zum Entsetzen der Gafferin unvermittelt auf den Gehweg heraus. Leicht tänzelnd umkreisten sie die empörte Dame und ihren noch empörteren Hund, welcher sie garstig zu schnappen versuchte. Hastig griffen sie ihre Sachen und mit Gelächter hüpften sie Hand in Hand gen Stadtrand.

Den Rest des Sommers verbrachten sie, wie es ihnen gefiel, und als der Herbst nahte, folgten sie der Sonne in den Süden. Erst als auch dort der kühle Winter drohte, einigten sie sich darauf, zumindest für einige Monate ein festes Engagement zu suchen.

13

Ruppig und unkonzentriert zog Grace ihre wenigen Habseligkeiten aus dem zerschlissenen Seesack und schmiss sie ebenso lieblos auf den kleinen Tisch vor sich. Im Grunde kramte sie nur Entbehrliches hervor und ließ die meisten Kleidungsstücke als leichtes Gepäck verstaut.

„So wird das nie was." Liam hinter ihr kicherte und nahm ihr den Sack ab. Kurzerhand kippte er den gesamten Inhalt auf den bereits vorhandenen Stapel und schmunzelte. „Die effektivste Art auszupacken."

„Sehr witzig, du Scherzkeks", grummelte sie und stieß ihn liebevoll von sich, „es ist alles so eng hier drin."

Ihr Blick kreuzte seinen und wanderte schließlich durch den kleinen, alten Wohnwagen, welchen sie soeben bezogen hatten. Ein Bretterverschlag auf Rädern war dabei die positivste Beschreibung für das neue Heim. Die spärliche Ausstattung war zweckmäßig und heruntergekommen, doch Liam hatte schon im ersten Moment tausend Ideen gehabt, wie er es herrichten konnte. Diese Euphorie fehlte bei Grace gänzlich, das einzige Gefühl in ihr nach den freien Monaten auf Wanderschaft war Beklommenheit.

„Komm schon, mein Herz! Es ist doch nicht für immer", hauchte Liam und kam wieder einen Schritt auf sie zu. Liebevoll nahm er ihr Gesicht in seine Hände und drückte seine Stirn gegen ihre. „Es ist ein wenig zu kalt, um auf Kornblumenwiesen zu schlafen. Sieh doch, da hinten ist sogar ein kleiner Ofen! Wir werden es hier nachts ziemlich kuschlig haben. Vermutlich sogar zu heiß für Klamotten." Er schmunzelte verschmitzt.

Doch Grace reagierte nicht auf seinen Charme. An ihm vorbei sah sie zu dem rostigen kleinen Ofen, welcher kaum mehr als einen

Scheit Holz fassen konnte. „Ja, und wir lassen wohl besser eine Luke offen, sonst wachen wir nicht mehr auf", urteilte sie abfällig, sah dann hoch in Liams hoffnungsvolle Augen und lächelte gezwungen.

Unbeirrt gab er ihr einen kleinen Kuss und machte sich weiter daran, den Wagen bewohnbar zu machen.

„Für das Winterquartier eines Zirkus ist es gar nicht mal übel", führte er seine Besänftigung fort. „Wirklich! Ich habe schon viel Schlimmeres erlebt. Richtige Rattenlöcher in moorigen Moskito-Sümpfen oder trockene Sandhaufen in klirrend kalten Wüstennächten. Wir werden es uns schon schön machen."

„Ich kann diesen Typ trotzdem nicht leiden."

„Wen? Campelli? Kaum ein Zirkusdirektor ist sympathisch. Aber dieser hier hat uns zumindest ein gutes Angebot gemacht. Es ist ja nur bis zum Frühjahr, wenn wir mit dem Zirkus auf die Sommertour aufbrechen. Dann warten wir auf ein nettes Örtchen und verschwinden wieder."

„Das nennst du ein gutes Angebot? Er verlangt die Hälfte unseres Lohns für diesen Bretterhaufen und die dürftige Verpflegung kommt noch oben drauf! Wir werden kaum etwas ansparen können. Dieser Typ ist ein Betrüger, mehr nicht! Und dann noch dieser überzogene italienische Akzent. Als ob ihm den irgendjemand abkauft! Signore Campelli! Wenn ich nicht lache, mit seinem stockigen Gang sieht der eher aus wie ein polnischer Hafenarbeiter."

„Ist doch egal, wer er wirklich ist! Immerhin haben wir ein Dach über dem Kopf und das ist bei Weitem mehr, als wir die letzten Monate vorweisen konnten. Moment, was heißt hier unser Lohn?", fragte Liam verwirrt, als er endlich aufhörte, über ihre Darbietung zu lachen.

„Dachtest du etwa, ich lass dich das hier ganz alleine stemmen? Wohl kaum! Du wirst dich in der Manege nicht zu Tode schwingen, während ich hier rumsitze. Ich werde mir auch eine Arbeit suchen, drüben bei den Pferden zum Beispiel. Der alte Herr da wirkt nett und ich habe ein Händchen für Tiere", bemerkte sie beiläufig und begann, ihre Sachen in einer der alten Kisten unter dem Tisch zu verstauen. Liam unterbrach seine Aufräumarbeiten und griff nach

Graces Hand, damit sie sich zu ihm drehte. Tief schaute er in ihre grünen Augen und strich ihr über die Wange. „Du bist wirklich ein verrücktes Mädchen", flüsterte er.

„Hätte ich mich sonst in dich verliebt?" Sie strahlte ihn an und zog ihn noch näher an sich heran.

…

Heute war Liams erstes richtiges Training am Trapez und die harte Arbeit der letzten Wochen konnte sich endlich auszahlen. Vor Aufregung konnte Grace kaum die Zügel der Pferde halten, als sie auf seinen Einsatz wartete. Der nette Herr, bei welchem sie als zusätzliche Pflegerin untergekommen war, hatte ihr erlaubt, die Tiere hinter dem Vorhang warm zu führen. So konnte sie zumindest ab und zu durch einen Schlitz lugen, um Liam beim Training zuzusehen.

Schon nach wenigen Schritten hatte der Alte jedoch Mitleid mit ihr. „Na los, guck schon zu", flüsterte er mit heiserer Stimme, als er ihr die Zügel abnahm, und stellte sich neben sie zu dem halboffenen Vorhang. „Wenn er heute sein Talent zeigt, dann kann er vielleicht ganz in die Truppe. Dann müsste er nicht immer den halben Tag diese Hilfsarbeiten verrichten und danach trainieren. Außerdem winkt mehr Lohn. Ist er denn gut?"

„Er ist fantastisch!", hauchte Grace und blickte hoch unters Zeltdach, wo sich Liam gerade vorbereitete.

„Nun, dann hat er ja gute Chancen! Ich geh noch ein paar Runden, guck du nur weiter zu!"

Grace hatte die letzten Worte des Mannes kaum gehört und schaute ihm ungläubig nach. Er war ein ehemaliger Jockey, ein ziemlich erfolgreicher noch dazu. Selbst die unbeherrschtesten Pferde konnte er mit nur einer Geste beruhigen und die Tiere waren bedeutend größer als er. Vor einigen Jahren hatte ihn Campelli auf der Durchreise von seinen Spielschulden freigekauft. Natürlich nur, damit er diesen Kredit im Zirkus ableistete, und da er stets jeden Abend am Pokertisch der Schausteller saß, war er kaum dazu im Stande.

Als die ersten Rufe in der Manege zu hören waren, erwachte

Grace wieder aus ihren Gedanken und starrte angestrengt durch den Vorhangschlitz. Unweigerlich hielt sie erschrocken die Luft an, als Liam zum Sprung ansetzte, in der Luft die Schaukel fing und sich darauf zum Handstand streckte. Mit wahnsinniger Geschwindigkeit sauste er zum anderen Ende des Zeltdaches, ließ sich fallen und nutzte den Schwung zu einem Salto auf die andere Plattform. Erst als er formvollendet und sicher auf dem Gitter stand, konnte Grace wieder durchatmen. Der Rest der Zirkusleute im Zelt klatsche einige Male anerkennend und der Kollege neben ihm klopfte Liam auf die Schulter.

Ja, er hatte sich einen Platz am Trapez verdient.

Stolz und erleichtert japste Grace versteckt hinterm Vorhang auf. Doch zuckte sie zusammen, als ein Schatten auf der anderen Seite der Manege sich daraufhin zu ihr wandte. Langsam ging sie einige Schritte vom Schlitz zurück, damit kein Licht mehr auf ihr Gesicht fiel, doch konnte sie den Blick des Mannes immer noch auf sich spüren. Abwartend verharrte sie in der Dunkelheit und beobachtete, wie sich die dunkle Gestalt wieder hoch zum Trapez schaute.

Es gab einen Grund, warum sie Campelli misstraute, auch wenn sie diesen noch nicht kannte. Derzeit galt ihr Argwohn vor allem seiner Marotte, das gesamte Zirkusvolk von dunklen Ecken heraus auszuspähen. Unklar, ob er dachte, man würde ihn im Schatten nicht erkennen, oder ob er sich bewusst so zeigte, um allen verstohlen zu drohen.

Plötzlich packte sie eine Hand von der Seite und wirbelte sie umher. Außer sich vor Freude über seinen Erfolg drückte Liam seine Grace so fest an sich, wie er konnte. Überschwänglich bedeckte er ihr ganzes Gesicht mit zarten Küssen und jubelte: „Ich habe es geschafft, mein Herz! Ich bin bei der nächsten Vorstellung dabei!“

Erleichtert lachte sie auf und ergab sich in einer herzlichen Umarmung, doch erschauderte zugleich. Über Liams Schulter hinweg blickte sie noch einmal Richtung Manege und konnte den Schatten Campellis nirgends mehr erkennen. Binnen weniger Sekunden war er wie ein Geist aus dem Zelt verschwunden.

…

„Junge, du musst aufpassen, was du heute tust!“, raunte einer der Artisten Liam an.

„Ja, Bursche, lass dich da draußen nicht hinreißen!“, knurrte ein anderer.

„Keine Sorge, Männer, ich geh kein Risiko ein“, beruhigte Liam seine Kollegen.

„Nein, du verstehst nicht! Campelli wird dich im Auge behalten während des Auftritts“, ermahnte ihn der Erste abermals und dehnte seine Muskeln.

„Und?“

„Jungchen! Bleib bei dem, was wir trainiert haben! Ein einfacher Salto, keinesfalls mehr!“

„Aber –“

„Hey, wir wissen, du hast mehr drauf! Vertrau uns einfach! Ist nicht gut, wenn Campelli weiß, dass er nen goldenen Stier unter seinen Leuten hat!“, murmelte nun ein weiterer seiner Kollegen.

„Das heißt ein goldenes Kalb, du Idiot!“, brummte sein Nebenmann.

„Aber der Junge hat Cojones! Na gut, von mir aus auch ne ganze Herde Rindviecher“, murmelte der Angesprochene zurück.

„Moment, worum geht's hier?“, fragte Liam schließlich nach Klarheit, um sich auf seinen Auftritt zu konzentrieren.

„Denk einfach an unsere Worte und zerbrich dir nicht deinen hübschen Kopf! Solange Campelli dich nicht mit irgendwas am Haken hat, bis du ein freier Mann. Doch wenn er merkt, wie gut du bist, wird er dich an den Zirkus binden wollen, und glaub mir, er kriegt immer, was er will“, beendete der erste Artist seine gutgemeinte Drohung und zog Liam beiseite, um ihm zuzuflüstern: „Wenn du mit deiner Kleinen wirklich im Frühjahr wieder abhauen willst, muss du darauf achten, auf keinen Fall Campelli zu gefallen! Besser, er hält dich für einen miserablen Artisten!“

Perplex und gedankenversunken begann auch Liam nun seine Muskeln zu dehnen. Die nächsten Wochen bemühte er sich tunlichst, dem Rat seines Kollegen zu folgen. Seine Darbietung auf dem Trapez wurde damit in anderer Hinsicht zu einem Drahtseilakt. Statt zu zeigen, was er konnte, blieb er bei den jämmerlichen Kunststücken aus dem ersten Training. Dies forderte viel seiner mentalen Stärke, denn sein Talent konnte ihn eigentlich an die Spitze der Truppe setzen und somit auch mehr Lohn bringen. Vor jeder Vorstellung wägte er ab, ob er es wagen sollte oder lieber den Worten der Artisten glaubte.

Zu seinem Glück konnte er durch die ständigen Fragen in seinem Kopf keine besseren Sprünge riskieren. Zum anderen kam es selbst Grace glaubhaft vor, dass er durch die Strapazen des Vagabundenlebens und der schlechten Versorgung hier nicht zu seiner alten Form finden konnte. Er war sich sicher, dass die beiden auf diese Art ihren Plan durchziehen konnten, auch wenn sie nicht wie erhofft etwas ansparen konnten. Die Hauptsache war, sie konnten ohne Schwierigkeiten abhauen, wenn es so weit war. Die Zeichen standen gut, denn der Frühling kam und der Zirkus setzte sich in Bewegung. Nur noch wenige Stationen in kleineren Städten, bis sie einen Umstieg der Wagenkolone auf die Eisenbahnwagons für sich nutzen konnten. Im Wirrwarr des Umladens würden sie einfach auf einen anderen Gütertransport aufspringen und wären meilenweit weg, bis ihre Abwesenheit bemerkt wurde.

…

Es kam ein Tag, von dem keiner wusste, ob sie ihn nicht besser hätten ungenutzt vorbeiziehen lassen. Dabei war er so normal wie der davor und doch so folgenreich wie alles, was ab dem nächsten Morgen kam.

Wie zu jeder Vorstellung war Liam bereits oben auf dem Trapez und wartete konzentriert auf den Anfang seiner Nummer. Währenddessen stand Grace im Vorraum der Manege und wartete, bis die Dressur vorbei war, um die verschwitzten Pferde in Empfang zu nehmen. Seit sie unterwegs waren, hatte sie dabei ein besonderes Auge auf den hitzigen Rappen, welcher bei jeder Vorstellung nervöser schien. Ein prächtiges Tier, dessen Schönheit auch gleichzeitig sein Fluch war. Nichts an seinem Charakter qualifizierte ihn für das Leben im Scheinwerferlicht und noch weniger für die ständig wechselnden Standorte. Es war einzig die imposante Erscheinung, weswegen er jede Vorstellung aufs Neue in die Manege getrieben wurde. Je ungestümer er auf das Publikum und die Kommandos des Dompteurs reagierte, desto lauter jubelte die Menge. Eine gefährliche Mischung aus Provokation, Leichtsinn und ahnungslosen Zuschauern.

Bisher konnte Grace ihn nach jeder Vorstellung wieder beruhigen, doch heute hatte er bereits vor dem Auftritt unbändig umher getänzelt. Selbst für ihn war dies ein übertriebenes Verhalten, welches ein krampfendes Gefühl in ihrem Magen verursachte, kaum dass sie die Zügel abgegeben hatte. Die letzte Aufstellung vor der klatschenden Tribüne und sie atmete erleichtert auf, als der Dompteur sich zum Vorhang drehte.

Noch bevor die Tiere zum Vorhang geführt wurden, verlor ein jubelndes Kind in der Menge seinen Ballon. Langsam stieg der grüne Ball nach oben und spielgelte sich dabei in den aufgerissenen Augen des schwarzen Hengstes. Kaum jemand außer Grace nahm Kenntnis davon, dass der Ballon direkten Kurs auf einen Scheinwerfer nahm.

Wie ein Gewehrschuss zerplatzte das dünne Gummi am heißen Metall und schreckte jede Seele im Zelt auf. In völliger Panik riss sich der Rappe los und rannte kopflos durch die Manege. Wilde Bocksprünge mit wirbelnden Hufen, die gefährlich nahe an den Köpfen der Zuschauer vorbei zischten. Die anderen Pferde wichen angstvoll zurück und ließen sich von seinem Toben anstecken. Die wilde Herde löste nun auch bei den Menschen auf der Tribüne Hektik aus und jeder wollte auf schnellsten Wege nach draußen. Zu ihrem Entsetzen hatte sich der Rest der aufgeschreckten Pferde abseits zu einer Traube zusammen geknäult und versperrte den Ausgang. Den aufschreienden Gästen blieb nichts anderes übrig, als sich so weit wie möglich auf die hintersten Tribünenplätze zu retten.

Von diesem ganzen Trubel bekam Grace kaum etwas mit und starrte nur auf das unwirkliche Bild vor ihr. Wie mit Watte in den

Ohren drang nur wenig des Lärms zu ihr durch, als sie neben sich einen von Campellis Adjutanten sah. Mit geladenem Gewehr und wildem Augenflackern suchte dieser eine freie Schussbahn. Ohne zu überlegen, trat Grace einen Schritt vor ihn, schob sich durch den offenen Vorhang und betrat den sandigen Boden der Manege.

Über ihrem Kopf hatten die Artisten große Mühe, Liam von einem waghalsigen Sprung abzuhalten, um Grace aus der Gefahrenzone zu retten. Hilflos im Griff seiner Kollegen gefangen, musste er mitansehen, wie seine Liebste ruhig und bedächtig durch die turbulente Panik schritt.

Der Hengst machte auf der Stelle kehrt, wirbelte seinen imposanten Körper herum und kam nun direkt auf sie zu. Ruhig atmend blieb sie stehen, hob langsam beide Hände auf Kopfhöhe und schnaubte ein tiefes „Brrrrrrr".

Nur wenige Zentimeter, bevor er sie umgerannt hätte, rammte der Hengst seine Hufe in den Sand und wechselte abermals abrupt die Richtung. Buckelnd preschte er wieder durch die nun leere Manege und Grace hatte Mühe, seine Aufmerksamkeit zu erlangen. Ihre geübten Bewegungen wirkten wie stille Kommandos und zwangen den Rappen immer wieder auf der Stelle zu drehen. So konnte sie langsam Fahrt aus seiner Panik nehmen und brachte ihn dazu, mehr auf sie statt auf den umliegenden Trubel zu achten.

Die Anwesenheit der jungen Frau inmitten der Manege sowie ihre wortlose Bändigung des wilden Tieres legte ein seltsames Schweigen auf die Menschenmenge. Jeder Hufschlag hallte in Graces Brust wider, jedes Schnauben fühlte sie in ihrem Nacken und ihre Augen vernahmen jedes wehende Mähnenhaar. Ihre gesamte Körperspannung nutzte sie, um die Aufmerksamkeit des Hengstes an sich zu binden. Wilde Galoppsprünge wechselten zu einem sanften Traben und schließlich zu einem trottenden Schritt, mit welchem der Hengst auf Grace zu kam. Mit gespitzten Ohren und heftigem Schmatzen stand er vor ihr und schnaubte leise. Sein schwarzes Fell klebte wie frischer Lack an seinen heißen Muskeln, welche vor Anstrengung zu zittern begannen. Dampf stieg über seinem Rücken auf und jedes Schnauben blies eine Nebelschwade bis hoch unters Zeltdach. Beherzt griff sie nach seinem Halfter und führte ihn hinaus, wobei sie sachte seinen schweißnassen Hals tätschelte. Die anderen Pferde reihten sich hinter ihnen ein, als sei nichts geschehen und gemeinsam schlurfte die gesamte Truppe hinter den Vorhang. Kaum hatte sich dieser geschlossen, brachen die Zuschauer in Jubelschreie aus. Auch von diesem Lärm bekam Grace nichts mit, sie strich sanft über die bebenden Rippen des keuchenden Rappen und flüsterte zu ihm: „Gut gemacht, mein Kleiner!“

Das arme Pferd hatte kaum noch die Kraft, den Kopf zu heben, als Liam zwischen den anderen Tieren hindurch jagte und Grace um den Hals fiel. Der alte Jockey nahm die Pferde an sich und überlies diesen Moment dem erleichterten Burschen. So fest er nur konnte drückte Liam sie an sich und war derart außer Atem, dass er kaum ein Wort herausbrachte. Grace hingegen war immer noch von ihrer seltsam ruhigen Trance ergriffen.

„Das machst du nie wieder, hörst du? Tu mir das nie wieder an! Du wirst nie wieder da raus gehen!“, sagte Liam, sowohl wütend als auch erleichtert.

„UND OB SIE DAS WIRD!“, polterte auf einmal ein italienischer Akzent durch den Vorraum. Die restlichen Artisten wichen mit gesenkten Blicken zurück und Campelli erntete für seine Worte einen tiefempörten Blick von Liam.

„Sind Sie wahnsinnig? Dieses irre Pferd hätte sie beinahe umgebracht!“, zischte Liam und stellte sich halb vor Grace.

„Nun, aber das hat es nicht, oder? Außerdem, Junge, hast du jetzt gleich einen Auftritt, oder?“, säuselte Campelli unbeeindruckt und seine Kollegen winkten Liam aufgeregt zu sich herüber.

Nur widerwillig fügte er sich, drehte sich noch mal zu Grace um und gab ihr einen Kuss auf die Stirn, bevor er sie mit Campelli alleine ließ.

„Und nun zu dir, meine Schöne! Wie kommt es, dass mir so ein Juwel bisher verborgen blieb?“, hauchte er und nahm ihre Hand mit seinen schmierigen Fingern.

Campelli hatte ein goldenes Kalb unter seinen Leuten gefunden.

…

Kaum, dass sie es sich versah, hatte der Direktor sie in seinen Bürowagen geschleift. Dort wartete bereits die Kartenverkäuferin, um mit ihm zusammen die Eintrittsgelder des heutigen Abends zu zählen. Kurzerhand nahm Campelli ihr die Geldbündel ab und warf sie achtlos in den kleinen Safe.

„Bald schwimmen wir in so viel Geld, dass wir mit dem Zählen nicht mehr hinterherkommen!“, sagte er dabei.

Während Grace versuchte, sich in dem vollgestellten Wagen zu orientieren, wurde sie von Campelli kurzum auf einen Sessel platziert. Noch in der gleichen Bewegung warf er der Kartenverkäuferin einen Schreibblock vom Tisch zu und befehligte ihr mit wirren Handbewegungen seine Ergüsse zu protokollieren. Keiner seiner lukrativen Gedanken durfte nun verschwendet werden.

Das hektische Gerede und seine übermäßige Gestikulation wirkten auf Grace fast wie eine Hypnose und sie konnte kaum mehr von sich geben als ein debiles Nicken. Vor ihrem Gesicht vermischte sich alles zu einem verworrenen Wirbel. Ständig wiederholend, die geifernde und gierige Euphorie von Campelli, wie er die neue Zirkusnummer plante. Aus dem heutigen Unglück wollte er ein Spektakel erschaffen und die rettende Zähmung des wilden Pferdes jeden Abend aufs Neue heraufbeschwören. Er faselte davon, wie wichtig der immer neue Schockmoment sei, und dass die Show jedes Mal anders ablaufen müsse, damit es spannend bliebe. Niemals dürften sich die Zuschauer sicher sein, wann der wilde Hengst durch den Vorhang brach oder sich aus der Dressur löste. In einem weiteren wahnsinnigen Anfall krallte er sich den Schreibblock, krizelte eine ungenaue Skizze von Grace Kostüm darauf und warf die Papiere dann wieder auf den Schoß der Protokollantin. Stürmisch beschrieb er die zukünftigen Leuchtreklamen und spuckte dabei jedes Wort noch feuchter aus.

Irgendwann wurde es Grace zu viel. Ohne auf eine konkrete Idee des Direktors zu reagieren, murmelte sie mehrmals hintereinander: „Nein, ich will das nicht!“

„Was willst du nicht?", äffte er ihre genuschelte Ablehnung nach.

„Ich will das nicht – Ich will das einfach nicht. Sie können mich nicht dazu zwingen, hören Sie?"

„Hör mal, Püppchen, ist mir scheiß-egal, was du willst." Campelli packte sie am Arm, zog sie zu sich hoch und schüttelte sie leicht, bis sie ihn ansah. „Du weißt ja, was dem Vieh blüht, wenn du nicht mitspielst! Dann könntest du den Gaul nicht mal vorm Gewehr retten, wenn du zufällig dazwischen stehst. Und dein Liebster würde glatt vor Schreck vom Trapez fallen. Das willst du doch wirklich nicht, oder? Und jetzt schieb deinen mosernden Arsch aus meinem Wagen", zischte er und ließ sie wieder los.

Sprachlos und kreidebleich schritt sie zur Tür. Ihre Bewegung glich dabei fast einem Schweben, auch wenn das unmöglich war bei der schweren Last, die soeben auf ihre Schultern geladen wurde.

...

Das Festzelt war verlassen, sämtliche Besucher in ihre wohligen Häuser eingekehrt und einige Schausteller hatten sich um ihre Wagen herum versammelt. Manche spielten Poker, andere tranken und der Rest hatte sich bereits verzogen.

Wie benommen irrte Grace durch die Wagenstadt und ihr Kopf fühlte sich an wie ein immer schneller drehendes Karussell. In den Mühen, zu begreifen, was soeben passiert war, hörte sie nicht mal, wie einige sie ansprachen oder ihr zu winkten. Sie kannte nur noch ein Ziel: So schnell es ging zu Liam zu kommen, ins Bett zu fallen und zu hoffen, dass alles nur ein böser Traum war.

Doch kaum im Wagen angekommen zerschlug sich diese Hoffnung, denn Liam war bereits hastig am Packen.

„Wir gehen noch heute Nacht! Ich lass nicht zu, dass er dich dieser Gefahr aussetzt!", murmelte er, ohne sie anzusehen.

„Ich – Ich kann nicht!", hauchte sie leise.

„Ist schon ok, ich bring dich hier weg!", versuchte Liam sie zu beruhigen und packte weiter.

„NEIN – Ich kann hier nicht weg!" Das Hauchen erhob sich zu

einem bestimmenden Fauchen. Der Wechsel ihrer Stimmlage reichte aus, dass Liam aufsah und sie musterte.

„Was soll das heißen? Und ob wir gehen werden!"

„Nein", flehte sie nun.

„Das könnte dich umbringen, verstehst du das nicht? Wieso willst du das riskieren? In dieser Manege wartet kein Ruhm, sondern nur ein riesiges Unglück", zischte Liam und sprang zu ihr auf. Verzweifelt versuchte er in ihren Augen zu lesen, was vorgefallen war.

„Er wird ihn erschießen! Wenn ich gehe, wird er ihn erschießen!" Sie seufzte und ihre Augen füllten sich mit Tränen.

„Wen? Wovon redest du? Das Pferd? Es geht dir um das Pferd?", fragte er zuerst völlig aufgelöst, dann beruhigte er sich und ging wieder ans Packen. „Ich hatte nicht vor, zu Fuß abzuhauen, wenn dich das beruhigt? Nimm nur, was du unbedingt brauchst! Wir haben keine Zeit! Nur leichtes Gepäck!"

„LIAM! Nicht nur der Hengst steht auf seiner Abschussliste!", weinte sie und er drehte sich wieder zu ihr um.

„Keine Sorge, mein Herz! Uns wird nichts passieren. Wir sind über alle Berge, bevor jemand etwas merkt!" Er bemühte sich zu lächeln, doch die Sorge in seinen Augen blieb. Um diese zu verbergen, richtete er seine Aufmerksamkeit wieder auf sein Gepäck.

...

Im Zelt der Pferde brannte noch Licht, doch Grace war nicht sonderlich überrascht. Der alte Jockey verzockte seinen Lohn, sobald er ihn bekam, und ihm blieb daher nichts anderes übrig, als bei seinen Schützlingen zu schlafen. Er brauchte ohnehin das Schnauben der Tiere, um überhaupt Schlaf zu finden, hatte er ihr mal erzählt. Für ihr waghalsiges Unterfangen war er die geringste Sorge. Womöglich würde er sie guten Gewissens mit dem Pferd ziehen lassen. Sollte er doch fragen, was sie hier mache, hatte sie allerdings schon eine Ausrede parat. Die Muskeln des Hengstes müssten noch einmal bewegt werden, bevor sie wegen der Überbelastung morgen steif wären. Hinter ihr schlich Liam bereits zum Ende des Platzes und wartete dort, bis sie mit dem Pferd herauskam. Mit einem heftigen Atemzug nahm sie allen Mut zusammen und betrat völlig ruhig das Zelt. Wie gewohnt lag der alte Jockey abgestützt auf einem Strohballen und kaute Tabak.

„Ich wollte nur eben …“, begann sie ihre auswendig gelernte Lüge.

„Ich weiß, was du wolltest. Und Campelli wusste es auch“, raunte der Alte und deutete auf den Hengst.

Grace blieb wie angewurzelt stehen und all ihr Mut verließ beim nächsten Atemzug ihren Körper. Mit aufgerissenen Augen starrte sie den alten Jockey an und folgte dann seinem knochigen Zeigefinger. Am Hals des Rappens hatten sich blutige Kerben in das lackschwarze Fell gebrannt. Eine mehrstellige Nummer war unter den großen Krusten zu erkennen. Dieser Dreckskerl musste seinen Monolog im Wohnwagen dafür genutzt haben, um dem armen Pferd heimlich ein Brandzeichen verpassen zu lassen.

„Die Identifikation hat Campelli sicher schon mit Eilboten an die Versicherung schicken lassen“, murmelte der Jockey mit seiner rauen Stimme und spukte den brauen Tabaksud in eine Kanne. „Ich hätte dich so gerne mit ihm davonreiten sehen. Armes Tier. Gestern war er nicht mal das Fleisch auf seinen Knochen wert und jetzt staffiert ihn der Direktor mit gefälschten Papieren zu einem Showpferd heraus.“

Die fassungslose Grace ging zu ihrem Hengst herüber. „Aber –“

„Vergiss es, Kleines. Es ist vorbei. Mit dem markierten Pferd kommt ihr keine zwanzig Meilen weit.“

Weinend brach Grace vor den Hufen des Hengstes zusammen und konnte sich kaum noch beruhigen. Durch ihr bitterliches Seufzen aufgeschreckt rannte Liam in das Zelt und konnte nichts weiter tun, als sie zu halten.

Der Alte spuckte erneut in die Kanne vor ihm und brummte sarkastisch: „Willkommen im Zirkus, einer Welt voller Wunder und Spektakel!“

…

„Und so hatte er Sie in der Hand?“, fragte der Detective.

„So hatte er jeden in der Hand. Jeder Mensch hat eine Schwäche, also gibt es für jeden Menschen auch ein Druckmittel. Campelli musste nur das Passende finden, um jemanden wie gewünscht an sich zu binden."

„Er hat den Hengst also markiert und hat damit verhindert, dass Sie ihn stehlen. Und würden Sie alleine gehen, dann wäre das Todesurteil des Pferdes unterzeichnet?"

„Ich war so naiv, dass es schon weh tat. Im Grunde erpresste er uns mit unserer eigenen Menschlichkeit und besaß selbst keine. Der Hengst war so oder so bereits tot. Solange das Pferd in der Manege funktionierte, regnete es Eintrittskarten. Wenn nicht, konnte Campelli ihn immer noch erschießen. Dann würde er wegen dem Ausfall der Nummer ein hübsches Sümmchen von der Versicherung kassieren."

„Dieser Drecksack kassierte also doppelt!"

„Auf diese Art waren auch die übrigen Artisten seine Leibeignen. Unsere Namen, unsere Nummern und unser Leben gehörten ihm. Und wenn jemand die gewünschte Leistung nicht mehr brachte, kannte Campelli Methoden, um den unglücklichen Ausfall an die Versicherungspolicen anzupassen. Wie dieses Tier waren wir tot oder lebendig gleich viel wert." Auf ihre Stimme legte sich ein bedrückender Klang und sie nahm einen heftigen Schluck aus ihrem Flachmann. Ihren Kaffee hatte sie immer noch nicht angerührt.

„Also wenn Sie es weiterhin vorziehen, dieses Gesöff zu trinken, werde ich Ihren Kaffee nehmen." Der Detective griff nach ihrer Tasse.

„Bedienen Sie sich ruhig. Der ist sowie so schon kalt", hauchte sie in ihrer gewohnt kühlen Mimik.

Unterdessen hatte Andrew das angestaubte Hass-Archiv im Nebenzimmer aufgetürmt und verfolgte das gesamte Gespräch Wort für Wort. Akribisch durchforstete er die Akten, um jedes Detail von Mallorys Geschichte belegen zu können. Er hatte gerade die Notizen über Campellis Zirkus gefunden. Trotz ihrer Andeutungen verwunderte es ihn doch etwas, welche ungewöhnlichen Papiere er noch in den Akten fand.

14

Er wird immer besser, nicht wahr?“ Grace strahlte und parierte den Hengst an der Longe durch. „Ruhig, konzentriert und er buckelt sogar auf Kommando!“

„Denkst du wirklich, das reicht?“, murmelte Liam und stützte sich kraftlos an den Zeltpfosten.

„Je besser er auf meine Kommandos hört, desto weniger gefährlich werden seine Ausbrüche. In den letzten Vorstellungen konnte ich ihn viel schneller beruhigen. Das Training zahlt sich endlich aus.“

„Und was, wenn Campelli das nicht will?“

„Wieso sollte er das nicht wollen?“

„Gracie! Bei der ganzen Nummer geht es nur um eins: Schrecken und Panik!“ Liam erhob so dezent wie möglich seine Stimme. „Wenn die Leute merken, dass statt eines wilden Hengstes ein trainiertes Showpferd vor ihnen steht, wird es sie kaum noch ängstigen.“

„Ich variiere es eben, vertrau mir. Es gibt noch so viele Dressuren, an denen ich arbeite. Wir werden das schon hinkriegen“, versprach sie und kam auf Liam zu.

„Du verstehst das nicht! Wenn Campelli auch nur denkt, dass die Nummer langweilig wird, dann wird er sich was einfallen lassen. Etwas, auf das du nicht vorbereitet bist. Etwas, auf das du das Pferd nicht trainieren kannst.“ Seine Stimme überschlug sich schon fast und man hörte deutlich den Kloß, der sich in seinem Hals zusammenzog.

„Liam, so weit wird es nicht kommen!“

„Doch, doch, wird es! Außer, ich kann den Direktor von euch beiden ablenken!“ Er senkte seinen Blick und seine Augenbrauen zogen sich finster zusammen.

„Liam, ich –“

„Keine Sorge! Ich habe mit den Männern bereits gesprochen, das Wagnis liegt allein bei mir. Ich schaffe den Sprung locker mit einem doppelten Salto, vielleicht auch mit einem Dreifachen. Oder ich probiere diese Schraube, an der ich schon früher mal gearbeitet habe."

„Das ist Wahnsinn, Liam!", zischte sie ihm direkt ins Gesicht, in einer Mischung aus Sorge und Wut. „Und ich werde das nicht zulassen. Du weißt ganz genau, dass es Blödsinn ist und dazu noch viel zu riskant. Dieser Dreckskerl freut sich einfach nur über zwei lukrative Nummern. Wir hängen bereits wie Marionetten an seinen Fäden und das wird sich nicht ändern, wenn du auch noch dein Leben riskierst!"

„Aber – Aber – Ich muss dich doch beschützen! Ich hab´s doch geschworen!", fauchte er, wütend über seine Hilflosigkeit.

„Ja, das habe ich auch", flüsterte sie und presste ihre Stirn so fest es ging an seine. „Ich habe denselben Schwur geleistet."

„Wir hätten niemals hierherkommen dürfen. Ich hätte dich hierzu nie überreden sollen." Seine Stimme war bereits derart belegt, dass er kaum noch ein Wort herausbrachte.

„Ich weiß!" Sie begann zu weinen und beide fielen sich in die Arme. Ihre enge Umarmung verbarg ihre Seufzer und die bitterlichen Tränen, doch die gegenseitige Aufopferung bis zum Äußersten war unvermeidbar.

Auch der Rappe trat näher an die beiden heran und versuchte Trost zu spenden, wo dies kaum möglich war. Sanft drückte sich Grace ein wenig von Liam weg, sah ihm tief in die Augen und wischte ihm behutsam eine Träne von seiner Wange.

„Weißt du noch, damals? Auf der Kornblumenwiese? Die Hoffnung der Hoffnungslosen?" Sie versuchte, ihre eigene Angst herunterzuschlucken. „Uns wird schon was einfallen."

Zumindest ein leichtes Lächeln konnte sie aus Liam hervorlocken und bekam zum Dank einen zärtlichen Kuss.

…

Entgegen ihrer Bitte baute Liam vor allem im Training immer öfter riskante Alleingänge ein. Grace konnte die waghalsigen Sprünge kaum noch aushalten und suchte dringend etwas Zerstreuung. Diese fand sie im kürzlich erschienenen Anhängsel des Zirkus.

Kaum war ihre Sommertour angebrochen, hatte sich eine kleine Freakshow herangehängt und baute sich stets hinter dem Festzelt auf. Eine völlig neue Art der Wunder überrollte Grace und ließ sie zum ersten Mal seit Monaten beglückt staunen. Obwohl diese zusammengeschusterte Zeltstadt von außen so klein und unscheinbar wirkte, wurde sie in ihrem Innern aufwendig ausstaffiert und bis in den letzten Winkel geschmückt. Beinahe glaubte sie, wirklich in einer anderen Welt voller fleischgewordener Fabelwesen zu wandeln.

Eines der Zelte weckte besonders ihre Aufmerksamkeit, weil ein merkwürdiges Glühen aus jeder kleinen Ritze nach außen drang. Erst kurz vor dem Eingang bemerkte sie den säuerlich-stechenden Geruch, welcher sich mit der Umgebung draußen mischte. Wenn es schon vor dem Zelt so stank, konnte sie sich kaum ausmalen, wie unangenehm es da drinnen sein musste. Dennoch strömten Neugierige unaufhörlich herein und kramten bereitwillig einen Penny hervor. Jedes Mal, wenn eine Münze lautstark in die Kanne fiel, welche als improvisierte Kasse diente, öffnete eine Hand von innen den Vorhang und gewährte Einlass in Montgomery's Abnormitäten.

Grace renkte sich immer wieder fast den Hals aus, um an den zahlenden Besuchern vorbeizuschielen und den Inhalt des Zeltes zu entschlüsseln. Verschieden große, verschlossene Glaszylinder mit gelblicher Flüssigkeit und undefinierbaren Gebilden darin säumten mehrere Regale. In der Mitte stand ein riesiges, ebenso gläsernes Becken, ähnlich einem Aquarium. Der fehlende Deckel dieses Behältnisses sorgte dafür, dass die Dämpfe der Formaldehydlösung ungehindert austreten konnten. Lange versuchte Grace zu erkennen, was darin schwamm, doch entweder die Zeltplane schloss sich zu schnell oder es standen Leute davor. Die nach außen dringenden Aufschreie weckten ihre Neugier noch mehr.

Endlich erhaschte sie einen unverstellten Blick auf das Exponat und es raubte ihr den Atem. Ob es nun die flirrenden Gase aus dem

Zelt oder einfach nur die perfekte Inszenierung dieser Überreste war, Grace glaubte, wirklich eine leblose Meerjungfrau zu sehen. Staunend ging sie einige Schritte näher an den Eingang, doch dieser wurde ihr prompt von einem griesgrämigen Hünen verstellt. Eigentlich sollte sein Kittel dem eines Mediziners gleichen, erinnerte allerdings mit zahlreichen Löchern und Flecken an einen mittellosen Schlächter.

„Mach ´nen Penny locker, Schätzchen, oder verzieh dich!"

Die geknurrte Mahnung ließ Grace zurückschrecken, minderte aber nicht ihre geweckte Faszination. Mit großen Augen nickte sie dem finsteren Mann zu und schlenderte weiter. An einem Zelt ohne Aufpasser davor wagte sie sich näher an den offenstehenden Eingang. Ein kleiner Auslauf mit hohem Bretterzaun versprach eine wahrhaftige Bestie dahinter. Allerdings war es nur eine große, träge Python, welche als leibhaftige Hydra bezeichnet wurde. Daneben stand ein alter, zahnloser Schimmel angebunden an einen Pflock und schmatzte den aufgeweichten Heubrei aus einem Eimer.

Die eben noch funkelnde Begeisterung in ihren Augen wich einem mitfühlenden Blick, als sie sich das arme Tier näher betrachtete. Der wenig nahrhafte Brei und die ständigen Reisen hatten ihre Spuren an dem einst sicher wunderschönen Pferd hinterlassen. Die Rippen traten weit unter dem stumpfen Fell hervor und dicke Staubkrusten verklebten die verfilzte Mähne zusätzlich. Wunde, offene Stellen an den Knien zeugten davon, dass dieses Pferd längere Zeit auf derselben Stelle gelegen hatte und wohl nur zu den Vorstellungen mühsam auf die Beine gebracht worden war.

Als würde er die heimliche Beobachterin bemerken, hob der Wallach kraftlos den Kopf. An seinem Halfter war ein schiefes Horn angebracht, unter dessen abgewetztem Lack das billige Holz zum Vorschein kam. Dieser Anblick entlockte Grace ein trauriges Seufzen und als wäre nichts anderes zu erwarten gewesen, versenkte das angebliche Fabelwesen wieder das verdreckte Maul in dem schmierigen Eimer. Ihr leises Klagen galt jedoch nicht dem desaströsen Zustand dieses armen Tieres, sondern eher der Vorstellung, dass ein Einhorn in Gefangenschaft wirklich derart verwahrlosen würde.

Gedankenversunken wandte sie sich von dem Zelt ab und stellte sich vor, wie dieses stolze Geschöpf zur Blüte seines Daseins gefangen worden war und nun umgeben von irdischer Sterblichkeit dahinvegetierte. Sicher würde ein magisches Wesen auf die Art seinen Zauber verlieren und irgendwann zu etwas Gewöhnlichem verkommen.

Glaubte sie nun etwa tatsächlich, ein echtes Einhorn kurz vor seinem widernatürlichen Tod gesehen zu haben?

Doch so plötzlich, wie sie sich dieser Illusion hingegeben hatte, so abrupt wurde sie wieder herausgestoßen. Besser gesagt, gerempelt. Ein verkleideter, einbeiniger Dämon mit einer Hufattrappe als Krücke schob sie unwirsch zur Seite und grummelte dabei: „Aus dem Weg, Zirkuspüppchen!“

„Halte dich lieber bedeckt. Er ist nur beim ersten Mal so höflich und zuvorkommend.“ Hinter ihr kicherte ein Kleinwüchsiger, welcher gerade seinen Stand für die nächste Vorstellung aufräumte.

„Aber ich habe doch gar nichts gemacht?“, entgegnete sie fragend.

„Das hat nichts mit dir zu tun. Die meisten hier können Zirkusvolk nicht ausstehen. Komm her, setz dich zu mir.“

„Was habt ihr denn gegen Artisten? Sind wir nicht alle vom gleichen Gewerbe?“, flüsterte sie und setzte sich neben ihn auf den Boden.

„Nun ja, nicht so ganz. Zum einen nimmt uns euer Direktor ziemlich viel Geld ab, damit wir hier campieren dürfen. Zum anderen: Die meisten von euch denken, sie wären etwas Besseres, dabei ist dieser Ort ein Segen. Was immer der Zirkus wegwirft oder achtlos zurücklässt, findet hier eine Verwendung. Der Feuerschlucker eben war zum Beispiel mal in einer der größten Zirkustruppen des Landes. Ein Unfall mit dem Spiritus und sein Bein war Geschichte. Jetzt tritt er hier auf. Die Wenigsten wollen zu ihrer besten Zeit wahrhaben, dass sie entweder hier oder im Straßengraben enden. Was glaubst du, wo du mal stirbst?“

„Wer bist du?“, fragte sie interessiert und auch, um von seiner Frage abzulenken. Sie wollte sich erst gar nicht damit auseinandersetzen, warum er ihr Leben mit diesem bedauernswerten Schicksal verglich. Zu ihrem Glück blieb ihr nicht lange Zeit, um über seine Worte nachzudenken, und ihr Themenwechsel hatte Erfolg.

„Oh, wie du siehst, bin ich der irische Goblin auf seinem Goldkübel. Wer mir drei Fragen richtig beantwortet, bekommt ein Nugget. Ist aber alles nur Katzengold.“ Er zuckte mit den Schultern und gab ihr einen kleinen Brocken aus dem Kessel.

„Nein, ich meinte deinen Namen.“

„Mein Name?“

„Ja, wie heißt du?“

„Ich – Ich – Bin der irische Goblin und –“ Er bemühte sich in der Rolle zu bleiben, konnte seine Rührung aber nicht verstecken. Selten fragte ihn jemand nach seinem echten Namen. „Meine Mutter nannte mich Gilbert. Zumindest, bevor mein Vater mich eines Nachts vor die Stufen eines Kinderheims legte. Seitdem nennt mich jeder nur Zwerg. Irgendwann bin ich abgehauen und lief zu einem Ort, wo es von Vorteil ist, ein Zwerg zu sein.“

„Gilbert ist ein schöner Name.“ Sie strich ihm aufmunternd über die Schulter und blickte dann erneut durch die Zeltstadt. Ihre Augen erkannten nun, was wirklich vor sich ging, und blieben vor dem Zelt des abgemagerten Schimmels kleben, um welchen sich eine Menschentraube gebildet hatte.

„Es geht um die richtige Illusion“, beantwortete Gilbert ihren fragenden Blick. „Die Leute kommen nicht her, weil sie tatsächlich einen alten Klepper mit Holzhorn am Halfter für ein Einhorn halten. Es gibt immer noch Menschen, die an Wunder glauben wollen. Sie bezahlen uns, damit wir ihnen vortäuschen, was sie sehen wollen. Ihr Artisten denkt immer, es geht um Perfektion und Körperbeherrschung. In Wahrheit geht es darum, die Herzen der Menschen zu rühren. Entweder im Guten oder im Schlechten. Am besten jedoch in beidem!“

„Gilbert? Würdest du mir bei etwas helfen?“, fragte sie völlig unvermittelt und bekam einen verwirrten Blick zurück. Irgendetwas ging gerade in ihrem Kopf vor und was immer es war, er hatte keine Ahnung, wie ausgerechnet er ihr helfen sollte.

…

Am frühen Morgen stampfte Grace energisch durch die schmalen Gassen zwischen den Wagen und Zelten. Auf direktem Wege steuerte sie Campellis Bürowagen an und spannte dabei unbewusst ihren Kiefer an, der ihre Zähne zum Knirschen brachte. Liam war von der gestrigen Vorstellung derart geschafft, dass er weder ihre schlaflose Nacht noch ihren frühen Aufbruch mitbekommen hatte. Mit einem Ruck öffnete sie die Wagentür und fand Campelli noch im Morgenrock über den Einnahmen des letzten Abends.

„Haben wir nicht was vergessen?", raunte er, ohne sie anzusehen. „Wie wäre es mit anklopfen? Nein? Nun gut. Ziemlich früh, um den Lohn abzuholen, Kleines!"

„Ich möchte Ihnen ein Angebot machen. Sie wissen genauso gut wie ich, dass die Nummer mit dem Hengst langsam an Spannung verliert. Aber ich kann das ändern."

„Was? Du?" Er lachte hämisch und die Zigarre in seinem Mundwinkel verstreute ihre Asche auf dem Tisch.

„Es wird sich für Sie lohnen, keine Sorge", sagte sie kühl und ungerührt von seiner respektlosen Attitüde. „Ich kann Ihnen eine Show bieten, nach der sich sämtliche Besucher die Finger lecken und für Ihren heruntergekommen Zirkus Höchstpreise zahlen werden. Es ist kein Geheimnis, dass wir beide nicht aus dieser Zunft stammen. Sie sind ein mieser Betrüger, der irgendwann dieses Gewerbe als Geldquelle entdeckt hat, und ich verstecke mich hier vor meiner spießbürgerlichen Vergangenheit. Aber sei es drum, Sie werden für Ihr Geld bald einen eigenen Wagon brauchen. Aber ich habe eine Bedingung: Ich werde in diesem Zirkus die einzige Schlagzeile sein, die restlichen Nummern sind nur für die Kulisse und wehe, jemand stiehlt mein Scheinwerferlicht!"

„Nette Ansprache, aber wie bitte solltest du das anstellen?"

„Es geht alles um die perfekte Illusion. Wir geben den Menschen eine Geschichte, die so herzzerreißend ist, dass jeder sie glauben will, egal wie abwegig sie erscheint."

„Ach, und was soll das bitte sein?"

Wie aufs Stichwort stellte Grace einen Fuß über Eck vor den anderen, streckte sich auf die Zehenspitzen und erhob etwas in eine halb elegante Arabesque. Grazil tippelte sie anschließend auf der Stelle, um ihr Gleichgewicht zu finden. Tänzelnd durch den Wagen erklärte sie: „Wie wäre es mit einer russischen Ballerina, die von ihrem lüsternen Zarenonkel eingesperrt wurde? Mit einem kleinen amerikanischen Zirkus gelang ihr die Flucht außer Landes, um einer Zwangsheirat zu entgehen. Seitdem ist sie gezwungen, in der Manege wie eine Leibeigene aufzutreten. Nun versucht sie jede Nacht erneut zu fliehen, natürlich auf einem ebenso gepeinigten Showpferd – dem einzigen Freund, den sie noch hat. Ich werde wie an Marionettenfäden durch die Manege tanzen oder irgendeine andere Nummer vorführen. Jede Nacht eine andere Show. Doch immer kommt irgendwann der wilde Hengst hereingerannt, um mich zu befreien. Niemals werde ich es schaffen auf ihm aus der Manege zu reiten. Mal wird er zuvor von Ihren Handlangern gefangen, bei der nächsten Vorstellung ziehen sie mich in letzter Sekunde zum Zeltdach hinauf und der Hengst rennt buckelnd durch die Manege. Kein Zuschauer wird ahnen können, was am Abend passiert, und jedes Mal werden sie von dem Ausgang der rührseligen Geschichte ergriffen sein. Von den unglücklichen Wendungen sogar so sehr, dass sie immer wieder kommen werden in Hoffnung darauf, dass es diesmal erfreulicher endet."

„Und du denkst ernsthaft, jemand glaubt das?"

Statt ihm zu antworten, nickte sie nur in Richtung seiner Hände, welche die Geldscheine darin völlig zerknittert und umklammert hatten. Er hatte nicht mal gemerkt, wie sein Körper unbewusst mitfieberte. Dann richtete sie sich erneut in Pose auf und sprach mit gekünsteltem russischem Akzent: „Ich bin Galina Romanowa und ich brauche ein neues Kostüm!"

…

Ungehalten spielte sie mit ihren zittrigen Fingern an ihrem Kostüm herum und ihre zappelnden Füße stießen immer wieder gegen den Bettrahmen. Einige Stunden hatte sie mit der Kartenverkäuferin zusammen gehockt und aus alten Kostümen etwas Neues gebastelt.

Sie konnte kaum stillsitzen, was nach dem anstrengenden Vormittag auch kein Wunder war. Die perfekt aufgedrehten Locken fielen ihr ins überschminkte Gesicht. Dabei erschrak sie jedes Mal, weil sie beinahe vergessen hatte, dass ihre Haare mit Rotwein rosa gefärbt wurden.

Nun stand ihr der erste wichtige Auftritt ihrer neuen Kunstfigur kurz bevor. Langsam wurde die klapprige Tür zu ihrem Wagen aufgezogen und sofort sprang sie auf, um sich in Pose zu werfen. Der gesteifte tütüartige Rock breitete seine überquellenden Lagen aus Stofffetzen wie Wellen aus und die abgeschliffenen Glassplitter funkelten matt auf dem viel zu engen Korsett. Liam schloss unbedarft die Tür hinter sich und erstarrte, als er die Fremde vor dem Bett stehen sah. Heftig blinzelnd stand er einige Sekunden nur da und hob schließlich langsam die Augenbrauen, als er seine Liebste unter der Maskerade erkannte.

„Du – Du siehst toll aus!“, stotterte er. „Wird in der Manege ganz schön auffallen! Die Leute werden es lieben!“

Als hätte er einen wichtigen Termin vergessen, drehte er murmelnd auf dem Absatz und wollte den Wagen sogleich wieder verlassen. Doch Grace schnellte vor und zog ihn am Rückteil seines Hemdes wieder herein. Zögerlich drehte er sich zu ihr um, während ihre Hände sanft auf seiner Brust ruhten. Seine Augen suchten ihre, unter all der Schminke und Maskerade konnte er immer noch das Mädchen erkennen, in das er sich verliebt hatte.

„Ich werde immer deine Gracie sein, egal was ich da draußen spiele!“, hauchte sie und drückte ihren gesamten Körper so dicht es ging an seinen. In ihrem geliebten Ritual pressten sie ihre Köpfe an der Stirn aneinander und ergaben sich schließlich in einem leidenschaftlichen Kuss. Ein wohliges Gefühl von Wärme und eine gelassene Ruhe durchströmte beiden Seelen.

„Und wie schälen wir mein verrücktes Mädchen da jetzt wieder hervor?“, grinste Liam spitzbübisch auf das zugeschnürte Korsett.

„Da gibt es nur eine Möglichkeit, um es herauszufinden.“ Mit einem vielsagenden Lächeln verriegelte sie die Tür.

…

„Ich glaube, ich habe sogar mal ein Plakat von Ihnen gesehen“, entsann sich der Detective und starrte ins Leere, um sich zu konzentrieren. „Und wenn ich mich nicht täusche, sogar einen Artikel in irgend so einem Revolverblatt?“

„Nun, sobald die Geschichte den Umlauf machte, war Campelli nicht mehr zu halten. Er besorgte mir gefälschte Ausweispapiere und lud Journalisten ein. Ich lebte fortan als Galina. Der Name Grace Parker stand immerhin schon längst eingemeißelt auf einem Grabstein. Die zickige Ballerina war die einzige Identität, die mir noch blieb. Nur in Liams Armen konnte ich noch fühlen, dass dort noch jemand anderes war.“

„Sie haben es getan, um Liam von seinen riskanten Auftritten abzuhalten, nicht wahr? Deswegen das Gefasel von der einzigen Schlagzeile.“

„Ja, ich hatte ihn für meine Requisite gefordert. Der Einzige, dem ich die Knoten anvertrauen würde, welche die Marionettenseile an meinem Kostüm befestigten. Doch anstatt ihn deswegen vom Trapez zu holen, musste Liam Doppelschichten schieben. Ich hatte unsere Situation also wieder mal verschlimmert. Und doch entpuppte sich Galina als unser Rettungsanker.“

15

Wieder eine Nacht, in der Liam vor schmerzenden Muskeln und sorgenden Bauchkrämpfen nicht schlafen konnte. Zusammengekrümmt saß er auf der Bettkante, starrte ins Leere und rieb sich mit kalten Fingern den lädierten Oberarm. Auch Grace fand keine Ruhe und richtete sich bedrückt auf, um nach ihm zu sehen. Behutsam und dennoch so fest sie konnte, presste sie sich an seinen nackten Rücken, als könnte sie mit ihrer Wärme dem erschöpften Körper etwas Ruhe geben.

„Ich fürchte die Frage, wie lange du das noch aushältst“, wimmerte sie und küsste seine Schulter.

„Mach dir keine Sorgen, mein Herz.“ Er mühte sich ein Lächeln ab und griff nach ihrer Hand.

„Wir müssen einen Weg hier rausfinden.“

„Und wie soll das gehen? Er wird uns niemals gehen lassen!“

„Doch, ihm wird nichts anderes übrigbleiben!“

„Was hast du vor?“

„Ich bin Galina Romanowa“, hauchte sie in ihrem Akzent und erläuterte dann in ihrer normalen Stimme: „Jeder glaubt es, jeder denkt, sie ist real! Wir werden Campelli mit seiner eigenen perfekten Illusion schlagen.“

„Du meinst, die nächste glückliche Flucht wird etwas wahrhaftiger ausfallen als üblich?“

„Was, wenn ich verliebe mich in einen Artisten, da? Was, wenn ich brenne durch mit ihm auf meinem treuen Hengst, da? Nur ein normales Leben abseits der Scheinwerfer wir wollen, da?“, spielte sie mit ihrer Kunstfigur und wirkte damit auch für ihn äußerst überzeugend. Doch dann wechselte sie wieder zu dem sanften Ton ihrer wahren Stimme: „Die Leute werden uns helfen, uns verstecken und Campelli kein Wort glauben! Klatschblätter im ganzen Land berichten über mich. Er wird uns niemals finden!"

„Eine Idee wird uns nicht weit bringen, so gut sie auch sein mag. Wir müssen das planen und weder Campelli noch seine Gorillas dürfen etwas ahnen. Es gibt kaum jemanden, dem wir hier trauen können."

Liam sah über die Schulter und lächelte seine Liebste mit einer Zuversicht an, die sie schon lange nicht mehr bei ihm gesehen hatte. Beide ergaben sich in unbeschwerten Zärtlichkeiten, als schliefen sie wieder unter dem Sternenhimmel. Es gab sie noch, die Hoffnung der Hoffnungslosen, wenn auch so zerbrechlich wie die Blütenblätter einer Kornblume.

...

Zwischen den Wagen hatte sich Galina mal wieder mit Gilbert zusammengesetzt und sie besprachen die letzten Einzelheiten der geplanten Flucht. Dabei kaschierten sie ihr wahres Thema so gut, dass es aussah, als würde der Zwerg ihr den russischen Akzent austrainieren wollen. Eine Notwendigkeit, da sie nie wussten, wann einer von Campellis Männern hier herumschlurfte. Und jetzt kam gerade wieder einer der sogenannten Gorillas, denen das Wort des Direktors Gesetz und dessen Bezahlung wichtiger als Moral waren.

„Ey, Püppchen! Da ist wieder so 'n Zeitungsfritze! Muss wohl von ziemlich weit herkommen, labbert die ganze Zeit was von Empire! Du sollst mit dem reden, sagt der Direktor!"

„Ich habe gerade Termin, soll warten bis nach der Show heute Abend, da? Vielleicht ich dann Zeit für ihn, da?", sprach die Ballerina in Perfektion.

„Was bildest du dir ein –"

„Hast du nicht verstanden? Ich sagte, NJET!", zischte sie erneut und fuchtelte mit der Hand herum, „Dawei – geh und belästige anderen!"

„Denkst du, das war klug?", lenkte Gilbert ein, als der Gorilla außer Hörweite war.

„Eine Diva ist eben viel beschäftigt und wenn der Typ wirklich von der Auslandspresse kommt, ist er mir heute Abend nützlicher als jetzt“, bemerkte sie beiläufig und spähte an dem behäbigen Schlurfen des Adjutanten vorbei. Vor diesem stand ein adretter und gut gekleideter Mann, dessen Gesicht sie wegen eines tiefgezogenen Hutes nicht erkennen konnte. Hartnäckig weigerte sich der Fremde die Abfuhr des Gorillas anzunehmen, schließlich ging er jedoch in Richtung des Kartenhäuschens.

„Heute Abend also?“, holte Gilbert sie wieder aus der Beobachtung.

„Ja, heute Abend.“ Sie zwinkerte ihm zu und umarmte ihren Freund, als sei es bereits ihr Abschied.

…

Während die Ankündigung der nächsten Nummer durch das Zelt grollte, befestigte Liam die Seile wie immer an dem Harnisch von Galinas Kostüm. Diesmal würde er sie jedoch nicht festziehen, denn heute mussten sie lediglich den Schein wahren. Außerdem musste sich Grace schnell von ihnen lösen können, wenn sie mit Liam auf den Pferden davonjagte. Zärtlich strich er ihr dabei über den Arm und küsste ihren Nacken, unfähig, vor Aufregung noch ein Wort zu sprechen.

Sie schloss ihre Augen, um die kurze Berührung ohne Ablenkung fühlen zu können. Als sie ihren Blick wieder hob, tobte die Menge vor dem Vorhang bereits und Campelli kam hindurch mit demselben gierigen Grinsen wie jeden Abend. Ohne eine Floskel für gutes Gelingen stolzierte er an ihnen vorbei und verließ das Zelt. Wie immer würde er sich nun in seinem Wagen betrinken und sich in den Geldscheinen der heutigen Ausbeute wälzen.

Tief atmete sie ein und Liam griff nach ihrem Bein. Beherzt schwang er sie auf den Schimmel, mit welchem sie ihre Dressur eröffnen sollte, und begab sich wortlos auf seine Position. Im rechten Augenblick würde er von oben den Vorhang des Ausgangs aufziehen, sich abseilen und auf den herausrennenden Rappen springen. Die Menge würde jubeln, wenn das Liebespaar aus dem Zelt verschwand. Ein prüfender Blick über ihre Schulter, wo der alte Jockey den schwarzen Hengst zum gewohnten Auftritt parat hielt und ihr zunickte.

Abermals ein tiefer Atemzug, bei dem sich ihr Rücken automatisch aufrichtete und ihr Blick entschlossen zum Vorhang wanderte. Das grelle Scheinwerferlicht blendete sie längst nicht mehr, wenn der schwere Stoff auseinandergezerrt wurde. Makellos und auswendig absolvierte sie die Figuren der Dressur und deutete mit ihren Gesten wie immer an, dass sie fremdbestimmt über die Seile gelenkt wurde. Ihr besorgter Blick nach oben, bei dem sie sich eigentlich mit Liam auf dem Trapez absprach, vollendete diese Vorstellung noch.

Der Tumult hinter dem Vorhang kündigte an, dass gleich ihr Hengst seinen Auftritt hatte. Doch irgendetwas stimmte nicht, denn der Rappe preschte ungehalten durch den Stoff, noch bevor dieser aufgezogen wurde. Blut rann in einem feinen Rinnsal aus seinen Nüstern und der Ausdruck seiner Augen erschreckte Grace zutiefst. Sie konnte nicht mal lange darüber nachdenken, was ihrem Pferd angetan worden war, als der Schimmel unter ihr scheute. Weder hörte der Rappe auf ihre Rufe, noch beachtete er die trainierten Kommandos. Stattdessen schien er sogar nach ihr zu treten und verfehlte das andere Pferd nur um Haaresbreite.

Nur mit Not konnte sich Grace auf dem verängstigten Pferd halten. Um sie herum herrschte ein ohrenbetäubender Lärm von schreienden Zuschauern, brüllenden Zirkusangestellten und wild schnaubenden Nüstern. In diesem Zustand konnte nicht mal sie ihm helfen und die Gorillas eilten bereits durch das Gekreische heran, mit den Gewehren im Anschlag. Ihr geliebter Hengst war verloren und sie auch, wenn sie nicht bald aus der Manege kam.

Mit verzerrtem Gesicht blickte Grace nach oben, als der Schimmel von einem heftigen Tritt getroffen wurde. Kerzengerade stieg dieser empor und drohte sich zu überschlagen. Einer der Artisten durchschnitt geistesgegenwärtig das Sicherungsseil, obwohl ihn Liam anbrüllte, es nicht zu tun.

Das schwere Gewicht, welches sie aus derartigen Gefahrensituationen retten sollte, schnellte gen Boden und riss sie vom Rücken des Schimmels. Mit dem Wissen, dass die lockeren Knoten sie nicht lange halten würden, sprang Liam ihr kurzerhand entgegen. Immer näher kamen sich die liebenden Hände und immer tobender wurde das Chaos unter ihnen. Beinahe konnte er Grace mit einem rettenden Griff erreichen und würde sie in luftiger Höhe in Sicherheit wissen.

Die Finger der beiden berührten sich für einen erlösenden Moment, in dem die Rettung geglückt schien. Wie knallende Peitschen durchflogen zwei Schüsse die Luft und die Menge hielt geräuschvoll den Atem an. Ehe Grace mitbekam, was passierte, hatten sich die Seile gelöst und sie rauschte ungebremst auf den Manegenboden zu. Rücklings fallend konnte sie in tausend einzelnen Bildern sehen, wie sich Liams Gesicht veränderte und immer weiter von ihr entfernte.

…

Dumpf drangen einzelne undefinierbare Laute durch ihre Ohren und sie konnte ihren eigenen Körper nur schwerlich erfühlen. Ihre Rippen zogen sich mit einem heftigen Husten bis in ihren Bauchraum zusammen. Durch den davon verursachten Schmerz blieb ihr der Atem im Rachen stecken. Wie ein Fisch auf dem Trockenen schnappte sie nach Luft und inhalierte dadurch noch mehr des sandigen Untergrunds. Der Kopf war so schwer geworden, dass sie ihn nur mit größter Mühe vom Boden heben konnte.

Ihre Sinne kamen langsam zurück und sie fühlte, dass ihre Gesichtshälfte mit etwas Klebrigem und Sand bedeckt war. Ein metallischer Geruch stieg in ihre Nase und sie folgte mit den Augen der seltsam dunklen Flüssigkeit unter ihr. Behäbig drehte sich ihr Hals zur Seite, um den Ursprung des klebrigen Flusses auszumachen.

Schlagartig und schmerzend löste sich das taube Gefühl aus ihren Ohren. Schreie, Getrampel und hektisches Gebrüll fühlten sich an wie ein Schlag in ihr Gesicht. Benommen starrte sie auf den leblosen schwarzen Pferdekopf neben sich und nur schleppend kam ihre Erinnerung zurück. Der geliebte Rappe zuckte noch einige Male mit den Hufen. Die große Lache, in welcher sie gelandet war, ließ keinen

Tropfen Blut in dem lackschwarzen Körper vermuten.

Mit den Bildern der eben geschehenen Katastrophe durchfuhr sie ein ungeahnt lähmender Schock. Vorsichtig streckte sie ihre Hand nach den blutenden Nüstern aus, um sich von ihm zu verabschieden. Es fehlten nur wenige Zentimeter bis zu seinem weichen Fell, aber sie musste sich strecken, um ihn zu erreichen. Diese so simple Bewegung schien ihr einen glühenden Eisenstab von der Fußsohle bis zum Nacken in ihr Fleisch zu rammen.

Stöhnend und wimmernd vor Schmerz schaffte sie es geradeso über ihre Schulter zu sehen. Ihr Verstand war gelähmt und sie blickte verständnislos auf ihr unnatürlich abstehendes Bein. Als könnte sie nicht begreifen, was sie sah, versuchte sie es zu bewegen. Doch vergebens, denn ihre zerschmetterten Knochen gehorchten ihr nicht mehr. Sie kniff ihre Augen fest zu, als hätte sie einfach nur einen unliebsamen Traum. Kraftlos senkte sie ihren Kopf wieder in den Sand und ein pochender Gedanke jagte ihr durch den Schädel: Liam! Wo war Liam?

Da sie kaum die Körperbeherrschung hatte, um ihr Gesicht zum Zeltdach zu recken, versuchte sie sich zuerst in ihrem eigenen Hirn zu orientieren. Sie hatte keine Ahnung, wie lange sie schon hier lag, doch wenn die Zuschauer um sie herum immer noch derart Lärm verbreiteten, musste sie direkt nach dem Sturz aufgewacht sein. Liam würde sich also wieder nach oben hangeln und hastig vom Trapez klettern. Womöglich würde er gleich durch den Vorhang rennen und ihr aufhelfen. Vielleicht könnten sie den Trubel nutzen und doch noch entkommen. Selbst mit dem kaputten Bein könnte sie sich bestimmt auf einem Pferd halten. Irgendwo musste doch der Schimmel sein.

Der eigene Gedankenkreisel kostete sie mehr Kraft, als sie gedacht hätte, und selbst vor den verschlossenen Augen blitzten kleine Lichter auf. Nein, sie durfte nicht wieder ohnmächtig werden.

Sie hörte Hufgetrappel und blitzschnell öffneten sich ihre Lider durch dieses hoffnungsvolle Geräusch wieder. Mehr als schwerfällig hob sie ihren wankenden Kopf und versuchte trotz des brennenden Sands in ihren Augen, etwas vor sich zu erkennen.

Sie verfluchte diese Entscheidung noch im selben Moment.

Denn, was sie vor sich erblickte, würde sich für alle Ewigkeit in ihr Herz ätzen. Das Gesicht blutend und halb im Boden versunken, lag Liam regungslos wenige Schritte von ihr entfernt. Der blanke Horror entstellte ihr verschmiertes Gesicht zu einer leidvollen Fratze. Trotz ihres gebrochenen Körpers begann sie so schnell wie nur möglich zu ihm zu krabbeln, auch wenn jede Bewegung ihr Höllenqualen bereitete. Unaufhörlich kroch sie entgegen der Schmerzen weiter. Stöhnend, ächzend und leise wimmernd. Zwischen den leidvollen Grunzern hauchte sie immer wieder seinen Namen. „Liam", jammerte sie, „Liam", doch keine Regung, keine Antwort. Je näher sie zu ihm heranrobbte, desto tauber und unfähiger wurden ihre Gliedmaßen. In ihrem verworrenen Zeitgefühl dauerten diese wenigen Meter ebenso lang wie die Jahre, die sie zuvor ohne ihn verbracht hatte.

Endlich ertasteten ihre Finger seinen kalten, verdrehten Arm. Das Gefühl seiner aufgeplatzten Haut bereitete ihr ebenso lähmendes Elend wie ihre eigenen Verletzungen. Ohne zu wissen, wo sie diese Kraft hernahm, richtete sie sich etwas auf und ihre zitternde Hand schob sich über seinen Rücken zur anderen Seite. Unter Wimmern und Stöhnen konnte sie das Hemd an der Schulter packen und seinen schlaffen Körper zu sich drehen. Aus einem klaffenden Loch in seinem Bauch ergoss sich ein Schwall heißes Blut über sein Hemd. Nur noch leise konnte sie ein leichtes Röcheln aus seinem Mund hören. Dieses Geräusch verbannte augenblicklich alles andere aus ihren Ohren. Behutsam legte sie ihre schlotternde Hand auf seine warme Wange und träge blinzelnd schielte er zu ihr rüber. Aus den sonst so lebhaften Augen war jeder Glanz, jedes Strahlen verschwunden.

„Gracie – die Kornblumen", gurgelte er in flachen Atemzügen. „Komm – nach – Hause!"

„Ich bin hier, mein Herz", seufzte sie kaum hörbar. „Ich bin bei dir!"

Dann kippte sein Kopf zur Seite und die leeren Augen starrten sie weiterhin an. Sein letzter Herzschlag donnerte durch ihren gesamten

Körper wie ein Gewittersturm. Bitterlich rannen ihr Tränen über die glühenden Wangen, doch davon spürte sie kaum noch etwas. Grausame Emotionen, von denen sie dachte, kein Mensch könnte sie aushalten, brachen in Wellen über sie herein. Sie konnte fühlen, wie ihr Herz ebenso zerborsten in Scherben lag wie ihr Bein.

Aus voller Kehle schrie sie ihren Schmerz bis hinauf ins Zeltdach, obwohl sie nicht mal wusste, ob auch nur ein Ton ihre Lippen verließ. Mit diesem letzten Kraftakt verschwand sämtliches Licht um sie herum und sie fiel in einen tiefen Abgrund. Ihr lebloser Körper sackte über seinem zusammen und für ein letztes Mal waren sie in einer innigen Umarmung vereint.

16

Es war das letzte Mal, dass jemand meinen Namen sagte. Ich glaube, ein Teil von mir ist in diesem Moment wirklich mit ihm gestorben“, seufzte sie mit bebender Stimme und verstummte, kaum dass sie diese Worte gesprochen hatte. Eine einzige Träne floss glitzernd über ihr Gesicht, als wäre es alles, was von ihren Gefühlen noch übrigblieb.

Auch der Detective brauchte eine Weile, um sich wieder zu sammeln. Zu tragisch, zu unfair, zu traurig das Ende dieser Geschichte. Wie die Besucher des Zirkus wollte er diesen Ausgang nicht wahrhaben, er wollte auf die nächste Vorstellung warten und auf ein besseres, glücklicheres Finale.

„Ein Unfall, ausgerechnet jetzt“, grummelte er in seiner eigenen Enttäuschung.

„Ein Unfall?“ Ihre Stimme war wieder gefasst und kühl.

„Warten Sie, es war kein Unfall? Es war doch ein Querschläger? Eine Kugel, die den Hengst verfehlte?“

„Dann sagen Sie mir, Detective, mit wie viel Glück eine verirrte Kugel präzise die Verankerung eines Seiles trifft, bevor sie den Bauch zerfetzt? Nein, kein Unfall. Meinem armen Hengst hatten sie Unbeschreibliches angetan, um die Schüsse zu rechtfertigen. Aber es gab von Anfang an eine abscheuliche Absicht dahinter. Ich weiß, es gibt entsprechende Versicherungsunterlagen, die Campellis Verlust beglaubigten, noch bevor Liams Herz zu schlagen aufhörte!“

„Er hat sie beide und den Hengst schon vor der Tragödie als verstorben gemeldet?“

„Nein nicht uns, nur Liam und den Hengst!“

„Aber – Was war mit Ihnen?“

„Ich weiß nicht, was er wirklich mit mir vorhatte. Ob ich überhaupt verletzt werden sollte oder ob es nur das nächste Kapitel dieser Illusion werden sollte. Aber ich hatte Glück und entkam diesem Schicksal."

„Wie?"

„Ich ging den Weg jeder kaputten Zirkusrequisite."

…

Campelli saß über seinen Geldscheinen, nippte an seinem Kaffee-Fusel-Gemisch und lauschte lächelnd dem Lärm, welcher vom Zelt zu seinem Wagen drang. Seine gierigen Finger tappten im Takt auf dem Tisch und er konnte es kaum erwarten, dass die Tür aufgerissen wurde. Bald schon würde jemand kommen, geschockt und bibbernd über diesen tragischen Unfall. Er übte fleißig sein überraschtes, entsetztes Gesicht und ein übertrieben hastiges Aufspringen. Sollten diese Idioten auch eine Kostprobe von seinem schauspielerischen Talent bekommen.

Doch langsam wurde er ungeduldig, dies dauerte ihm alles zu lange und die Schreie der Zuschauer waren schon längst verstummt. Garstig erhob er sich und überlegte, wen er zuerst anschnauzen würde. Bei einer solchen Tragödie durfte doch niemand den Direktor übergehen!

Als er die Tür seines Wagens öffnete, musste er den entsetzten Gesichtsausdruck nicht mal vortäuschen. Lodernde Flammen blitzten hinter der Wagenkolonie durch und mit stampfenden Schritten setzte er sich in Bewegung, um dieses Fiasko zu begutachten. Die Gorillas standen noch vor dem riesigen Feuer, während die anderen Artisten hastig ihre Seesäcke über die Schulter warfen und verschwanden.

„Was zum Teufel ist hier los?", brüllte er, um das Knacken der Glut zu übertönen.

„Boss, wir – Wir sind verflucht!", stammelte der Erste, welcher für diese dümmlichen Worte eine schallende Ohrfeige des Direktors kassierte.

„Boss, das Püppchen ist einfach vom Himmel gefallen. Die sind beide tot!“, stotterte der Zweite und duckte sich bereits weg.

„WAS? Ich sagte, nur den Hengst und den Burschen! Was habt ihr jämmerlichen Bastarde nur gemacht?“

„Boss, wir – Wir waren das nicht! Das war der Fluch!“

„Was für ein dämlicher Blödsinn ist das?“

„Er – Er hat recht, Boss! Die Hexe hat es gesagt! Die Hexe aus der Freakshow! Sie hat gesagt, wir sind alle verflucht und wir müssen die Körper sofort verbrennen!“, erklärte der Zweite.

Kreidebleich starrte Campelli in die Flammen und kniff die Augen zusammen, um darin etwas zu erkennen.

„Ihr Idioten! Wir sind gelinkt worden! Da liegt nur ein Körper in der Glut!“

„Nein, Boss, wir haben gesehen, wie diese Freaks beide hineingeworfen haben!“

„Habt ihr überprüft, ob sie wirklich tot ist? Ihr gottverdammten Bastarde habt ein echtes Püppchen statt ihr verbrannt! WO IST SIE? SIE GEHÖRT MIR! WO IST MEIN EIGENTUM?“

„Boss, sie sind alle weg! Die Freaks, die Artisten, alle!“

In einer Mischung aus Wut und Verzweiflung trat Campelli einige Steine und Staub vor seinen Füßen ins Feuer. Die herausgeschleuderten Funken versenkten seinen Frack, doch statt darauf zu reagieren, brüllte er unverständliche Worte ins Feuer. Gefangen in seiner Tobsucht bemerkte er nicht mal, dass sich die Gorillas von ihm entfernten. Diese ruchlosen Bastarde nutzen ihre Chance und räumten sämtliche Geldberge aus dem offenstehenden Bürowagen.

…

Die dunkle Ohnmacht von Grace schien Tage zu dauern, bis das sanfte Rumpeln des Pferdefuhrwerks sie langsam erwachen ließ.

Ungläubig und orientierungslos blinzelte sie mit starrem Blick auf das Planwagendach. Einige Momente dauerte es, bis die Schmerzen ihres geschienten Beins sie vollends in die Realität zurückholten. Neben ihr kauerte eine gebückte, zottelige Alte, deren Gesicht nur von der Glut ihrer übergroßen, gebogenen Pfeife erhellt wurde.

„Liam!“, wimmerte Grace schmerzverzerrt.

„Ruhig, Kleines!“, krächzte eine raue Stimme, in welcher sich sämtliche Akzente des Erdballs versammelten. „Nicht bewegen, Bein sonst nicht heilen! Erst langsam von den Toten du auferstehen!“

„Liam!“

„Nein, Mallory! Keine Hilfe mehr für ihn! Nur noch du!“

„Ich bin nicht – Mein Name ist –“, versuchte sie der faltigen Alten klarzumachen, doch ihr fehlte die Kraft, den Satz zu beenden.

„Jetzt dein Name Mallory!“, raunte die alte Hexe und paffte ungerührt weiter. „Ich auch mal Mallory. Dann Madame Mallory, jetzt nur noch Mamma M.“

„Ich –“

„Du werden jetzt meine Nachfolgerin. Mächtige, mächtige Wahrsagerin. Wenn ich sterben, du werden Madame Mallory.“

Der schwache, gebrochene Geist der neuen Mallory konnte sich kaum noch lange genug bei Bewusstsein halten, um abermals der alten Hexe zu widersprechen. Die Qualen, die ihren Körper überkamen, nahm sie in diesem Moment ebenso klaglos an wie ihren neuen Namen. Bevor sie abdriftete, erklang ein heiseres Kichern in ihren Ohren und der Tabakdampf wirkte wie Opium auf ihren Verstand.

…

„Passend, nicht wahr? Von allen Namen dieser Welt, ausgerechnet dieser. Mallory, die Unglückselige“, murmelte sie vor sich hin. „Ein Fluch eher als ein Segen!“

„Die Alte hat Sie also gerettet. Aber was nun?“

Ihr kühler Blick stach dem Detective mitten ins Herz, denn da war noch etwas anderes. Wie eine verborgene Tür öffnete sie für einen kurzen Moment ihre Seele und offenbarte ihm einen Ausdruck, den er nicht erwartet hatte. Abseits der Maskerade, der neuen Kunstfigur, konnte auch er nun das Mädchen mit dem wilden Herz entdecken. Aus Angst, in diesem flüchtigen Augenblick durch ein Blinzeln etwas zu verpassen, kroch er quasi in ihren Blick hinein. Ihn beschlich das ungute Gefühl, ihr für diesen Einblick in ihr Innerstes etwas schuldig zu sein. Auf einmal hämmerte sich eine Erkenntnis wie ein Nagel in seinen Verstand. Er wusste bereits, dass sie nicht ohne Grund hier war. Ihre bewegende Lebensgeschichte teilte sie nicht einfach so, es galt einem höheren Zweck.

„Ihr Spiel! Vom Anfang!", platzte es aus ihm heraus und sein Kopf wankte bei jedem Wort, als würde er sich gerade besinnen.

„Ja, Detective, es ist so weit! Ihr Gefallen."

„Was zum Teufel wollen Sie jetzt von mir?"

„Sie wissen, was ich will!"

„Ich –"

„Ja, Detective!"

„Selbst, wenn ich den Versicherungsbetrug aufdecke, es ist unmöglich, Campelli den Mord an Liam oder dessen Auftrag nachzuweisen. Offiziell wird es als Unfall gelten und außer ihrer Vermutung haben wir nichts in der Hand. Ich bezweifle, dass irgendjemand ermittelt, geschweige denn Zeugenaussagen aufgenommen hat. In dem ganzen Chaos wird niemandem aufgefallen sein, dass Liam durch einen gezielten Schuss getroffen wurde."

„Denken Sie nach, Detective! Suchen Sie am Ende Ihrer sehnlichsten Wünsche."

„Mo – Moment …", stammelte er und verzog dabei das Gesicht. Ihre letzten Worte hallten grollend durch seinen Kopf und trafen auf einen schrecklich entzündlichen Nerv. Als hätte jemand in diesem Augenblick sein Hirn fest umklammert, pressten sich Gedanken hervor, die viel zu lange betäubt worden waren. Völlig weggetreten starrte er in den dichten Nebel, welcher sich vor seinem inneren Auge auftürmte. Im letzten Versuch, wieder Herr seiner Sinne zu werden, zerknautschte er sein Gesicht schmerzhaft mit einer Hand. Wie aus einem Albtraum erwachte er, ließ die krallenden Finger aus seiner Haut gleiten und blinzelte heftig sein hübsches Gegenüber an. Dachte er doch kurzzeitig, erneut einem ihrer Tricks erlegen zu sein, welchen sie für eine hastige Flucht nutzte. Doch sie schien immer noch darauf zu warten, dass er ihren gewünschten Gefallen erriet. Nein, es war mehr. Sie wollte, dass er jeden ihrer Beweggründe dahinter verstand, als wäre sie nur auf seine Absolution aus.

„Andrew!", rief er, ohne den Blickkontakt zu unterbrechen. „Ich denke, es ist Zeit für deine Akten!"

Ohne Umschweife trabte der gehetzte Bursche vom Nebenraum herbei und hatte unzählige Papiere in der Hand. Freudig, nun endlich seine Fundstücke teilen zu können, stutzte er dennoch über die eigenartige Stimmung, in die er hineingeplatzt war.

„Sie wollen gar nicht, dass ich irgendwen überführe, nicht wahr?", fragte der Detective ungewöhnlich bewundernd. „Sie wollen ihn einfach nur finden? Sie wollen es selbst zu Ende bringen?"

Ihre dunkelgrünen Augen funkelten und ein angedeutetes Nicken versicherte ihm, auf der richtigen Spur zu sein. Bevor er sich überlegen konnte, ob er diese Selbstjustiz gutheißen konnte, räusperte sich Andrew betont laut. Als er sich die Aufmerksamkeit des Detectives damit erobert hatte, legte er ein halb verblichenes Dokument vor ihn.

„En– Entschuldigen Sie, Detective, aber Signore Campelli ist nur wenige Wochen nach der Tragödie selbst bei einem Brand gestorben. Auf einem Güterbahnhof, die Wagons sind vollständig ausgebrannt aufgefunden worden."

„Und die Versicherung?", hauchte Mallory und blickte ihn fordernd an.

„Was meinen Sie?"

„Er hatte doch bestimmt eine immense Lebensversicherung auf sich selbst abgeschlossen, oder nicht? An wen wurde die Summe ausgezahlt?"

„Um diese Dokumente ausfindig zu machen, brauchen wir sicher …" Der Detective versuchte ihren Blick von Andrew abzulenken, doch vergebens.

„Du hast sie bereits, nicht wahr, Bursche? Ich wusste, du würdest es finden!" Sie lächelte. „Ich wette, all das wurde in den Akten über das Zirkusvolk vermerkt. Merkwürdig, so gänzlich konträre Dokumente zusammenzuheften, oder?"

„Ich – Ich –", stotterte Andrew und durchwühlte den Papierberg in seinen Händen.

„Sie glauben, er hat seinen Tod nur fingiert?“, fragte derweil der Detective.

„Campelli würde keinen Cent zugunsten eines anderen hinterlegen, lieber würde er alles mit sich nehmen. Wenn es also einen Begünstigten gibt, dann heißt das nur, dass dieser Betrüger sich wie immer eine Hintertür offengelassen hat.“

Triumphierend zog Andrew einen Bogen aus den Akten, wedelte damit herum und stutzte, als er darauf sah. Die beiden sahen erwartungsvoll und fragend zu ihm hoch, beließen es aber bei dieser wortlosen Forderung um Aufklärung.

„Er wurde geschwärzt! Der Name wurde geschwärzt!“, polterte Andrew über die Dreistigkeit, eine wichtige Akte derart zu beschmieren. „Aber – Aber ich finde das heraus! Versprochen! Im Notfall ein Telegramm an die Versicherungsgesellschaft oder –“

„Nun gut, Miss.“ Der Detective erhob sich und reichte ihr seine Hand. „Ich denke, wir sind fertig. Wenn Sie uns nun bitte mitteilen würden, wohin wir die Auskunft über einen abgeschlossenen Versicherungsfall versenden dürften? Vielleicht eine Nachricht bei einer großen Poststelle hinterlassen? Würde Ihnen Boston passen? Belebter Platz, einiger Trubel, perfekt, um unerkannt umherzuschleichen?“

„Sie wollen mich also gehen lassen?“ Sie lächelte.

„Aber, Detective, sie wird –“

„Oh natürlich, Andrew! Aber soweit ich richtig informiert bin, ist Madame Mallory bei einem Attentatsversuch in Europa verstorben. Galina Romanowa wurde ebenso bereits für Tod erklärt und der Name Grace Parker steht nur wenige Blocks von hier auf einem Grabstein. Wie heißt die Dame überhaupt, die wir ungerechtfertigt seit Stunden festhalten?“, fragte er verschmitzt den fassungslosen Burschen. „Außerdem ist der Herr, dem diese mehrfach Verstorbene Unsagbares antun möchte, ebenso offiziell nicht mehr unter den Lebenden. Gibt es ein Gesetz, mit welchem wir einen Geist dafür verurteilen können, was dieser einem anderen Geist angetan hat?“

„Ähm, nein?“

„Nun, dann werde ich diese reizende Dame nun zum Hinterhof

geleiten. Wir wollen ja nicht, dass Sie von pöbelnden Trunkenbolden belästigt wird. Und Sie können derweilen versuchen, diese Schwärzung irgendwie rückgängig zu machen."

...

„Ziemlich schweigsam, Detective. Was geht Ihnen durch den Kopf?", fragte sie, kurz bevor sie den Ausgang zum Hinterhof erreicht hatten.

„Nun, ich habe noch nie jemanden gesehen, der etwas Vergleichbares durchleben musste und trotzdem kein Monster geworden ist."

„Doch das haben Sie. Auch wenn Sie es im Spiegel weiterhin leugnen wollen."

„Wie bitte?"

„Vorhin im Verhörraum. Ich habe es in Ihren Augen gesehen, kurz bevor Sie mich gehen ließen. Ich habe den tiefen Abgrund in Ihrem Blick erkannt und ich weiß genau, was er bedeutet."

„Ich habe mir geschworen, darüber nie wieder mit einem Menschen zu reden."

„Haben Sie vergessen? Ich bin ein Geist. Ich könnte ihr einen Gruß ausrichten."

„Wem?", fragte der Detective erschrocken. Wie bei den Tarotkarten fühlte er sich ihr augenblicklich ausgeliefert, doch diesmal konnte er nicht so schnell abwinken. Es war längst überflüssig und er fürchtete das Geheimnis, welches sie zu offenbaren versuchte.

„Ihrer Frau."

Urplötzlich kamen dem Detective die Bilder wieder hoch, die er vorhin noch erfolgreich aus seinem Kopf verbannt hatte. Mit Schweißperlen auf der Stirn stützte er sich an der Wand ab und kam kaum zu Atem. Mühevoll versuchte er, seinen Zustand vor ihr zu vertuschen, doch knickte immer wieder weg. Vor seinen Augen flimmerte die Luft und zog ihn fernab der Realität in einen dunklen Strudel.

„Schon gut, Detective, nehmen Sie sich einen Augenblick. Erzählen Sie mir von ihr." Ihre angenehme Stimme beruhigte ihn.

„Es war meine Schuld. Mein verdammter Ehrgeiz hat sie umgebracht. Wir waren verabredet, weil sie mir etwas Dringendes sagen wollte. Doch ich bekam wie immer meinen Kopf nicht aus den Fahndungsakten. Sie kam auf die Wache, nachdem sie Stunden auf mich gewartet hatte. Wäre ich doch nur wie versprochen nach Hause gekommen."

„Was ist passiert?"

„Ein Drecksack wollte sich dem Erkennungsdienst entziehen. Warum auch immer. Dieser Wichser war ein Betrüger im großen Stil und doch wusste er genau, dass wir ihm nur eine Bagatelle nachweisen konnten. Vielleicht drei Monate Zuchthaus, vermutlich deutlich weniger." Er rang bei jedem Wort nach Luft. „Sie war einfach zur falschen Zeit im falschen Flur. Er rannte direkt in sie hinein. Ihr einziger Fehler war, dass sie erschrak und aufschrie. Nichts weiter. Sie stellte sich ihm nicht in den Weg oder sonst etwas. Sie erschrak sich nur. Und dieser Bastard zückte ein Messer und rammte es ihr in den Bauch."

„Konnten Sie sich noch von ihr verabschieden?"

„Sie starb in meinen Armen, falls Sie das meinen. Aber ja, ich konnte mich verabschieden. Von ihr. Und von unserem ungeborenen Sohn."

„Sie war …?"

„Das wollte sie mir an diesem Tag sagen. Ich habe immer gewusst, es wäre ein Knabe geworden."

Bei den letzten Worten brach seine belegte Stimme ab. Mallory gab ihm eine Sekunde, um sich wieder zu sammeln, dann fragte sie, wie es weiter ging.

„Ich habe ihn jahrelang gesucht, diesen feigen Mörder. Ich jagte ihn durchs ganze Land, verfolgte jede Spur seiner Betrugsmasche und beinahe hätte ich ihn gefasst. Aber es schien so, als würde mir immer ein winziges Puzzleteil fehlen. Dann ist er untergetaucht und hat sich wohl eine andere Geldquelle gesucht. Der Alkohol wurde mein Trost und es dauerte nicht lange, bis ich diesen Rachedurst nicht mehr kontrollieren konnte. Jeden Verdächtigen, der seiner Beschreibung nahekam, habe ich auf übelste Weise zugerichtet. Jeden Tag starrte ich auf die zahllosen, gleich aussehenden Phantombilder und bei Gott, heute kann ich mich an keines davon erinnern. Nur eins konnte ich in meinem Hirn nie ertränken."

„Ihr Blick, nicht wahr? Ihr Blick, als sie starb", flüsterte sie, als ob es sie selbst schmerzen würde.

„Ja, ich denke, diese Qual haben wir beide gemeinsam. Noch etwas anderes, wenn ich mich recht entsinne. Sie werden es tun, oder? Sie werden sich rächen?"

„Was würden Sie tun? Ich meine, wenn Sie das Puzzleteil finden würden?"

„Ich weiß es nicht. Oft juckt es mich in den Fingern und wann anders denke ich, es war besser, ihn nie zu finden. Wissen Sie, die Vergeltung, nach der wir beide streben, muss nicht zwangsläufig ein Verbrechen mit sich ziehen", ermahnte er sie subtil.

„Seien Sie unbesorgt, Detective. Das wird es nicht. Nicht, wenn der letzte Vorhang fällt wie geplant." Sie lächelte und schritt voran, wie eine Artistin zum Bühnenaufgang und parierte mit einer Pirouette.

„Nun, noch eine letzte Frage, Detective?"

„Warum haben Sie dem Zirkus nie den Rücken gekehrt? Warum haben Sie kein normales Leben begonnen? Sich irgendwo im Verborgenen versteckt statt hinter dieser auffälligen Maskerade?"

„Oh, das habe ich, Detective. Doch diese Episode meines Lebens bleibt lieber genau dort: im Verborgenen. Sagen wir einfach: Ich habe gelernt, dass es einfacher ist, sich vor einem Monster zu verstecken, wenn man vorgibt, selbst eines zu sein. Am Ende war es der Zirkus, wo ich hingehörte, und es war alles, was mir von Liam blieb."

„Warten Sie, eins noch: Es war Henry, nicht wahr? Er hat Sie verschont, weil er Ihnen noch einen Deal schuldig war. Das hier war der Deal, oder? Und ich war ein Teil davon, ohne es zu wissen." Er lachte leise.

„Gute Nacht, Detective", hauchte sie ihm zu.

Daraufhin machte er kopfschüttelnd kehrt und lief schmunzelnd zur Wache zurück. Dort angekommen übersah er in Gedanken, wie Andrew mit wedelnden Akten auf ihn zu kam, als könnte er damit alle Geheimnisse der Welt entschlüsseln.

17

Mallory vermied es zurückzublicken, legte eine Hand auf das kalte Metall der Hintertür und war augenblicklich gefangen in der letzten, allerletzten Begegnung mit Henry.

…

Sie war wieder hier. Eigentlich hatte sie gehofft, diese arroganten, werten Herrschaften nie wieder sehen zu müssen. Anders als beim ersten Mal war sie nicht durch den geheimen Lüftungsgang geklettert, den ihr der Page unfreiwillig gezeigt hatte. Diesmal stieg sie die verhasste Treppe hinab, deren Zugang seltsamerweise weder verriegelt noch bewacht war. Eine Einladung, die sie gerne annahm, auch wenn sie nicht wusste, wieso. Was hatte sie hier zu suchen? Jede Faser ihres Körpers schrie danach umzukehren, sich irgendwo zu verkriechen. Nein, sie hatte keine Angst mehr vor diesen Bastarden.

Längst hatte sie erfahren, dass Lews Freitod als hinterlistiger Raubmord inszeniert worden war – eine Lüge, an die nicht mal die eigenen Landsleute glaubten. Eine verschwörerische Stimmung, angeheizt über die Gerüchte einer geheimen Liebschaft. Wirklich nicht die feine englische Art, sie nach ihrem Tod noch für ihre Zwecke zu benutzen. Immerhin bestimmte sie auch zu Lebzeiten höchst selbst, wo und wieso ihr Name geflüstert wurde. Es war Zeit, dass ein ordinärer Geist diesen arroganten Herrschaften Manieren beibrachte.

Unten angekommen drangen Pfeifenrauch, Brandy-Dunst und leise Musik durch den kleinen Spalt unter der schweren Eisentür. Die Luft war noch modriger als sonst im abgeschotteten Kellerverließ, in welchem die selbstgefälligen, alten Säcke so leichtsinnig über Leben und Tod entschieden. Doch diesmal war auch ein anderer Geruch in dem gewohnten Gestank vermengt. Etwas, das Mallory noch nicht deuten konnte, doch sie zögerte deswegen nicht. Außer der Musik war kein Ton zu hören, was sie eher als verwirrend denn als bedrohend empfand. Nichtsdestotrotz umklammerte ihre Hand den verzierten Dolch, den sie verdeckt bei sich trug, als sie das Verließ betrat.

Henry? Ja, es war Henry, aber hatte sie ihn hier erwartet? Am Kopf des Tisches hatte er Platz genommen, so wie es einst vorgesehen war. Sein Blick war starr und leer auf die blutverschmierte Tischplatte gerichtet. Er musste sie bereits an ihren Schritten erkannt haben, an der Art, wie sie atmete und an dem leichten, süßlichen Geruch ihres Parfums. Auf allen sieben Weltmeeren würde er sie finden können. In tosenden Wellen und aufgetürmten Schaumkronen. Doch weder hatte sie ihn erwartet, noch, was sie vor sich sah.

Einige der Herren saßen noch eingequetscht von den Armlehnen auf ihren Stühlen. Mit weit aufgerissenen Augen, schrecklich verzerrten Gesichtern und blutiger Kleidung. Einer der Körper rutschte in diesem Augenblick langsam vom Stuhl und plumpste dann dumpf zu Boden. Einige Unglückliche, darunter auch die Pagen, hatten scheinbar noch versucht zu entkommen oder sich gar zu wehren. Ihre Leichname säumten den Boden und ihr Blut hatte sich zu einem spiegelnden See ausgebreitet. Durch ihre schon zu Lebzeiten leichenblasse Haut war es schwer zu sagen, wie lange sie schon tot waren. Kaum zu glauben, dass diese blutleeren Säcke sogar etwas von ihrem Mitgefühl erhaschten. In ihrer Arroganz hatten sie nicht ahnen können, dass sie sich mit Henry ihren eigenen Henker herangezüchtet hatten.

Doch warum jetzt? Warum hatte er sich ausgerechnet jetzt von seinen Ketten befreit? Mit dieser neuen Erkenntnis ergab sich in Mallorys Verstand eine komplett neue Szenerie um Lews Tod. Um die Gänze dieses Bildes zu erfassen, hätte sie noch einige Momente verharren müssen. Doch die glühende Flamme ihrer Wut ließ ihr diese Zeit nicht.

„Der Brand im Schloss. Das warst DU?“ Ein stummes, ungelenkes Nicken war die einzige Antwort, die sie bekam, und es vermochte nicht ihren Zorn zu mindern. Im Gegenteil.

„Wozu? Um deinen Verrat reinzuwaschen? Ein plötzlicher Anflug eines Gewissens?“ Doch sie bekam auf ihr Zischen keine Regung. Kein Nicken, kein Kopfschütteln, nicht mal ein Schulterzucken. Henry starrte auf den Tisch, als wollte er das Blut darauf Kraft seiner Gedanken zum Gefrieren bringen.

„Nichts? Kein Wort der Erklärung? Keine hochmütige Lektion? Redest du nicht mit einer Toten? Oder nur nicht mit einer, die du selbst ins Jenseits geschickt hast?“

„Ich wusste, dass die Kugel dich niemals ernsthaft verletzen würde“, erklang seine Stimme so zerbrechlich, wie sie es nie von ihm erwartet hätte. Doch sie war zu erbost, um es zu bemerken.

„Ist das dein Ernst?“, fauchte sie, zog den Mantel ein Stück beiseite und entblößte die Prellung auf ihrem Brustbein.

„Es war der einzige Weg.“

„Der einzige Weg wofür?“

„Dich zu retten. Denkst du, ich hätte aus Versehen den Flachmann getroffen? Denkst du wirklich, du hattest einfach nur Glück?“

Unwillkürlich zerbrach in ihr etwas, als sie Henrys Worte hörte. Es war nur noch wenig übrig von dem Mann, den sie einst verflucht hatte. Niemals hätte sie gedacht, er würde sie am Ende derart selbstlos beschützen. Genau jetzt erkannte sie, dass auch sie eines Verrats schuldig war. Sie hatte ihm seine eigene Menschlichkeit gezeigt. Schlimmer noch, sie hatte ihm Hoffnung gegeben. Jemandem, der nicht mal um die Existenz seines eigenen Herzens wusste, hatte sie damit einen furchtbar schlechten Dienst erwiesen. Die einzige Wiedergutmachung, welche sie leisten konnte, war, eben jenes Herz wieder erkalten zu lassen und ihre Spuren darin auszulöschen. Abermals ließ sie ihren Blick über diesen grausigen Schauplatz schweifen.

„Du bist mir noch meinen Lohn schuldig“, flüsterte sie so leise, als ob sie selbst fürchtete es auszusprechen.

„Nein, tu das nicht“, seufzte er zurück. Mühsam, als ob es ihn schmerzen würde, blickten seine geröteten Augen auf. Er hatte nicht zu träumen gewagt, sie je wiederzusehen.

Und doch stand sie jetzt vor ihm. Um sich für immer zu verabschieden.

„Du hast mir dein Wort gegeben", forderte sie erbarmungslos.

„Ich weiß, aber zwing mich nicht dazu, es zu halten. Lass es einfach zwischen uns. Als letzte Verbindung, denn dann bedeutet es kein Ende. Lass es mir, als kleinen Trost, nicht alles verloren zu haben." Er sprach beinahe flehend.

Kühl erwiderte sie seinen Blick und nicht die kleinste Regung war zu erkennen. Diesmal konnte er sie nicht lesen. Genau so, wie sie es einst immer versucht und ihm schlussendlich doch jede ihrer Emotionen verraten hatte. Auch hier hatte ein Schüler schlussendlich den Meister übertroffen.

„Sieh dich um, Henry: Keiner sagt dir mehr, was du zu tun hast. Zum ersten Mal in deinem Leben wirst du selbst entscheiden müssen, was richtig ist!"

Mit diesen letzten Worten verschwand sie auf der dunklen Treppe. Verzweifelt blickte er ihr nach mit dem tiefen, flehenden Wunsch, sie möge sich noch einmal umdrehen. Als ob er sich immer noch wünschte, sie wäre damals mit ihm aus dem Schloss geflohen. Wie sehr verfluchte er diesen abscheulichen Deal, den er mit ihr abgeschlossen hatte, nur um an sein Ziel zu kommen. Wie unbedacht und bereitwillig er ihr sein Wort gegeben hatte, nichts ahnend, was es ihn einmal kosten würde. Unwissend, wie widerwillig er seinen Auftrag ausführen würde und wie unerbittlich sein Pflichtgefühl ihn dazu trieb. Selbst jetzt, als er seine eigenen Ketten gesprengt hatte, konnte er nicht anders. Pflichtgefühl war alles, was er je besessen hatte. Vielleicht war es das Einzige, was sie je an ihm geliebt hatte. Schon allein deswegen musste er es tun, aus Liebe, ja wahrhaftig aus Liebe. Und um danach dieses widerliche Gefühl endlich wieder begraben zu können. Von Anfang an musste ihr bewusst gewesen sein, auf was sie sich einließ und auch wie es enden würde.

…

Bevor die aufsteigenden Tränen ihre Augen verlassen konnten, verbannte sie diese letzte Begegnung aus ihrem Verstand. So schwer es ihr damals gefallen war, sein Wort einzufordern, so sehr schmerzte es auch in diesem Moment. Der letzte verbliebene Rest seines Pflichtgefühls, an welches sie appelliert hatte, kannte kein Erbarmen und kein Flehen. Selbst dann nicht, als sie es so dringend gebraucht hätte. Mallory atmete tief ein und nahm einen Schluck ihres flüssigen Muts. Es galt zu vollenden, was sie angefangen hatte, ganz gleich, was danach kam. Wehmut war hier fehl am Platz.

Mit einem kurzen Ruck öffnete sie die Tür zum Hinterhof. Kalte, feuchte Luft umhüllte sie sofort wie ein eisiger Mantel. Es hatte geregnet und die dunklen Wolken verhüllten jeden Schimmer des Mondes. Es würde eine Zeit dauern, bis sich ihre Augen an die Dunkelheit gewöhnt hätten.

Anstatt kurz zu warten, betrat sie den Hinterhof, ungehindert der schwarzen Wand vor sich. Kaum hatte sie einen Schritt über den nassen Beton getan, wurde sie von einer klobigen, groben Hand an den Haaren gepackt und um ihre eigene Achse geschleudert. Bevor sie begriff, was passierte, packte die zweite Hand ihre Kehle. So fest, dass sie keinen einzigen Ton hätte sagen können, selbst wenn sie es gewollt hätte.

„Die alte Hexe hat dich damals vielleicht retten können, aber eine gute Lehrerin war sie wohl nicht. Dachtest du wirklich, ich würde dich in dieser schäbigen Verkleidung nicht erkennen? Jetzt wirst du sehen, was du davon hast! Jetzt werde ich nicht mehr so gnädig mit dir sein!“

Eine bekannte und verhasste Stimme stach in ihr Herz. Hass und Angst fluteten ihren ganzen Körper, doch sie wusste dagegen anzukämpfen. Campelli! Ja, er war es – zweifellos, er war es. Älter, fetter und erschreckend gut gekleidet. Trotz der Jahre, seinen Geruch und seine Stimme könnte sie hinter jeder Verkleidung entdecken. Der aufgesetzte italienische Akzent war einer auffällig unauffälligen Ausdrucksweise gewichen, doch immer noch stank er nach Kaffee und Fusel.

Wissend um die Anziehungskraft und die Besonderheit dieses Ortes hatte er sich genau hier auf die Lauer gelegt. Welch eiskalte Berechnung, gerade hier seine Falle aufzustellen, in welcher er sich so wohlig ausgeruht hatte. Entschlossen, ihm gegenüberzutreten, stand sie dennoch unvorbereitet und gefangen in einer ausweglosen Situation vor ihm.

Zumindest ließ sie ihn dies denken. Wehrlos war sie nicht im Geringsten, geschweige denn unbewaffnet. Keiner der Beamten hatte sich getraut, sie anzufassen oder zu durchsuchen. Ein reichlich verzierter Dolch war bereits die ganze Nacht gut versteckt an ihrer Seite. Ihre Hand suchte das kalte Metall in den Untiefen ihres Mantels und umschloss es. Doch statt sich damit zu wehren, verharrte sie, denn ihr sann es mehr als nach blutiger Rache. Vergeltung zog wahrlich nicht immer ein Verbrechen mit sich.

Plötzlich, wie zur rechten Zeit, wurde der Hinterhof von allen Lichtstrahlern hell erleuchtet.

„Lassen Sie sie los, Chief!“, knurrte hinter ihnen ein bestimmender Befehlston. Stockig und ungelenk drehte sich Campelli um und verstärkte den Druck an ihrer Kehle. Schussbereit stand der Detective direkt vor ihm, Andrew hingegen wartete schockiert in der Tür und traute sich nicht mal laut zu atmen. „Ich sage es nicht noch einmal! Lassen Sie sie los und dann die Hände über den Kopf!“

„Sie Dummkopf! Was fällt Ihnen ein?“, brüllte der Chief und blinzelte verwirrt in das grelle Licht.

„Blendet Sie das Scheinwerferlicht nach so vielen Jahren versteckt in einem verdunkelten Büro?“

„Wie bitte?“

„Wo bleibt Ihr Lächeln für das Publikum? Auf den Plakaten sahen Sie nicht so vom Blitz getroffen aus.“

„Was zum Teufel reden Sie da?“, brüllte er abermals.

„Haben Sie gewusst, dass in unserem Archiv ziemlich ungewöhnliche Akten lagern? Über die zahlreichen Zirkus-Ankündigungen, Ensemble-Listen und Zeitungsausschnitte habe ich mich wegen der Hetze in dieser Stadt nie gewundert. Aber da war noch mehr, nicht wahr, Andrew? Zum Beispiel zahlreiche Versicherungsdokumente aus anderen Bundesstaaten? Zusammengeheftet mit einem Totenschein von einem gewissen Signore Campelli? Andrew, wie hieß der Begünstigte noch gleich? Ah ja, Greg Jonahly! Komisch, oder, Chief Jonah Gregly? Das hört sich doch ziemlich gleich an? Sie waren bei der Namensfindung wohl ebenso halbherzig wie bei der Schwärzung."

„Was hat ein Bücherwurm schon auf einer Wache verloren?", murmelte Andrew vorlaut. „Dachten Sie, ich würde eine beschmierte Akte nicht enträtseln können?"

„Was wollen Sie mir da andichten, Detective?"

„Sehr auffällig, dass kurz vor Ihrer Ankunft hier eine überaus großzügige Spende im Rathaus einging", fügte der Detective hinzu. „Exakt über denselben Betrag, welchen die Versicherung wenige Wochen zuvor ausgezahlt hatte!"

„Und, was jetzt? Dann kannte ich diesen Typ eben? Er hat mich als Begünstigten angegeben und meinen Namen vertauscht? Sein dreckiges Geld habe ich der Stadt gespendet, um Gutes zu tun! Das ist alles!", raunte der Chief.

„Wie wäre es, wenn wir zufällig die Beschreibung des Versicherungsagenten anfordern? Denken Sie, er würde Sie als Campelli oder als Chief Gregly identifizieren?"

„Das würde vor keinem Gericht standhalten! Nicht mit ihrer Vorgeschichte, was Verhöre und Zeugenaussagen angeht." Der Chief grinste hämisch und würgte Mallory weiterhin, welche inzwischen nur noch ein Röcheln von sich gab. Derweil hatten sich hinter Andrew zwei Beamte aufgebaut, die gerade wieder vom Marktplatz kamen.

„Nein, sicher nicht, aber da gibt es ja noch mehr. Im Übrigen fanden wir auch etliche Fahndungsaufrufe für einen gewissen Greg Campenski bei den Unterlagen, inklusive Fahndungsfotos. Dann noch für einen Jonah Campellini und Champ Gregson! Alles akribisch dokumentiert und bestens im Archiv versteckt. Als hätte jemand von allen Polizeiwachen des Landes entsprechende Akten eingefordert, um sie hier zu begraben. Sie waren ziemlich fleißig, sowohl vor dem Zirkus als auch danach. Aber ziemlich schlampig, seit Sie Ihren fetten Arsch in dieser Stadt ausruhen", sagte der Detective ruhig und umfasste seine Waffe noch fester.

Durch den anhaltenden Druck auf ihre Kehle wurde Mallory langsam schon schwarz vor Augen. Ihre tauben Finger konnten den

Dolch nicht mehr halten und dieser fiel klirrend zu Boden.

„Was wollen Sie damit sagen? Das sind nichts weiter als fadenscheinige Zufälle, arrangierte Beweise und ähnlich klingende Namen! Wollen Sie wirklich erneut ein Disziplinarverfahren? Bei Ihrem Ruf und Ihrer Abneigung gegen Autoritätspersonen? Das könnte Ihnen diesmal mehr einbringen als eine Zwangsversetzung! Seien Sie doch nicht dumm, gucken Sie sich Ihre Lage doch mal an: Ich bin Ihr Vorgesetzter und SIE bedrohen mich mit einer Waffe! Noch dazu konnte ich eine bewaffnete Verdächtige nur mit roher Gewalt an der Flucht hindern, zu der SIE ihr verholfen haben. Rieche ich da etwa Gin in Ihrem Atem? Das sieht nicht gut aus!“

„Jetzt habe ich aber genug von Ihnen, nehmen Sie diesen Betrüger fest, Männer!“, raunte der Detective erneut im Befehlston, und anstandslos setzten sich die Uniformierten in Bewegung.

Endlich lockerte sich der Würgegriff, Mallory fiel keuchend und nach Luft schnappend auf die Knie. Andrew drückte sich an den zwei Muskelbergen vorbei und versuchte ihr hochzuhelfen, um sie aus der Schussbahn zu bringen.

„Festnehmen? Wozu? Na los, regeln Sie das wie ein Mann! Tun Sie es! Sie haben doch nicht mal die Eier, um abzudrücken!“, knurrte der falsche Chief.

Der Detective ging einen Schritt auf ihn zu, hielt ihm die Waffe direkt an den Kopf und die Beamten hinter ihm blieben unsicher stehen. Völlig gefasst blickte der Detective den Mann vor ihm an, welcher ihn so oft gepeinigt hatte.

„Glauben Sie ja nicht, dass ich dazu nicht im Stande bin! Ich weiß ganz genau, wer Sie sind und was Sie getan haben. Ich habe genug Zeugen hier, die aussagen können, dass ich keine andere Wahl hatte. Sie haben sich gegen die Festnahme gewehrt, mich angegriffen und ich musste schießen. Nicht wahr, Männer?“, fragte er über seine Schulter und senkte dann doch seine Waffe. „Aber, ich sehe es lieber, wenn Sie irgendwo verrotten. Und jetzt festnehmen, Männer!“

„Sie können mir nichts vorwerfen, weswegen ich nicht nach kurzer Zeit wieder auf freiem Fuß bin! Die meisten Sachen sind längst verjährt!“ Er lachte hämisch.

„Nein, das stimmt“, bemerkte der Detective und wich zurück, damit die Beamten ihn ergreifen konnten. „Aber Gott sei Dank gibt es bei Mord keine Verjährungsfrist. Auch wenn ich Sie nicht wegen des Mordes an Mrs. Parkers Ehemann überführen kann. Es gibt einen, den ich Ihnen ohne Zweifel nachweisen kann.“

„Ach, und wen soll ich bitte noch ermordet haben?“

„Ich verhafte Sie hiermit wegen Mordes an meiner Frau. Kaltblütig von Ihnen erstochen, als Sie wie ein räudiger Köter bei einer Vernehmung geflohen sind. Durch meine Disziplinarakte sind mehrere glaubhafte Zeugenaussagen über Ihre Flucht dokumentiert, die als fehlendes Puzzleteil ein ziemlich eindeutiges Bild abgeben.“

Noch bevor der Chief einen offenstehenden Mund schließen konnte, hatten ihn seine Untergebenen gepackt und mit geübten Handgriffen fixiert. Erst jetzt wurde ihm klar, dass ihm sein ganzes betrügerisches Leben um die Ohren fliegen würde. Überführt von einem nichtsnutzigen Bücherwurm, einem melancholischen Säufer und einem verlogenen Miststück.

„Sie mieser, kleiner Stricher!“, tobte der falsche Chief. „Lasst mich los, Männer! Ich bin euer Chief, hört ihr nicht? Das werdet ihr noch bereuen! Mieses Pack!“ Er schimpfte und versuchte, sich nach Leibeskräften aus dem Griff der Muskelberge zu befreien. Doch diese schleiften ihn unermüdlich an dem Detective vorbei, was ihn noch mehr in Rage brachte. Rasend vor Wut schimpfte er munter weiter über die Unfähigkeit des Detectives und über die manipulative Hure, die ihn gelinkt hatte.

Kopfschüttelnd und gleichzeitig schmunzelnd über den Flüche spuckenden Betrüger steckte der Detective seine Waffe weg und ging auf die heftig hustende Mallory zu. Andrew verstand, dass die beiden nun einen Moment für sich brauchten, und verabschiedete sich wortlos von der schönen Fremden. Unmöglich zu sagen, ob er je verstehen würde, was er in dieser Nacht bezeugt hatte. Mit diesem Gedanken blickte er sich noch einmal um. Der Detective und die tätowierte Wahrsagerin gaben ein seltsam berührendes Bild zusammen ab.

„Ich bin Ihnen wohl zu Dank verpflichtet“, begann der Detective diesen schmerzenden Abschied.

„Nein, ich habe zu danken. Der Mord an Ihrer Frau war das Einzige, was ihn zu der gerechten Strafe überführen konnte. Ihr Bursche und Sie haben daraus eine Liste erschaffen, die ihm für immer das Sonnenlicht rauben wird. Ich denke, damit kann ich mich zufriedengeben.“

„Ich dachte schon, Sie wollten, dass ich ihn erschieße.“

„Nun, auch das wäre eine Möglichkeit gewesen, mit der ich hätte leben können. Aber ich glaube, Sie nicht. Ich hatte gehofft, Sie würden diesem Drang nicht nachgeben.“

„Kein Monster, nicht wahr?“ Er lächelte sie an.

„Ja, kein Monster“, stimmte sie ihm zu und nahm einen großen Schluck aus ihrem Flachmann.

„Sie müssten bald nachfüllen, oder? Hört sich ziemlich leer da drin an.“

„Es wird reichen.“

„Es ist gegen die Schmerzen, oder? Das Bein? Das Humpeln?“

„Sagen wir, es ist gegen ein anderes Leiden“, betonte sie merkwürdig und ihr Blick schweifte durch den Hinterhof. Dann stockte sie auf einmal und starrte geradewegs auf die moosbedeckte Mauer zu ihrer Rechten. Ihre Lippen formten sich zu einem sanften Lächeln, sie nickte und flüsterte etwas. Was immer sie sagte, war so leise, dass er sie nicht verstehen konnte. Zweifelsohne waren ihre Worte auch nicht für ihn bestimmt, aber für wen dann? Erneut nickte sie dem leeren Raum zwischen ihr und der Wand zu, als hätte ihr dieser gerade geantwortet. Erst dann wandte sie sich wieder zum Detective und ihre Gesichtszüge erstarrten wieder.

„Es ist wegen Liam? Sie sehen ihn? Er – Er ist hier?“, japste dieser plötzlich und schaute sich ebenfalls um.

„Seien Sie nicht albern, Detective.“ Sie kicherte leise und spielte mit dem Flachmann herum, bevor sie ihn wieder verstaute. „Er ist nur in meinem Kopf. Aber ja, ich sehe ihn, wo immer ich gerade bin und wann immer ich ihn brauche!“

Ohne ein Wort des Abschieds drehte sie auf ihrem Absatz und stolzierte grazil zum Ende des Hinterhofs und dem kleinen Tor, welches ihre Freiheit versprach. Doch bevor sie dahinter verschwand, wandte sie sich noch einmal um und rief: „Sie haben mir nie Ihren Namen verraten, Detective!“

„William, ich heiße William. Aber meine Frau nannte mich immer Liam.“ Er nickte ihr zu und fragte: „Werde ich Sie je wiedersehen?“

Mallory lachte nur herzlich auf, nickte ihm gleichwohl zu und das rostige Tor knallte hinter ihr zu. Einige Momente stand er wie angewurzelt in dem dunklen Hof und versuchte diese Nacht irgendwie zu begreifen.

„Ich denke, wir werden uns wiedersehen“, murmelte er still und nur für sich.

18

Am frühen Morgen schlurfte der Detective von der üblichen Bereitschaftskammer in die Wache. Nach einem ungewohnt traumlosen Schlaf und erholt wie lange nicht mehr beobachtete er zunächst das rege Treiben vor sich.

Die Büros schienen förmlich vor Menschen und ihrem Gebrabbel zu platzen. Bis auf den Flur konnte er die raschelnden Aktenblätter und die kritzelnden Stifte hören. Im gesamten Archivraum dürfte kein einziges Blatt Papier mehr liegen. Stolz betrachtete er Andrew, welcher hellwach die vielen flinken Hände dirigierte und überall ein Auge wachend über die wichtigen Akten fliegen ließ. Dabei huschte er durch den Flur von einem Raum zum nächsten und erteilte bestimmend Anweisungen. Aus dem Augenwinkel entdeckte er den Umriss des Detectives und eilte aufgeregt herbei.

„Wann wird der Marshall eintreffen?“, fragte er den atemlosen Burschen trocken, ohne sich die Rührung um Andrews neue Autorität anmerken zu lassen.

„In etwa einer Stunde, Detective! Pardon, ich meine – ich meine Chief! Wir führen alle notwendigen Indizien und Beweise zusammen.“

„Schon gut, Andrew. Noch ist nichts offiziell. Wo hast du die ganzen Leute dafür her?“

„Oh, da sind einige Beamte aus dem Ruhestand und viele Freiwillige aus dem Rathaus. Das Ganze hat sich wie ein Lauffeuer rumgesprochen. Es wird durchs ganze Land telegrafiert und nach ähnlichen Betrugs- oder Mordfällen gefragt. Wir haben nicht mal die Spitze dessen gesehen, was dieser Betrüger alles verbrochen hat.“ Mit einem Flüstern fügte er hinzu: „Ich glaube, hier tut sich etwas. Ich habe diese Leute noch nie so aufgeschlossen und hilfsbereit gesehen. Außerdem habe ich schon drei Leute heimlich tuscheln hören, wie schlimm er diese Zirkusleute betrogen hat. Das klang wirklich aufrichtig nach Mitgefühl."

„Tja Andrew, vielleicht haben sie endlich begriffen, dass jemand, der rechtschaffen tut, es noch lange nicht ist. Oder jemand, der befremdlich wirkt, nicht immer das Schlechteste im Sinn hat. Wenn sie nur wüssten, dass ausgerechnet die Verdächtige, die sie gestern noch lynchen wollten, seine Täuschung enttarnt hat! Die ganze Stadt hat er in eine Freakshow verwandelt und jeder hier half ihm dabei."

„Werden Sie den Menschen je von Mallory erzählen? Wer sie wirklich war?"

„Andrew, ich denke nicht, dass sie uns das alles erzählt hat, um es morgen in der Zeitung zu lesen, oder? Diese Geschichte ist nicht für jeden bestimmt."

„Aber für uns?"

„Vielleicht oder vielleicht auch nicht. Ich wage es nicht, erklären zu wollen, was letzte Nacht passiert ist. Aber eins weiß ich, jedes kleinste Detail hatte einen Grund, und wenn es uns bestimmt ist, werden wir es irgendwann erfahren."

„So wie Sie jetzt erst erfahren haben, warum Sie hier sind? Warum dieser Betrüger wollte, dass Sie ausgerechnet hierher versetzt werden?"

„Zum Beispiel, ja. Er wollte mich in seiner Nähe haben, damit er kontrollieren konnte, dass ich in meinem dämmrigen Zustand verweile. Ich wusste, dass ich damals nahe an der Klärung des Falls war. Alles, was ihm gefährlich werden könnte, hat er an diesem Ort vereint. Allerdings war ich selbst das fehlende Stück und hätte das Rätsel nie alleine lösen können."

„Und der Kronprinz? Wir sind vermutlich die Einzigen, die die wahren Umstände seines Todes kennen."

„Denkst du, uns würde das jemand glauben? Weil die einfachste Erklärung immer noch die Wahrscheinlichste ist. Es gibt nur wenige, die noch Zebras hören!"Andrew senkte nachdenklich den Blick und atmete schnaubend aus. Er fragte sich, warum manche bedeutsamen Geschichten nur wenige Ohren zu hören bekamen und warum die wenigsten Helden den Ruhm erlangten, den sie verdient hatten.

Einer der Rathausboten rannte auf die beiden zu, flüsterte Andrew etwas ins Ohr und verschwand ebenso hastig wieder. Jeder Muskel in Andrews Gesicht schien eine andere Emotion ausdrücken zu wollen und so ergab sich eine undefinierbare Grimasse.

„Was ist passiert, Andrew?"

„Wir müssen sofort los!", keuchte er nur und hetzte augenblicklich aus der Wache. Den verblüfften Detective musste er zweimal zur Eile auffordern, bevor dieser die Dringlichkeit verstand.

…

Auf dem Platz vor der Stadt standen noch einige eilig zurückgelassene Requisiten des kleinen Zirkus. Der wütende Pöbel hatte nach dem Trinkgelage hier gute Dienste getan. Die wenigen, halbfertigen Buden wurden noch mit Tritten und Schlägen versucht einzureißen, weil die Schausteller selbst wohl nicht mehr zu fassen waren. Das halbaufgebaute Zirkuszelt wirkte in der Mitte dieser Zerstörung und Flucht wie ein Mahnmal. Durch einen Windhauch, welcher durch mehrere Schlitze in der Plane pfiff, begann das Zelt sich zu bewegen, als ob es die Ankömmlinge mit einer Geste empfangen wollte. Davor hatten sich ein paar Beamte versammelt, die weder hier sein wollten noch sich trauten zu gehen. Ihr genuscheltes Gemurmel verstummte sofort, als die beiden auf sie zu schritten. Wortlos hob einer der Beamten den Vorhang an und ließ sie hindurch.

Den Detective traf es zum einen bis ins Mark, was er hier vorfand, zum anderen war er jedoch auch wenig überrascht. Mallory lag in der Mitte des Zeltes auf einem Sandhaufen, der einmal den Boden der Manege bilden sollte. Japsend nach Luft, als ob er gerade zu atmen begonnen hatte, hielt sich Andrew die Hand vor den Mund. Als ob er die Tote durch seine Geräusche nicht wecken wollte.

„Ich wusste, wir sehen uns wieder", brummelte der Detective zu sich selbst und schlich vorsichtig um sie herum. „Was hast du nur getan, Mädchen? Warum bist du nicht einfach abgehauen?"

Ruhig und äußerst gefasst betrachtete er ihren toten Körper. In mehreren Runden ging er um sie herum und blieb nach einer Weile vor ihr stehen.

„Sie muss direkt in die aufgebrachte Menge gelaufen sein", überlegte Andrew.

„Nein, sie war alleine", nuschelte der Detective und beugte sich leicht über ihren Leichnam. Nichts deutete darauf hin, dass sie bewegt oder hierher geschleift worden war. Als hätte sie einen Stand gewählt, welcher sie nach ihrem Tod direkt derart drapieren würde.

Mit zwei spitzen Fingern hob er die Knopfleiste ihres Mantels an und entdeckte darunter einen sauberen Schuss ins Herz. Leicht zu dem hinter ihm stehenden Andrew gewandt, zeigte er auch diesem die wahre Todesursache. Der Blick des Detectives fiel plötzlich auf einen Zeltschlitz neben dem Burschen. Eine perfekte Schussbahn für einen überaus talentierten Schützen und noch dazu eine gute Überwachungsmöglichkeit. Als er versuchte, in der Ferne etwas zu entdecken, spürte der Detective, wovon Mallory oft geredet hatte: Den warmen Hauch seines Atems im Nacken. Sicherlich musste Henry noch irgendwo dort draußen lauern, beschützte ihren kalten Körper, falls sich ihr jemand ungebührlich näherte. Um seine Gedanken zu kontrollieren, blickte er nach unten und bemerkte vor ihm einen tiefen Abdruck im feuchten Boden. Jemand musste hier sehr lange gekniet haben, zum Beispiel für einen letzten Abschied. In ihm stieg die seltsame Beklommenheit auf, Henrys letzte Wehmut irgendwie zu verstecken und so kniete er sich exakt auf diese Stelle. Von hier aus wanderte sein Blickerneut zu Mallory und von dieser Position aus konnte er direkt auf ihr leicht geneigtes Gesicht sehen.

Wie lange Henry sie angestarrt haben musste, konnte er sich nur schwer vorstellen und doch fesselte ihr Anblick auch ihn. Makellos strahlte ihre Haut in lebloser Blässe, als ob dieser Hautton für sie bestimmt war. Die blutroten Lippen hatte sie vor ihrem Tod noch einmal nachgezogen und wie immer fiel eine einzelne gelockte Strähne über ihr Gesicht. Was den Detective jedoch am meisten anzog, waren wie immer ihre Augen. Halbgeöffnet blickten sie ihn direkt an und waren ihm noch nie derart grün und tief erschienen wie jetzt. Ungewohnt, dass in ihnen nun nichts mehr zu finden war. Selbst wenn Mallory ihre Emotionen geübt dahinter vermauerte, spiegelten sie diese Sturheit und Stärke. Und dennoch konnte er nicht ergründen, warum ihr Gesicht trotz allem so wenig leblos erschien.

Ertappt von seinem eigenen Starren blinzelte er einige Male, lugte über die Schulter und war nicht der Einzige, der von ihrem Antlitz beeindruckt war. Immer noch ergriffen wandte er seinen Kopf wieder nach vorne.

„Wieso?“, stammelte Andrew leise. „Er hatte sie doch verschont?“

„Aber nur, weil noch etwas zwischen ihnen stand“, flüsterte der Detective ruhig. „Sie bekam ihre Vergeltung und sein Pflichtgefühl trieb ihn dazu, seinen letzten Auftrag erfüllen zu müssen.“

Stumm nickte Andrew und verließ kopfschüttelnd das Zelt, weil er ihren Anblick mit dieser Erkenntnis nicht mehr ertrug. Von Andrew nicht mehr verdeckt, drang nun ein einzelner Sonnenstrahl durch den Zeltschlitz und enthüllte ein kurzes Aufblitzen von blankem Metall. In ihrer linken Hand, halb verhüllt vom weiten Ärmelsaum, hielt sie immer noch den geöffneten Flachmann. Ein letzter Tropfen des grausigen Inhalts sammelte sich am Hals der Flasche und schimmerte bläulich im Licht. Zaghaft formte sich ein Lächeln auf dem Gesicht des Detectives und die beruhigende Ahnung, dass sie im Augenblick ihres Todes nicht gänzlich alleine gewesen war, besänftigte ihn. Geräuschvoll atmete er ein und dachte daran, wie tragisch es war, dass es in ihrem Leben wohl nur zwei Männer gegeben hatte, die sie liebte. Beide Männer verehrten zwei völlig verschiedene Frauen und doch dieselbe. Dem einen schenkte sie ihr Herz und dem anderen ihren Verstand. Und doch war es stets nur der Erste, an den sie dachte. Vielleicht war es Henrys großmütigste Geste, sie endlich wieder mit ihrem Liam zu vereinen, und nicht nur Pflichtgefühl. Mit diesem tröstenden Gedanken beugte sich der Detective zu ihr und nahm ihre andere Hand zu einem letzten Abschied. Doch ihre Hand war nicht leer und stutzend drehte er sie zu sich, um sie zu öffnen.

Eine kleine, halb verwelkte Kornblume hielt sie fest umklammert zwischen ihren kalten Fingern. Dies müsste eine der letzten dieses Jahres gewesen sein. Behutsam nahm er die kleine Blüte an sich und roch daran. Womöglich ein letzter Gruß oder ein letztes bisschen Hoffnung für einen griesgrämigen Ermittler? Lächelnd und kopfschüttelnd zugleich stand er auf. Bevor er zu Andrew durch den Vorhang trat, nickte er durch den Zeltschlitz und das Blitzen eines Objektivs grüßte zurück.

„Wir werden sie doch ordentlich begraben, oder?", seufzte Andrew, als er ihn hinter sich bemerkte.

„Nein, ich denke nicht, dass sie es gewollt hätte, in einer kleinen Kiste eingesperrt zu sein. Wir werden ihre Asche unter diesem Baum verstreuen, von dem sie erzählte. Dann kann der Wind sie ein letztes Mal durch die Blätter wehen, bevor er sie in alle Himmelsrichtungen trägt."

„Aber – Detective – Wird sie dann jemals Frieden finden?"

Nachdenklich drehte er die kleine Blüte zwischen seinen Fingern, welche nun in winzigen Kreiseln tanzte. Die Stirn in tiefe Falten gelegt, hob er den Vorhang nochmals an und sah sie ein letztes Mal an. Mit dem glitzernden Sonnenlicht auf ihrem Gesicht konnte er endlich den Ausdruck darauf deuten. Sie lächelte. Der letzte Tropfen des Gesöffs löste sich vom Metall und versickerte neben ihr im Boden. Mit einem Mal ergab dies alles für ihn Sinn. Hatte sie wie Lew den Ort ihres Todes selbst gewählt und hier auf Henry gewartet? Dieses kleine Fleckchen Erde, das sie einst mit Tränen für ihre Liebe zu Liam getränkt hatte und an dem nun das Leben ohne ihn beendet wurde. In einer Manege und unter einem Zelt, wo sie ihn verlor. Mit der Kornblume als Zeichen für ihren Schwur. Was für eine unwirkliche und wunderschöne Vorstellung sich bei diesem Gedanken vor seinem inneren Auge abspielte. Jenes Ende, welches er sich wirklich für die Nacht im Zirkus gewünscht hätte: Die beiden Artisten erwachten in inniger Umarmung auf dem sandigen Boden und lächelten sich an. Drückten wie immer sanft ihre Stirn gegen die des anderen und küssten sich. Unversehrt würden sie einfach aufstehen und Hand in Hand das Zirkuszelt verlassen. Eine Kornblumenwiese unter ihren Füßen und ein schwarzer Hengst, der ihnen folgte wie ein Hund. Ob sie jemals ihren Frieden finden würde, pochte Andrews Frage erneut in seinem Kopf.

„Ja", flüsterte er und gab Andrew die kleine Blüte. „Sie ist zu Hause!"

Epilog

Wie ein Uhrwerk entließ der alte Wasserhahn einen Tropfen nach dem anderen. Ein Paar müder alter Augen verfolgte diese, wie sie geräuschlos direkt im Abfluss verschwanden und irgendwo in der Dunkelheit dumpf aufschlugen.

Der alte Mann konnte nicht mal sagen, wie lange er in dieser Trance über dem Waschbecken beugte. Er wusste nur, dass er einfach keinen Schlaf fand. Sein siechendes Gedächtnis hatte seltsame Anwandlungen. Am Tage konnte er sich oft kaum an die letzte Mahlzeit erinnern, doch nachts wurde er immer wieder von denselben Erinnerungen gequält. Längst vergessene Worte hämmerten von innen gegen seinen Schädel.

Doch auch dieses Starren auf Wassertropfen half nichts, daher richtete er sich auf und erschrak beinahe, als er sein Antlitz im Badezimmerspiegel sah. War er nicht eben noch ein junger Mann gewesen?

Kopfschüttelnd wandte er sich ab und sah durch das Fenster den zarten Schimmer der Morgendämmerung. Wieder einmal hatte er eine schlaflose Nacht hinter sich. Zumindest einige Stunden konnte er noch neben seiner Frau im Bett verbringen, bevor die tägliche Routine begann. Doch statt geradewegs zu ihr zu gehen, zog es ihn wie im Bann die Treppen herunter. Dabei vermied er jede knarrende Stufe auf seinem automatisierten Weg zur Kammer unter der Treppe. Es war wie eine Art Arbeitszimmer, dessen Tür er vorsichtig entriegelte. Im Türrahmen verharrte er und schnipste den Lichtschalter an, um hereinzusehen.

Dieser Raum war wie ein Lager seiner Vergangenheit und vollgestellt mit alten Akten. Die kleine schwankende Glühbirne hatte Not, alles hier drin zu beleuchten, und ihr Lichtkegel beschränkte sich auf die lange Arbeitsplatte, welche früher mal eine Werkbank gewesen war. Darauf waren allerhand Fotografien und Dokumente verteilt.

Kurz ließ er seinen Blick darüber schweifen, drehte das Licht ab und schlurfte wieder nach oben. Eigentlich hätte er gar nicht herkommen müssen, denn in seinem Kopf hatte er jedes Detail gespeichert. Es beruhigte ihn jedoch zu wissen, dass diese schlafraubenden Bilder nicht nur Illusionen seines schwindenden Verstandes waren.

Seine ausgebreitete Galerie fing an mit Fotografien eines kleinen Mädchens, dessen verschwommene Umrisse zeigten, welche Mühe sie hatte, stillzustehen. Mal posierte sie mitten auf der Straße oder huschte am Bildrand vorbei. Die einzig scharf gestellten Portraits zeigten sie mit ihren Eltern vor einer tristen Kulisse. Auf jedem Bild wurde sie ein Stück älter und ihr Gesicht verlor das Strahlen.

Dann wechselten die Szenen zu einer jungen Frau, tanzend und lachend, vor einem Zirkuszelt. Oder in zärtlicher Umarmung mit einem jungen Mann, der seine Stirn gegen ihre drückte. Eine Zirkusballerina mit kunstvollem Kostüm auf einem schwarzen Hengst. Zwischen den Fotografien abgerissene Eintrittskarten, halb zerknüllte Zirkusflugblätter und fast verblichene Zeitungsartikel. Eine abgeschliffene Glasscherbe, die noch immer den Glanz der Manege in sich trug. Immer wieder Bilder des Zirkusensembles mit jener Ballerina in der Mitte, der junge Mann neben ihr hielt heimlich ihre Hand und ein gieriger blickender Direktor in albern-gesteiften Frack am Rand.

Die Galerie machte einen Zeitsprung. Die junge Frau auf Krücken, neben einer runzligen Wahrsagerin und einem beachtlichen Riesen, welcher die Alte stützte. Dann nur noch die junge Frau, nun vollständig tätowiert, wie sie entweder vor ihrem Wahrsager-Zelt oder alleine inmitten des überfüllten Zeltplatzes stand.

Bis jetzt hatte man den kleinen Abbildern ihr Alter angesehen, die Ränder vergilbt oder eingerissen. Doch die folgenden Fotografien waren hochwertiger und weniger abgegriffen. Eine prunkvoll ausstaffierte Lady, bei der nur ihre Körperkunst verriet, dass es sich um dieselbe Frau handelte.

Als Nächstes in einem neuen Kleid und einen stattlichen Prinzen am Arm, ein adretter Mann stand im Hintergrund und wandte sich ab. Das junge Prinzenpaar schmückte noch zahlreiche andere Fotografien: Tanzend, feiernd oder hoch zu Ross. Die kleine verstaubte Ausstellung endete mit einem zerbeulten Flachmann, einem reichlich verzierten Dolch und einer kleinen Vase mit zwei getrockneten Kornblumen darin. Als Letztes ein gerahmtes Bild mit einem frischvermählten Paar vor einer kleinen Kapelle.

Das letzte Bild seiner Sammlung verblich in seinem Verstand, als er bereits neben seiner Frau im Bett lag. Er verstand immer noch nicht, warum ein hagerer Bücherwurm dazu auserkoren worden war, der Archivar dieser unglaublichen Geschichte zu werden. Noch dazu, da ihm diese eine außergewöhnliche Nacht für sein späteres Leben nicht nur Gutes beschert hatte. Und doch wusste er, welches Geschenk diese Bürde mit sich brachte.

Mit einem wohligen Lächeln schloss er seine müden Augen und murmelte zu sich selbst: Die Hoffnung der Hoffnungslosen.

Danksagung

Lieber Leser und liebe Leserin, mein allererster Dank gilt euch. Danke, dass ihr euch mit mir vertrauensvoll in dieses Abenteuer gestürzt habt. Danke, dass ihr mit mir gelächelt und geweint habt, selbst wenn ihr mich vielleicht auch verflucht habt. Danke, dass ihr mein Herzblut weitertragt und in alle Himmelsrichtungen verstreut. Wir werden uns wiedersehen.

Nun zu all den Verrückten in meiner Nähe, die mich bis hierher getragen haben. Ohne euch wäre ich eine andere. Ohne euren Trost, euren Zuspruch und eure verrückten Ablenkungen wäre ich nie so weit gekommen. Zusammen lachen wir, bis es weh tut, oder tanzen, bis es hell wird. Vielleicht trinken wir ja irgendwann einen Kaffee in Paris (oder lieber auf den Bahamas?). Was auch immer, ich bin dabei. Danke für alles.

An meine Familie, die es wie kaum eine andere versteht, stets mit erhobenem Haupt durch Katastrophen zu laufen. Trotz aller kleineren und größeren Zankereien, ich weiß, dass ich immer auf euch zählen kann und ohne euch nichts wäre. Ihr habt mir die Bedeutung von Hoffnung, von Zuversicht und von Zusammenhalt gezeigt.

Zuletzt ein besonderer Dank an zwei Menschen:

Sandra Euler, deren Kunst auch meinen eigenen Körper ziert und als Inspiration diente. Ich hoffe noch auf einige gemeinsame Projekte mit dir und viele, wenn auch schmerzhafte Begegnungen.

Laura Röthele, die meine Geschichte mit so viel Gefühl durchs Lektorat begleitet hat. Ich freue mich schon auf den nächsten Teil mit dir.